हिन्द पॉकेट बुक्स

मेरा पहला प्यार

तुर्गनेव को रूस के महानतम लेखकों में गिना जाता है। वे एक उपन्यासकार, लघु कथा लेखक होने के साथ ही एक उच्च श्रेणी के नाटककार भी थे। उनकी प्रथम प्रकाशित पुस्तक का शीर्षक था *ए स्पोर्ट्समैंस स्केचेस* जो 1852 में प्रकाशित हुई थी। रूसी यथार्थवाद की श्रेणी में इस पुस्तक को मील का पत्थर माना जाता है।

उनके लिखे *फादर्स एंड सन्स* को 19वीं शताब्दी की महानतम साहित्यिक उपलब्धियों में गिना जाता है।

उनके पिताजी, सर्गेई निकोलाविच तुर्गनेव रूस की फ़ौज में कर्नल थे। उनको बहुत सी स्त्रियों से सम्बंध बनाने की आदत थी। इवान तुर्गनेव की माताजी, वर्वारा पेट्रोवना लुटोविनोवा एक धनी उत्तराधिकारिणी थी। माताजी का बाल्यकाल कठिनाई में व्यतीत हुआ था और विवाह के बाद भी उन्होंने बहुत दुख भोगे थे।

मेरा पहला प्यार

इस पुस्तक में विश्व चर्चित प्रेम-उपन्यास
माई फ़र्स्ट लव तथा *आस्या* के
हिन्दी रूपान्तर संकलित हैं।

तुर्गनेव

हिन्द पॉकेट बुक्स

यूएसए। कनाडा। यूके। आयरलैंड। ऑस्ट्रेलिया। सिंगापुर
न्यू ज़ीलैंड। भारत। दक्षिण अफ्रीका। चीन

हिन्द पॉकेट बुक्स, पेंगुइन रैंडम हाउस ग्रुप ऑफ़ कम्पनीज़ का हिस्सा है, जिसका पता global.penguinrandomhouse.com पर मिलेगा

पेंगुइन रैंडम हाउस इंडिया प्रा. लि.,
चौथी मंजिल, कैपिटल टावर -1, एम जी रोड,
गुड़गांव 122 002, हरियाणा, भारत

पेंगुइन
रैंडम हाउस
इंडिया

प्रथम हिन्दी संस्करण हिन्द पॉकेट बुक्स द्वारा 1995 में प्रकाशित
यह हिन्दी संस्करण हिन्द पॉकेट बुक्स में पेंगुइन रैंडम हाउस द्वारा 2022 में प्रकाशित

10 9 8 7 6 5 4 3 2

इस पुस्तक में व्यक्त विचार लेखक के अपने हैं, जिनका यथासंभव तथ्यात्मक सत्यापन किया गया है, और इस संबंध में प्रकाशक एवं सहयोगी प्रकाशक किसी भी रूप में उत्तरदायी नहीं हैं।

ISBN 9879353493332

मुद्रकः रेप्रो इंडिया लिमिटेड

www.penguin.co.in

परिचय

ज़ारशाही उनकी रचनाओं से प्रसन्न हुई, तो सन् 1861 में रूस में चली आ रही पुरानी दास-प्रथा को ही एकदम हटा दिया। उन्होंने लिखा ही ऐसा ! खेतों में गुलामों की तरह जुते रहने वालों के जीवन का ऐसा करुणा से भरा चित्रण किया कि उनकी तकलीफ़ें समूची मानवीयता के नाम पर बद्नुमा दाग़ लगने लगीं।

अब इसी का दूसरा पहलू देखिए ! बिल्कुल विरोधाभास है। एक समय आया कि वह रूसी शासकों की आंख की किरकिरी बन गए। उनकी रचनाओं ने ज़ारशाही को हिला कर रख दिया। अतः पहले उनकी कृतियों पर प्रतिबंध लगाए और अंत में देश-निकाला ही दे दिया। उस समय की जनता को तुर्गनेव की रचनाओं ने बड़ा आत्म-बल दिया। उन्हें अपने कष्टों की पहचान कराई और स्वतंत्रता का अहसास जगाया।

28 अक्तूबर, 1818 में रूस के इन महान् लेखक इवान सर्जियेविच

तुर्गनेव का जन्म ओरेल में हुआ। उनका परिवार संभ्रांत था। मास्को और बर्लिन में वह पढ़े। कॉलेज की पढ़ाई पूरी करने के बाद सरकार की नौकरी कर ली, लेकिन सरकारी नौकरी करते हुए वह ग़रीबों और मज़दूरों के बारे में रुला देने वाली मार्मिक कहानियां कैसे लिखते! आख़िर छोड़ ही दी नौकरी और पूरे समय के लिए लेखन को ही चुन लिया।

तुर्गनेव ने सबसे पहले कविताएं लिखीं। बाद में गद्य लिखने लगे। कहानियां और नाटक भी लिखे, लेकिन महान् उपन्यासकार के रूप में वह सारी दुनिा में स्थापित हो गए। रूस से बाहर के लेखक उनकी कृतियों से बेहद प्रभावित थे। वह साफ़ और सुंदर भाषा लिखते और लोगों की ज़िंदगी के चित्र तो ऐसे उभारते थे कि कठोर-से-कठोर दिल इंसान भी तड़प उठे। उन्होंने सदा सच को ही उजागर किया। कभी किसी से दबे-डरे नहीं। सही मायनों में उनकी कृतियां ऐसी हैं, जो समाज पर असर डालती हैं और उसे उद्वेलित कर देती हैं।

'मेरा पहला प्यार' (My First Love) तुर्गनेव का छोटा-सा, परंतु बहुत प्रसिद्ध प्रेम उपन्यास है। दरअसल उन्होंने इसमें बताया है कि किशोर आय में यदि कोई प्रेम करने लगे, तो वह उसे बहुत पवित्र भावना मानता है, और उसे रूहानी गहराई भी समझता है। अब अगर इस पर आघात लगे, तो वह बुरी तरह टूट-बिखर जाता है। यहां तक कि उसमें अपने प्यार के लिए लड़ने तक की क्षमता नहीं रहती। इस उपन्यास में सोलह साल का एक किशोर ज़िनेदा से प्यार करने लगता है। ज़िनेदा इक्कीस साल की युवती है। शोख़ है, चंचल है, गर्विता है। आदमी को अपनी तरह से चलाने में विश्वास करती है। बस, यही ज़िनेदा एक दिन ऐसे रूप में सामने आती है कि वह सर-से-पैर तक तड़प उठता है। उस किशोर की नहीं, बल्कि उसके पिता की हमेशा-हमेशा के लिए बन जाती है ज़िनेदा; और वह सोचता रह जाता है—"आख़िर उसने मेरे पिता को ही क्यों चुना?" बहुत ही मार्मिक उन्पन्यास है यह, जो पाठक को झकझोर कर रख देता है।

तुर्गनेव ने उस समय की 'लिबरल फ़िलोसफ़ी' का समर्थन किया, जबकि बड़े आलोचक चर्निशेव्स्की इस फ़िलोसफ़ी के विरुद्ध थे, फिर भी वह तुर्गनव की रचनाओं में उकेरे गए सच्चे और भावपूर्ण चित्रों के क़ायल थे। इसी में संकलित दूसरे लघु उपन्यास 'आस्या' के बारे में इन आलोचक ने स्वीकार किया कि तुर्गनेव ने इस प्रेम-कथा में मनुष्य के चरित्र को बहुत सही ढंग से सामने रखा है। इसकी मार्मिकता, इसके यथार्थ और इसकी जीवंतता पर भी वह मुग्ध थे। उनका मानना था कि 'आस्या' की रचना कला उनकी (चर्निशेव्स्की) मान्यताओं को घोर चुनौती देता है।

'आस्या' उनकी बहुत बारीक बुनावट वाली कहानी है। जर्मनी में एक रूसी बुद्धिजीवी घूम रहा होता है। वहीं उसकी आस्या से भेंट होती है। वह एक प्रवासी रूसी लड़की है। बुद्धिजीवी उससे प्रेम करने लगता है। इसका चरम् यह है कि युवती दुःसाहस करके और निडर होकर प्रेमी से मिलने जाती है, पर वह खुद ही डरकर भाग जाता है। यहां पर व्यंग्य है कि उस समय के लिबरल बुद्धिजीवी समस्याएं आने पर उनका सामना करने के बजाए भाग खड़े होते थे।

...और दुनिया के इस शिखर पुरुष का निधन सन् 1883 में हो गया।

❑

मेरा पहला प्यार

मेहमान बहुत देर पहले जा चुके थे। घड़ी ने साढ़े बारह बजाए। मेज़बान के अलावा कमरे में सर्जी निकोलाइच और ब्लादीमीर पेत्रोविच के सिवा और कोई न था। मेज़बान ने घंटी बजाकर नौकर को बुलाया और उससे कहा कि वह खाने की जूठी प्लेटों को उठाकर ले जाए।

"तो यह तय हुआ", उसने आरामकुर्सी पर बैठकर एक सिगार सुलगाते हुए कहा, "हममें से हर आदमी अपने पहले प्यार की कहानी सुनाएगा। तुम शुरू करो सर्जी निकोलाइच।"

सर्जी निकोलाइच ने, जो नाटे क़द का मोटा, फूले गालों वाला गोरा व्यक्ति था, मेज़बान की तरफ देखा, फिर अपनी आंखें छत की ओर उठाते हुए बोला, "मेरा पहला प्यार कभी नहीं हुआ। मेरे प्यार की शुरुआत तो सीधे दूसरे प्यार से ही हुई थी।"

"कैसे ?"

"यह तो सीधी बात है। मैं अठारह बरस का था, जब मैंने एक सुंदर युवती से प्रेम निवेदन करना शुरू किया था, लेकिन मैं इस तरह व्यवहार करता था, ज़ैसे यह मेरे लिए कोई नई बात न हो। बाद में जिस तरह मैंने औरों के साथ प्रेम किया, यह प्रेम भी बिल्कुल वैसा ही था। सच बात तो यह है कि पहली और आख़िरी बार मेरा प्यार अपनी नर्स के साथ हुआ, जब मैं छः बरस का था, लेकिन इस बात को हुए एक ज़माना गुज़र गया है; और उस प्रेम-सम्बन्ध का विवरण मुझे अब याद नहीं, अगर याद हो भी, तो उसमें किसको दिलचस्पी होगी ?"

"तो अब क्या किया जाए ?" मेज़बान ने कहा, "वैसे तो मेरे पहले प्यार में भी कोई ख़ास दिलचस्प बात नहीं थी। अन्ना इवानोवना से, जो अब मेरी पत्नी है, मुलाक़ात होने से पहले मुझे कभी किसी से प्यार नहीं हुआ था और शुरू से ही हमारे प्यार का रास्ता आसान रहा था, हमारे मां-बाप ने हमारा रिश्ता तय किया था, और इसके बाद ही हम एक-दूसरे को चाहने लगे थे, और जल्द ही हमने शादी भी कर ली थी। मेरे प्यार की कहानी बड़ी संक्षिप्त है और थोड़े-से शब्दों में ही कही जा सकती है। मैं मानता हूं, सज्जनो, जब मैंने पहले प्यार का प्रसंग उठाया था, तो मुझे आप से ही उम्मीद थी। आप लोग जो बूढ़े नहीं हैं, तो आपको कुंआरे युवकों की श्रेणी में भी नहीं रखा जा सकता, शायद यह हमें कोई दिलचस्प कहानी सुना सकेंगे, क्यों ब्लादीमीर पेत्रोविच ?"

ब्लादीमीर पेत्रोविच ने, जो क़रीब चालीस बरस का था और जिसके बाल भूरे थे, हिचकिचाते हुए कहा, "मेरे पहले प्यार की कहानी सचमुच बड़ी निराली है।

"वाह !" मेज़बान और सर्जी निकोलाइच ने एक साथ कहा, "तब तो और भी अच्छा है... ज़रा सुनें तो !"

"अच्छी बात है... लेकिन नहीं। मैं आप लोगों को कहानी नहीं सुनाऊंगा, मैं दिलचस्प ढंग से कहानी नहीं सुना सकता, या तो कहानी नीरस और संक्षिप्त हो जाएगी, या ज़रूरत से ज्यादा लंबी और मनगढ़ंत हो जाएगी। अगर आपको ऐतराज़ न हो, तो मुझे जो कुछ भी याद है, मैं एक नोटबुक में लिख डालूंगा, और बाद में आपको पढ़कर सुना दूंगा।"

पहले तो उसके साथियों ने इस बात का विरोध किया, लेकिन अंत में ब्लादीमीर पेत्रोविच की बात ही मानी गई। पन्द्रह दिन बाद तीनों जने फिर मिले और ब्लादीमीर पेत्रोविच ने अपना वचन पूरा कर दिया।

अपनी नोटबुक में से उसने यह कहानी पढ़कर सुनाई।

एक

उस वक़्त मेरी उम्र सोलह बरस की थी। जिस घटना का मैं ज़िक्र करने जा रहा हूं, वह 1833 की गर्मियों में घटी थी।

मैं अपने मां-बाप के साथ मॉस्को में रहता था। शहर से बाहर नैसकशनी बाग़ के बिल्कुल सामने कालुज़रुकी गेट पर हम एक किराए के मकान में रहते थे। मैं यूनिवर्सिटी के इम्तहान की तैयारी कर रहा था, लेकिन ज्यादा मेहनत नहीं कर रहा था।

मुझे पूरी आज़ादी थी और मैं अपनी मनमानी करता था। अपने ट्यूटर से अलग होने के बाद से तो मुझे और भी छूट मिल गई थी। वह फ्रांसीसी था और यह हरहरग़िज नहीं भूल सकता था कि वह रूस पर आ गिरा था, इसलिए वह दिन-भर लापरवाही से बिस्तर पर पड़ा रहता था। मेरे पिता मेरे प्रति लाड़-भरी उदासीनता दिखाते थे, मेरी मां मेरी तरफ़ कोई ध्यान नहीं देती थीं, हालांकि मेरे सिवा उनका और कोई बच्चा न था। और-और चिंताओं में उनका ध्यान लगा रहता था। मेरे पिता अभी भी जवान थे और देखने में खूबसूरत भी थे। उन्होंने धन के लालच में मेरी मां से शादी की थी। मेरी मां उनसे दस बरस बड़ी थीं। मां हमेशा उदास, परेशान और ईर्ष्याग्रस्त रहती थीं। हालांकि मेरे पिता की मौजूदगी में उन्होंने कभी यह ज़ाहिर नहीं होने दिया। वे मेरे पिता से बहुत डरती थीं।

पिता हमेशा उनसे सख़्ती से पेश आते थे और दूर-दूर रहते थे। मैंने आज तक ऐसा शालीन, परिष्कृत, आत्मविश्वासी और गुस्ताख़ आदमी नहीं देखा।

उस घर में गुज़ारे पहले हफ़्ते मुझे कभी नहीं भूलेंगे। मौसम बड़ा शानदार था। हम नौ मई को संत निकोलस के त्योहार वाले दिन उस मकान में आए थे। मैंने मैदानों में और नैसकुशनी के बाग़ों में खूब चहलकदमी की थी। कई बार मैं घूमता हुआ शहर से बाहर भी चला जाता था। अक्सर मैं अपने साथ कायदानोव का इतिहास या इसी तरह की कोई किताब ले जाता था, लेकिन मैंने कभी किताब को खोला तक नहीं था। मेरा अधिकांश समय कविता-पाठ में गुज़रता था, जिसमें मेरी स्मरण शक्ति बहुत तेज़ थी। मेरा शरीर रोमांचित हो जाता था, मेरे हृदय में एक विचित्र और तेज़-सी टीस उठती थी। हर समय मैं किसी चीज़ की प्रतीक्षा में रहता था। एक अज्ञात भय मेरे

दिल में छाया रहता था। हर चीज़ पर मुझे आश्चर्य होता था, मैं किसी भी चीज़ के लिए तैयार रहता था। प्रभात की बेला में मीनारों के गिर्द मंडराते हुए पक्षियों की तरह मेरी कल्पना हर समय एक ही तरह के विचारों के इर्द-गिर्द मंडराती रहती थी। मैं दिवास्वप्न देखता, मेरे मन में उदासी छा जाती और कई बार मेरे आंखों से आंसू भी बहने लगते, लेकिन इन आंसुओं में और उदासी के आकस्मिक दौरों में चाहे उनका कारण किसी गीत की मधुर पंक्ति या संध्या का सुंदर दृश्य हो, यौवन की सुखद, विप्लवकारी उत्तेजना की सुवास मेरी आत्मा में समाई रहती थी, वसंत में धरती पर उगती हुई घास की तरह।

मेरे पास सवारी के लिए एक टट्टू था, जिस पर ज़ीन कसकर मैं सरपट चाल से दौड़ाता हुआ दूर निकल जाता था। उस समय कल्पना में मैं अपने को मध्ययुग का वीर सामंत समझता था, जो अपने फ़ौजी करतब दिखा रहा हो। मेरे कानों के पास से हवा कितनी इठलाती हुई सीटियां बजाकर गुज़रती थी ! आकाश की ओर अपना चेहरा उठाकर मैं उसकी दीप्ति और नीलेपन को अपनी संवेदनशील आत्मा से सोख लेता था।

जहां तक मुझे याद है, मेरे मन में किसी नारी की आकृति या नारी के प्रेम की तस्वीर शायद ही कभी स्पष्टता से उभरी हो, लेकिन मैं जो भी सोचता या महसूस करता था, उसमें किसी अवर्णनीय मधुर नवीनता का संकोच भरा अर्द्धचेतन, या किसी नारीवत कोमलता का पूर्वाभास छिपा था।

यह पूर्वाभास, यह हर क्षण की प्रतीक्षा मेरे सारे व्यक्तित्व में समाई थी। मेरी सांस में, रगों में, लहू की हर बूंद में इसकी अनुभूति थी... और जल्द ही मेरी कल्पना सच साबित हुई।

हमारे देहात के मकान का मुख्य हिस्सा लकड़ी का बना था, जिसके आस-पास नीची छतों वाले दो मकान थे। बाईं तरफ के हिस्से में एक छोटा-सा कारखाना था, जिसमें दीवारों पर लगाने का सस्ता काग़ज़ बनता था। मैं अक्सर वहां जाकर एक दर्जन मैले-कुचैले पीले चेहरे वाले छोकरों को देखता था, जो गंदे चोग़े पहने लकड़ी के पटरों पर कूदकर चढ़ जाते थे। उनके नन्हें शरीरों के बोझ से मशीन का समकोण चतुर्भुजी फ्रेम झुक जाता था और काग़ज़ पर भड़कीले डिज़ाइन छप जाते थे। दाईं तरफ़ की इमारत में कोई नहीं रहता था और वह किराए के लिए ख़ाली थी। तीन हफ्ते बाद एक दिन इस इमारत की बंद

खिड़कियां और दरवाज़े खुल गए और खिड़कियों में औरतों के चेहरे दिखाई देने लगे। किसी परिवार ने वह हिस्सा किराए पर ले लिया था। मुझे याद है, उस दिन खाने के समय मेरी मां ने बटलर से उन नए पड़ोसियों के बारे में पूछा था और जब बटलर ने बताया कि वहां प्रिंसेज़ ज़ैसेकीना नाम की महिला आई हैं, तो मां ने पहले तो आदरपूर्वक कहा, "ओह, प्रिंसेज़...!"...फिर शायद "मुसीबतज़दा हैं।" यह टिप्पणी जोड़ दी।

बटलर ने आदरपूर्वक एक तश्तरी मेज़ पर रखते हुए बताया, "सामान लाने के लिए उनके पास सिर्फ़ थोड़े-से पैसे थे। उनके पास अपनी गाड़ी भी नहीं है और उनका फ़र्नीचर भी बहुत सस्ते क़िस्म का मालूम होता है।"

"हां, लेकिन फिर भी मुझे खुशी है... ।" मेरी मां ने कहा।

मेरे पिता ने एक सर्द, कठोर निगाह से मां को देखा और मां ख़ामोश हो गईं।

और सचमुच प्रिंसेज़ ज़ैसेकीना धनी औरत नहीं हो सकती थी। जिस मकान को उसने किराए पर लिया था, वह इतना जर्जर, छोटा, और नीची छतों वाला था कि कोई परिवार अगर ज़रा भी सम्पन्न होता तो उस मकान में रहने के लिए राज़ी न होता, लेकिन उस बातचीत पर मैंने खास ध्यान नहीं दिया, न ही प्रिंसेज़ के बड़े ओहदे का मुझ पर कोई असर ही पड़ा था। मैंने उन्हीं दिनों शिलर की रचना 'लुटेरे' पढ़ी थी।

दो

हर शाम को मैं बंदूक़ लेकर कौओं के शिकार के इरादे से मैदानों में घूमा करता था। बहुत दिनों से मेरे मन में इन चोर, लुटेरे और चालाक पक्षियों के प्रति नफ़रत भरी थी। जिस दिन का मैं जिक्र कर रहा हूं, उस दिन भी मैं हमेशा की तरह कौओं की तलाश में बाहर निकला था। सब तरफ़ तलाश करने के बाद भी मेरी कोशिशें बेकार गई थीं। कौओं ने मुझे देख लिया था और वे दूर

कहीं 'कांव-कांव' कर रहे थे। मैंने अपने आपको अपने घर के मैदान के और दाईं तरफ़ की इमारत के छोटे बाग़ के बीच वाली निचली चारदीवारी के पास खड़ा पाया। मैं आँखें नीची करके वहाँ से गुज़रने लगा। सहसा मुझे कुछ आवाज़ें सुनाई दीं। मैंने कनखियों से चार दीवारी के उस पार झांककर देखा और आश्चर्य से ठिठककर खड़ा हो गया, मेरी आंखों के आगे एक अजीब दृश्य दिखाई दे रहा था।

कुछ क़दमों की दूरी पर रसभरी की हरी झाड़ियों के बीच साफ़ की गई ज़मीन पर एक लंबी, दुबली लड़की, जिसने गुलाबी रंग की धारीदार पोशाक पहन रखी थी, सर पर सफ़ेद रूमाल बांधे खड़ी थी। उसके आसपास चार युवक खड़े थे और वह बारी-बारी से हर युवक के सर पर उन भूरे, नीले फूलों से, जिनका नाम मुझे मालूम नहीं और बच्चे जिन्हें बहुत पसंद करते हैं, प्रहार कर रही थी। किसी सख़्त चीज़ पर पटकते ही उन फूलों की पंखुड़ियां धमाके के साथ खुल जाती हैं। सभी युवक अपना सर आगे बढ़ाने के लिए इतने उत्सुक थे और उस लड़की की हर अदा इतनी शोख़, गुस्ताख़, स्नेहपूर्ण, तिरस्कार-भरी और आकर्षक थी कि मेरे मुंह से आश्चर्य और ख़ुशी की एक चीख़ निकल पड़ी। वह मेरी तरफ़ पीठ करके खड़ी थी। मुझे लगा कि अपने माथे पर उन नाज़ुक उंगलियों की मार सहने के लिए मैं कोई भी क़ीमत देने को तैयार हूं। मेरी बंदूक़ हाथों से फिसलकर घास पर गिर पड़ी। मैं सब कुछ भूलकर, आंखें फाड़-फाड़कर उसकी पतली कमर, नाज़ुक गर्दन, सुंदर बाहों और ज़रा-से अस्त-व्यस्त बालों को, जिनके नीचे से सफ़ेद रूमाल झांक रहा था, और बड़ी-बड़ी पलकों में छिपी उसकी चतुर आंखों को और पलकों के नीचे उसके नाज़ुक गालों को देख रहा था...।

"अरे ओ नौजवान ! क्या अपरिचित नौजवान लड़कियों को घूरना भी कोई शिष्टता है।" किसी ने बिल्कुल मेरे कानों के पास आकर कहा।

मैं चौंक उठा और ज़ैसे मुझे काठ मार गया। मेरे बिल्कुल नज़दीक चारदीवारी के उस तरफ़ छटे हुए काले बालों वाला एक आदमी खड़ा व्यंग्य-भरी नज़रों से मुझे घूर रहा था। उसी वक़्त लड़की ने मेरी तरफ़ मुंह फेरा। उसके चेहरे में ज़िंदादिली और उत्साह था। उसकी भूरी आंखें बड़ी-बड़ी थीं। सहसा वह हंस पड़ी। उसके सफ़ेद दांत चमकने लगे, उसने व्यंग्यपूर्ण ढंग से अपनी भौंहें ऊपर उठाईं...मेरा चेहरा सुर्ख़ हो गया, मैं अपनी बंदूक़ उठाकर अपने कमरे में भाग आया। बाहर से हंसी के ठहाकों की आवाज़ अब भी सुनाई दे रही

थी, लेकिन उस हंसी में दुर्भावना नहीं थी। मैंने धम से बिस्तर पर लेटकर हाथों से अपना चेहरा ढांप लिया। मेरा दिल बुरी तरह से बैठ रहा था। शर्मिन्दगी के साथ ही मुझे खुशी भी महसूस हो रही थी। इससे पहले मेरे दिल में इतनी खलबली कभी नहीं मची थी।

थोड़ी देर आराम करने के बाद मैंने अपने बालों में कंघी फेरी, कोट को ब्रश से साफ किया और नीचे के कमरे में चाय पीने के लिए गया। उस लड़की की तस्वीर सारा वक़्त मेरी आंखों के आगे रही।

मेरा दिल पहले की तरह डूब तो नहीं रहा था, लेकिन बीच-बीच में एक सुखद टीस का अनुभव मुझे हो रहा था।

सहसा मेरे पिता ने मुझसे पूछा, "क्या माजरा है ? क्या तुमने कोई कौआ मारा है ?"

मेरे जी में आया कि उन्हें सब कुछ बता दूं, लेकिन मैं रुक गया, और चुपके से मुस्कराया। सोने से पहले न जाने क्यों मैंने अपनी एड़ी के बल तीन चक्कर खाये, बालों में पॉमेड लगाया और रात-भर घोड़े बेचकर सोया। सुबह होने पर क्षण-भर के लिए मेरी आंख खुली, मैंने तकिए पर से सर उठाया और प्रफुल्ल दृष्टि से चारों तरफ़ देखा, फिर सो गया।

तीन

'मैं उन लोगों का परिचय कैसे प्राप्त कर सकता हूं ?' जागने के बाद सबसे पहले मेरे दिमाग में यही विचार उठा। नाश्ते से पहले मैं बाग में गया, लेकिन चारदीवारी के ज्यादा नज़दीक जाने की मेरी हिम्मत न हुई, न ही मुझे वहां कोई दिखाई दिया। नाश्ते के बाद मैं उनके घर के आगे सड़क पर चहलक़दमी करता रहा और दूर से ही उनकी खिड़कियों की तरफ़ देखता रहा...। एक बार मुझे लगा कि मैंने पर्दे के पीछे 'उसका' चेहरा देखा है, मैं चौंककर पीछे हट गया।

नैसकुशनी मैदान के सामने रेतीली ज़मीन पर चहलक़दमी करते हुए मैंने सोचा, 'लेकिन पहले तो उससे मेरा परिचय होना चाहिए। यह कैसे होगा ? यही तो असली समस्या है।' कल की मुठभेड़ की एक-एक घटना मुझे याद थी, लेकिन उसकी व्यंग्य-भरी हंसी की तस्वीर मेरी स्मृति में सबसे ज्यादा साफ़ थी। इधर भविष्य के मंसूबे बांध रहा था और मन-ही-मन कुढ़ रहा था, उधर क़िस्मत भी मेरे लिए ताना-बाना बुनने में लगी थी।

मेरी अनुपस्थिति में मेरी मां को नए पड़ोसियों का एक ख़त मिला। यह ख़त भूरे रंग के काग़ज़ पर लिखा था और उसके ऊपर गहरे रंग की लाख की मुहर लगी थी, जो आमतौर पर पोस्टल आर्डरों पर और सस्ती शराब की बोतलों पर लगाई जाती है। ख़त की लिखावट बहुत भद्दी और बेहूदा थी, यहां तक कि उसमें व्याकरण की भी बहुत-सी ग़लतियां थीं। इस ख़त में प्रिंसेज़ ने मेरी मां को लिखा था कि वे अमुक प्रभावशाली लोगों को जानती हैं, जिनके निर्णय पर प्रिंसेज़ और उसके बच्चों की क़िस्मत का फ़ैसला निर्भर करता है। उसने मेरी मां से उसकी सिफ़ारिश करने की प्रार्थना की थी—आप भी एक कुलीन महिला हैं। इस नाते से मैं आपसे विनती करती हूं। मुझे खुशी है कि यह मौका... 'खुशी' और 'मौका' इन शब्दों के हिज्जे ग़लत लिखे हुए थे। ख़त के आख़ीर में उसने मां से मिलने की इच्छा प्रकट की थी। मैंने मां को बहुत परेशानी की हालत में देखा। मेरे पिता घर पर नहीं थे, और उन्हें सलाह देने वाला वहां कोई नहीं था। एक 'कुलीन' महिला ख़ासतौर पर एक प्रिंसेज़ के ख़त का जवाब न देने का तो सवाल ही नहीं उठता था, लेकिन मेरी मां की समझ में यह नहीं आ रहा था कि ख़त का जवाब किस तरह दिया जाए। उनके ख़्याल में फ्रेंच में ख़त लिखना उचित नहीं था, लेकिन वे खुद भी शुद्ध रूसी भाषा नहीं लिख सकती थीं, यह बात उन्हें अच्छी तरह मालूम भी थी, इसलिए वह अपनी कमज़ोरी ज़ाहिर करने से कतराती थीं। जब मैं घर लौटा, तो वह बड़ी खुश हुईं, और उन्होंने मुझे फ़ौरन प्रिंसेज़ के यहां यह ज़ुबानी संदेशा देकर भेजा कि वह हर तरह से उनकी सहायता करने के लिए सहर्ष तैयार हैं और बारह और एक बजे के बीच प्रिंसेज़ साहिबा वहां तशरीफ़ ले आएं। अपने मन की मुराद को इतनी जल्दी और अप्रत्याशित ढंग से पूरा होते देखकर मुझे बेहद खुशी हुई, साथ ही मैं आशंकित भी हो उठा, लेकिन मैंने अपनी घबराहट

को जाहिर नहीं होने दिया और अपने कमरे में जाकर नई टाई और ओवरकोट पहना। घर में मुझे जैकेट और नीचे मुड़े हुए कॉलर की क़मीज़ पहनकर घूमना पड़ता था, हालांकि यह मुझे सख्त नापसंद था।

चार

साथ वाली इमारत के तंग, गन्दे बरामदे में दाखिल होते वक़्त मेरा रोम-रोम कांप रहा था। वहां घुसते ही मुझे एक सफेद बालों वाला बूढ़ा नौकर दिखाई दिया, जिसका रंग तांबे जैसा था, आंखें रूखी और सूअर जैसी थीं। आज तक किसी के माथे और कनपटियों पर मैंने इतनी गहरी झुर्रियां नहीं देखी थीं। उसके हाथ में एक तश्तरी थी, जिसमें नमकीन हैटिंग मछली के बचे-खुचे टुकड़े थे। उसने अपने पैर से दरवाज़ा बंद करते हुए कर्कश आवाज़ में पूछा, "क्या चाहते हो ?"

"क्या प्रिंसेज़ ज़ैसेकीना घर में हैं ?"

"वोनीफेती !" दरवाज़े के पीछे से एक कॉपित नारी-स्वर सुनाई दिया।

बिना कुछ कहे नौकर एड़ियों के बल घूम गया। मैंने देखा, उसकी वर्दी बेहद घिस गई थी, सजावट के नाम पर ज़ंग लगा एक बटन टंका था, जिस पर प्रिंसेज़ के ख़ानदान की मुहर थी। वह तश्तरी फ़र्श पर रखकर भीतर चला गया।

"तुम पुलिस थाने गए थे ?" उसी कपित आवाज़ ने पूछा।

नौकर ने अस्पष्ट स्वर में जवाब दिया,

"क्या कहा, मुझसे कोई मिलने आया है ? पड़ोस का नौजवान ? अच्छा, उसे भीतर ले आओ।"

नौकर ने बाहर आकर तश्तरी ज़मीन से उठाई और मुझसे कहा, "ड्राईंग रूम में तशरीफ़ ले जाइए।" मैंने अपनी टाई ठीक की और ड्राइंग रूम में चला गया।

मैंने अपने आपको एक छोटे-से कमरे में पाया, जो ख़ास साफ़-सुथरा नहीं था, फ़र्नीचर भी जर्जर और पुराना था, मालूम होता था कि जल्दी में वहां पटका गया है। खिड़की के पास एक आरामकुर्सी पर, जिसकी एक बांह टूटी हुई थी, नंगे सिर एक महिला बैठी थी, जिसकी उम्र पचास बरस के करीब थी। वह हरे रंग की पुरानी पोशाक पहने हुए थी और उसके गले में भड़कीले रंग का ऊनी स्कार्फ़ बंधा था। उसका चेहरा बड़ा साधारण था और उसकी छोटी-छोटी काली आंखें मुझ पर गड़ी हुई थीं।

मैंने उसको आगे झुककर अभिवादन किया और पूछा, "क्या मुझे प्रिंसेज़ ज़ैसेकीना से बात करने का सौभाग्य प्राप्त हुआ है ?"

"मैं ही प्रिंसेज़ ज़ैसेकीना हूं। क्या तुम मिस्टर 'बी' के बेटे हो ?"

"हां, मैडम, मैं अपनी मां का संदेशा लेकर आया हूं।"

"तुम बैठोगे नहीं ?... वोनीफ्रेती ! मेरी चाबियां कहां हैं, तुमने उन्हें कहीं देखा है ?"

मैंने प्रिंसेज़ ज़ैसेकीना को बताया कि मेरी मां ने उनके खत के जवाब में क्या कहला भेजा है। वह अपनी मोटी, लाल उंगलियों से खिड़की की चौखट को थाप देती हुई मेरी बात सुन रही थी। मेरी बात ख़त्म होने पर उसने फिर अपनी नज़रें मुझ पर गड़ा दीं।

"ठीक है, मैं ज़रूर आऊंगी। तुम बहुत छोटे मालूम होते हो ? भला तुम्हारी कितनी उम्र होगी ?"

"सोलह बरस।" मैंने लड़खड़ाती हुई ज़बान में कहा।

प्रिंसेज़ ने अपनी जेब में से कुछ चिपचिपाते हुए काग़ज़ निकाले, जिन पर कछ लिखा हुआ था और उन्हें अपनी आंखों के पास लाकर उनमें से झांकने लगी।

सहसा उसने कुर्सी पर हिलते हुए कहा, "बड़ी अच्छी उम्र है। तुम्हें हम लोगों से तकल्लुफ़ बरतने की कोई ज़रूरत नहीं। हम सब सीधे-सादे लोग हैं।"

'ज़रूरत से ज्यादा सीधे', मैंने सहज घृणा-भरी दृष्टि से उसकी फूहड़ सूरत को देखते हुए मन-ही-मन सोचा।

इसी वक़्त ड्राइंगरूम का दूसरा दरवाज़ा ज़ोर से खुला और वह लड़की, जिसे मैंने कल देखा था, दरवाज़े के बीच आकर खड़ी हो गई। उसने अपना हाथ ऊपर उठाया और उसके होठों पर एक मुस्कान थिरकने लगी।

"यह मेरी बेटी है", प्रिंसेज़ ने अपनी कोहनी से दरवाज़े की तरफ़ इशारा किया, "ज़ीना, यह हमारे पड़ोसी मिस्टर 'बी' के साहबज़ादे हैं। तुम्हारा शुभ नाम क्या है ?"

"ब्लादीमीर ।" मैंने उठकर जवाब दिया। उत्तेजना से मेरी ज़बान हकला रही थी।

"और तुम्हारा ख़ानदानी नाम ?"

"पेत्रोविच ।"

"ज़रा ख़्याल करो ! पुलिस के एक चीफ़ अफ़सर मेरे वाक़िफ़ थे, उनका नाम भी ब्लादीमीर पेत्रोविच था। वोनीफ़ेती, मेरी चाबियां तलाश करने की कोई ज़रूरत नहीं है। वे मेरी जेब में हैं।"

लड़की व्यंग्य-भरी मुस्कान से मुझे देख रही थी। उसकी आंखें सिकुड़ गई थीं, और उसने अपना सर तिरछा कर लिया था।

"मैंने मोशियो वोल्दीमार को पहले भी देखा है", लड़की ने बात शुरू की। उसके रजत स्वर से मेरे दिल में एक सुखद स्पंदन दौड़ गया, "मैं अगर आपका नाम लेकर पुकारूं तो आपको ऐतराज़ तो नहीं होगा ?"

"बिल्कुल नहीं ।" मैंने हकलाकर कहा।

"कहां देखा था ?" प्रिंसेज़ ने पूछा। लड़की ने मां के सवाल का कोई जवाब न दिया।

"क्या इस वक़्त आपको कोई काम है ?" लड़की ने क्षण-भर के लिए भी अपनी नज़रें मुझसे नहीं हटाईं।

"नहीं तो ।"

"तो तुम ऊन लपेटने में मेरी मदद करना पसंद करोगे ? आओ मेरे साथ ।"

उसने सर हिलाकर इशारा किया और ड्राइंग रूम से चली गई। मैं उसके पीछे-पीछे चल पड़ा।

जिस कमरे में हम दाख़िल हुए उसका फ़र्नीचर इतना भद्दा नहीं था, और कमरा ज्यादा क़रीने से सजा हुआ था। उस समय मैं कमरे की किसी चीज़ को ग़ौर से देखने की स्थिति में नहीं था। मैं ज़ैसे सपने में चल रहा था। मेरी खुशी, जो मूर्खता की सीमा तक जा पहुंची थी, मेरे रोम-रोम में फैल गई थी।

युवा प्रिंसेज़ कमरे में जाकर बैठ गई और उसने मुझे सामने रखी कुर्सी पर

बैठने का संकेत किया। लाल रंग की ऊन की एक लच्छी खोलकर उसने मेरे फैले हुए हाथों में डाल दी। यह सारा काम वह एक ख़ामोश और व्यंग्यपूर्ण सुस्ती से कर रही थी, उसके खुले हुए होठों पर एक तिरछी और प्रफुल्ल मुस्कान छाई थी। वह एक मुड़े हुए गत्ते पर ऊन लपेट रही थी, और सहसा उसने मेरी तरफ़ एक तेज़ और दीप्तिमान नज़र फेंकी। मेरी आंखें अपने आप ही नीचे झुक गईं। उसकी आंखें, जो अक्सर सिकुड़ी रहती थीं, क्षण-भर के लिए खुल गईं। उसका चेहरा एकदम बदल गया। उसके सारे नक़्श प्रकाशमान हो गए।

उसने ख़ामोशी तोड़ते हुए कहा, "न जाने कल तुमने मेरे बारे में क्या सोचा था, मोशियो वोल्दीमार, मेरा ख़्याल है, तुमने मुझे सख़्त नापसंद किया होगा।"

"मैं प्रिंसेज़ मैंने कुछ नहीं सोचा। मैं भला कैसे ?" मैंने सकपकाकर जवाब दिया।

"देखो, तुम अभी मुझे नहीं जानते। मैं बड़ी अजीब लड़की हूं। मैं चाहती हूं, हमेशा हर आदमी मुझसे सच बोले। मैंने तुम्हें कहते हुए सुना था कि तुम सोलह बरस के हो। मैं इक्कीस बरस की हूं। अब तुमने देख लिया कि मैं तुमसे कितनी बड़ी हूं, इसलिए तुम्हें हमेशा मेरे सामने सच बोलना चाहिए... और मेरा कहना मानना चाहिए।" फिर उसने कहा, "मेरी तरफ़ देखो, तुम सीधे मेरी तरफ़ क्यों नहीं देखते ?"

मेरी घबराहट और भी बढ़ गई, लेकिन मैंने आंखें उठाकर उसकी तरफ़ देखा। वह मुस्कराई, पहले की तरह नहीं, इस बार उसकी मुस्कान में प्रशंसा थी।

उसने अपनी आवाज़ धीमी कर दी और लाड़ से कहा, "मेरी तरफ़ देखो भी ! मैं बुरा नहीं मानती। मुझे भी तुम्हारी सूरत पसंद है। मुझे लगता है कि हम दोनों में अच्छी दोस्ती हो सकती है। क्या मैं तुम्हें पसंद हूं ?" उसने शरारत-भरी आवाज़ में पूछा।

"प्रिंसेज...!" मैंने कहना शुरू किया।

"अव्वल तो तुम्हें मुझे ज़िनेदा अलेक्ज़ेंड्रोना कहकर पुकारना चाहिए, दूसरे यह कि मुझे वे बच्चे..." उसने फ़ौरन अपनी ग़लती सुधारी, "मेरा मतलब है, मैं उन नौजवानों को पसंद नहीं करती, जो अपने मन की बात साफ़-साफ़ नहीं कहते। यह काम बड़ों पर ही छोड़ दो। तुम मुझे पसंद करते हो न !"

हालांकि उसकी स्पष्टवादिता से मुझे बड़ी खुशी हुई, लेकिन न जाने क्यों मुझे यह बात बुरी भी लगी। मैं उसे यह दिखाने के लिए बेचैन था कि उसका वास्ता

किसी छोटे लड़के से नहीं पड़ा था। मैंने भारी भरकम अंदाज़ में उससे आत्मीयता दशाते हुए कहा, "मैं तुम्हें बहुत पसंद करता हूं, ज़िनेदा अलैक्ज़ेन्ड्रोना, और सचमुच मैं इस बात को हरग़िज़ नहीं छिपाना चाहता कि..."

उसने मेरी तरफ़ देखकर सर हिलाया और सहसा पूछा, "क्या तुम्हें कोई ट्यूटर पढ़ाने आता है ?"

"नहीं, ट्यूटर को छोड़े तो मुझे एक लंबा अर्सा हो गया है।" यह बात झूठ थी, क्योंकि मेरे फ्रेंच ट्यूटर को गए अभी मुश्किल से एक महीना ही हुआ था।

"ओह, देखती हूं, तुम काफ़ी बड़े हो गए हो !"

फिर उसने मेरी उंगलियों को आहिस्ता से थपथपाया और कहा, "अपनी बाहें सीधी रखो !" अब वह बड़े मनोयोग से ऊन लपेट रही थी।

उसकी नज़रें ऊन पर झुकी हुई थीं, इस बात का फ़ायदा उठाकर मैंने पहले तो छिपकर, फिर अधिक धृष्टता से उसकी तरफ़ ग़ौर से देखना शुरू किया। उसका चेहरा मुझे कल से भी ज्यादा आकर्षक मालूम हो रहा था, उसके नाक-नक़्श नाज़ुक, तीखे और प्यारे थे। वह खिड़की की तरफ़ पीठ करके बैठी थी, जिसमें सफ़ेद रंग का पर्दा लगा हुआ था। सूरज की एक मुलायम किरण पर्दे में से छनकर उसके फूले हुए सुनहरे बालों पर, उसकी मासूम गर्दन पर, उसके ढलुवां कंधों पर, उसके कोमल, शांत वक्ष पर पड़ रही थी। मैंने उसकी तरफ़ देखा, वह कितनी नज़दीक और अभिन्न हो गई थी ! मुझे लगा, ज़ैसे मैं कई युगों से उसे जानता आया हूं और उससे मिलने से पहले न मैं कुछ जानता था, न मैं ज़िन्दा ही था... उसने गहरे रंग की एक पुरानी और घिसी पोशाक पहन रखी थी, जिसके ऊपर एप्रन था। मेरे मन में उसकी पोशाक की हर चुन्नट, और एप्रन को सहलाने की इच्छा हुई। पोशाक के नीचे से उसके जूतों के अंगूठे झांक रहे थे। उन जूतों की आराधना के लिए मैं साष्टांग फ़र्श पर लेट सकता था... मैंने मन-ही-मन सोचा, 'यह लो, मैं उसके सामने बैठा हूं... मैंने उसका परिचय भी प्राप्त कर लिया है। हे भगवान ! कैसा आनंद है !' हर्षोन्माद में मैं अपनी कुर्सी से उछलकर खड़ा होने ही वाला था, लेकिन मैंने ऐन मौक़े पर अपने को रोक लिया और उस बच्चे की तरह पैर हिलाने लगा, जिसे खाने की कोई बढ़िया चीज़ मिल गई हो।

जिस तरह मछली पानी में सुखी रहती है, उसी तरह मुझे वहां सुख मिल

रहा था। मेरे मन में आया, 'काश, मैं इस कमरे में, इस कुर्सी पर हमेशा के लिए बैठ सकता !'

उसकी झुकी हुई पलकें धीरे से उठीं, और फिर उसकी शुभ्र आंखें मुझ पर अपनी कृपालु ज्योति बरसाने लगीं, फिर वह मुस्कराई।

"अरे, तुम किस तरह मेरी तरफ़ ताक रहे हो ?" उसने मेरी तरफ़ उंगली उठाकर आहिस्ता से पूछा।

मेरा चेहरा लाल सुर्ख हो गया। 'वह सब कुछ देखती और समझती है। ऐसा हो भी क्यों न !' मेरे मन में यह बात कौंध गई।

सहसा साथ वाले कमरे में से आवाज़ आई, तलवार की खनखनाहट !

"जीना !" प्रिंसेज़ ने ड्राइंग रूम में से आवाज़ दी, "बेलोवज़ोरोव तुम्हारे लिए बिल्ली का बच्चा लाए हैं।"

"बिल्ली का बच्चा !" ज़िनेदा कुर्सी से उछलकर खड़ी हो गई और ऊन का गोला मेरी गोद में फेंककर कमरे से बाहर भाग गई।

मैं भी उठ खड़ा हुआ और ऊन को खिड़की की चौखट पर रखकर ड्राइंग रूम में आ गया और विस्मय से ठिठक गया। कमरे के बीचोबीच ज़िनेदा घुटनों के बल बैठी, बिल्ली के एक चितकबरे बच्चे का सर धीमे से उठा रही थी। बूढ़ी प्रिंसेज़ के पास ही दोनों खिड़कियों के बीच की जगह घेरकर एक सजीला, गोरा, घुंघराले बालों वाला नौजवान घुड़सवार सैनिक की वर्दी में खड़ा था। उसका चेहरा लाल था और आंखें विशाल और प्रभावशाली थीं।

संगीतमय स्वर में ज़िनेदा बोली, "कितना अद्भुत, नन्हा-सा जीव है ! इसकी आंखें भूरी नहीं, हरी हैं, और देखो इसके कान कितने बड़े हैं। धन्यवाद विक्टर येगोरिच, तुम बड़े भले आदमी हो !"

उस नौजवान ने, जिसे मैंने कल युवक-मंडली में खड़े देखा था, मुस्कराकर अपनी एड़ियां जोड़कर ज़ीना को अभिवादन किया। उसके म्यान के धांतु के छल्ले बज उठे।

"आपने फ़रमाया था कि आप एक चितकबरा बिल्ली का बच्चा पालना चाहती हैं, जिसके लंबे कान हों, तो मैं इसे ले आया। आपके आदेश का पालन करना मेरे लिए कर्तव्य है।" कहकर युवक ने फिर एक बार अभिवादन किया।

बिल्ली का बच्चा क्षीण स्वर में 'म्याऊं-म्याऊं करने लगा और फ़र्श सूंघने लगा।

"इसे भूख लगी है।" ज़िनेदा ने कहा, "वोनीफ़ेती ! सोनिया ! थोड़ा-सा दूध लाओ।"

एक नौकरानी ने, जिसने पीले रंग की गंदी पोशाक पहन रखी थी और सर पर एक घिसा हुआ रूमाल बांधा था, दूध से भरा एक प्याला लाकर बिल्ली के बच्चे के आगे रख दिया। बिल्ली का बच्चा चौंक गया, फिर उसने अपनी आंखें सिकोड़ लीं और लपालप दूध पीने लगा।

"इसकी जीभ कितनी गुलाबी है।" ज़िनेदा ने नीचे फ़र्श पर झुककर बिल्ली के बच्चे की ठोड़ी में से झांकते हुए कहा।

बिल्ली का बच्चा भरपेट दूध पीने के बाद धीमी आवाज़ में गुर्राने लगा और बड़े प्यारे ढंग से अपने अगले पंजों को ऊपर-नीचे फेंकने लगा।

"इसे ले जाओ !" ज़िनेदा ने उठकर उदासीन स्वर में नौकरानी को आदेश दिया।

"बिल्ली के बच्चे के बदले में... अपना हाथ लाइए।" घुड़सवार सैनिक ने एक बनावटी हंसी के साथ कहा। नई कसी हुई वर्दी में उसका भारी-भरकम शरीर छटपटा रहा था।

"लो, दोनों हाथ।" ज़िनेदा ने अपने हाथ आगे बढ़ा दिए, जिन्हें सैनिक ने चूम लिया। ज़िनेदा कनखियों से मेरी तरफ़ देख रही थी।

मैं पत्थर बना वहां खड़ा रहा। मेरी समझ में नहीं आ रहा था कि मुझे हंसना चाहिए, कुछ कहना चाहिए, या ख़ामोश रहना चाहिए। अकस्मात खुले हुए दरवाजे से मैंने देखा कि बाहर बरामदे में खड़ा हमारा अर्दली फ़्योदोर मेरी तरफ़ इशारे कर रहा था। मैं यंत्रवत उसके पास चला गया।

"क्या बात है ?" मैंने पूछा।

"आपकी मां ने मुझे आपको बुलाने के लिए भेजा है। वे आपसे नाराज़ हैं कि आप अभी तक जवाब लेकर वापस क्यों नहीं आए।"

"क्यों, मुझे यहां आए कितनी देर हुई है ?"

"एक घंटे से ज्यादा।"

एक घंटे से ज्यादा !" हठात मेरे मुंह से निकल गया और मैंने ड्राइंग-रूम में जाकर सबको झुककर अभिवादन किया, और फ़र्श पर एड़ियां रगड़कर सबसे इजाज़त मांगी।

ज़िनेदा ने घुड़सवार सैनिक के कंधे के पीछे से मेरे ऊपर एक निगाह फेंकते

हुए पूछा, "तुम कहां जा रहे हो ?"

"मुझे अब घर जाना चाहिए, ताकि मां से कह दूं" मैंने वृद्ध महिला को संबोधित करके कहा, "वे एक बजे के बाद आपका इंतज़ार करें।"

"हां, जनाब, जाकर उनसे कह दीजिएगा।"

वृद्धा प्रिंसेज़ ने अपनी नसवार की डिबिया निकाली, और एक चुटकी नसवार लेकर इतनी ज़ोर से सांस ली कि मैं चौंक उठा, "जाकर अपनी मां से कह देना !" उसने फिर खखारकर कहा, उसकी आंखों में आंसू आ गए और वह आंखें मिचकाने लगी।

मैंने फिर झुककर अभिवादन किया, और एड़ी के बल घूमकर कमरे से बाहर चला आया। उस वक़्त मुझे अपनी पीठ में तकलीफ़-सी महसूस हुई, जो हर किशोर लड़के को होती है, जब वह जानता है कि कोई उसे देख रहा है।

"देखिए मोशियो वोल्दीमार, फिर हमसे मिलने आइएगा !" ज़िनेदा हंसकर बोली।

"यह लड़की आख़िर इतनी हंसती क्यों है ?" फ़्योदोर के साथ घर लौटते वक़्त रास्ते में मैंने सोचा। फ़्योदोर वैसे तो ख़ामोश था, लेकिन उसकी नाराज़गी साफ़ ज़ाहिर हो रही थी। मां ने मुझे डांटा और कहा कि आख़िर मैं इतनी देर प्रिंसेज़ के यहां क्या करता रहा था। मैं ख़ामोश रहा और ऊपर अपने कमरे में चला गया। सहसा मेरे दिल में गहरी उदासी छा गई। गनीमत है कि मैं फूट-फूटकर नहीं रोयाग़ मुझे उस घुड़सवार सैनिक से ईर्ष्या हो रही थी।

पांच

अपने वायदे के मुताबिक़ प्रिंसेज़ मेरी मां से मिलने आई, लेकिन मां ने उन्हें पसंद नहीं किया। उनकी मुलाक़ात के वक़्त मैं वहां मौजूद नहीं था, लेकिन खाने की मेज़ पर मैंने मां को पिताजी से यह कहते सुना कि प्रिंसेज़ ज़ैसेकीना उन्हें एक बेहूदा औरत मालूम हुई है और वह इतने झगड़ों और मुक़दमों में फंसी हुई है कि वह

बड़ी विकट और ख़तरनाक औरत मालूम होती है। उसने बार-बार अपनी प्रार्थनाओं से मां को परेशान कर दिया था और कहा था कि मां प्रिंस सर्जी से उसकी सिफ़ारिश कर दे। लेकिन मां ने साथ में यह भी बताया कि उसने प्रिंसेज़ और उसकी बेटी को कल डिनर पर बुलाया है। 'और उसकी बेटी को' शब्द सुनकर मैंने अपनी प्लेट पर सर झुका लिया, क्योंकि आख़िर जो भी हो, वे थे तो पड़ोसी ही और ऊंचे ख़ानदान के लोग थे। मेरे पिता ने जवाब दिया कि अब उन्हें याद आया कि वह महिला कौन है। जवानी में मेरे पिता स्वर्गीय प्रिंस ज़ैसकिन को जानते थे। वह बड़ा कुलीन, लेकिन मूर्ख और अहंकारी व्यक्ति था। भद्र समाज में उसका नाम 'पेरिसवाला' पड़ गया था, क्योंकि वह पेरिस में बहुत दिनों तक रहा था। किसी ज़माने में वह बहुत अमीर था, लेकिन उसने अपनी सारी जायदाद जुए में ख़त्म कर दी थी, फिर न जाने किस कारण से शायद धन के लालच से किसी छोटे-से अफ़सर की लड़की से शादी कर ली थी, हालांकि उसे इससे अच्छी बीवी मिल सकती थी। मेरे पिता के चेहरे पर एक सर्द मुसकान छा गई। इसके बाद प्रिंस ने सट्टेबाज़ी में हाथ डाला और आख़ीर में अपने आपको बर्बाद कर लिया।

"कहीं वह मुझसे उधार मांगने की कोशिश न करे।" मां बोलीं।

"अगर वह ऐसा करे, तो मुझे ताज्जुब नहीं होगा।" पिता ने शांत स्वर में कहा, "क्या वह फ्रेंच बोलती हैं ?"

"बहुत भद्दे ढंग से।"

"हूं ! लेकिन इससे क्या होता है ? तुमने शायद अभी कहा था कि तुमने उसकी लड़की को भी खाने पर बुलाया है। मुझे किसी ने बताया है कि वह अच्छी, पढ़ी-लिखी लड़की है।"

"अगर ऐसी बात है तो वह अपनी मां पर नहीं गई।"

"न ही अपने बाप पर, क्योंकि वह पढ़ा-लिखा होने के बावजूद बेहद मूर्ख था।" पिता ने कहा।

मां ने एक ठंडी सांस ली और फिर वे किसी सोच में डूब गईं। पिता भी ख़ामोश हो गए। इस सारी बातचीत के दौरान मुझे बेहद बेचैनी हो रही थी।

खाने के बाद मैं बाग़ में गया, लेकिन अपनी बंदूक़ साथ में नहीं ले गया। मैंने मन में तय किया था कि मैं कभी 'जैसकीन गार्डन' के नज़दीक नहीं फटकूंगा, लेकिन एक दुर्निवार शक्ति ज़ैसे मुझे उधर खींचे लिए जा रही थी।

जो भी हो, मेरा वहां जाना बेकार साबित नहीं हुआ। चारदीवारी के नज़दीक पहुंचते ही मेरी नज़र ज़िनेदा पर पड़ी। इस बार वह अकेली थी। उसके हाथ में कोई पुस्तक थी और वह धीमी चाल से चहलक़दमी कर रही थी। उसने मुझे नहीं देखा।

वह मेरे नज़दीक से गुजरने ही वाली थी, लेकिन ऐन वक़्त पर मुझे ख़्याल आया और मैं खांस पड़ा।

उसने बिना रुके अपने चौड़े स्ट्राहैट का नीला रिबन हटाकर मेरी तरफ़ देखा और उसके होठों पर मन्द मुस्कान छा गई। अगले ही क्षण उसकी नजरें फिर पुस्तक पर लौट गईं। मैंने अपनी टोपी उतार ली। कुछ देर चहलक़दमी करने के बाद भारी दिल लेकर वहां से चला आया। मैंने मन-ही-मन फ्रेंच में कहा, 'इसका कारण सिर्फ़ ईश्वर ही जानता है।'

इसी समय पीछे से परिचित क़दमों की आहट सुनाई दी। मैंने पीछे मुड़कर देखा, मेरे पिता अपनी फुर्तीली, तेज़ चाल से मेरी तरफ बढ़े आ रहे थे।

"क्या वह प्रिंसेज़ की लड़की थी ?" उन्होंने पूछा।

"हां।"

"तो तुम उसे जानते हो ?"

"आज सुबह मैंने उनके घर में उसे देखा था।"

मेरे पिता रुक गए और फुर्ती से एड़ी के बल घूमकर चारदीवारी की तरफ चले गए। ज़िनेदा को देखकर उन्होंने शिष्टता से अभिवादन किया। ज़िनेदा ने भी उसका जवाब दिया, लेकिन उसके चेहरे पर आश्चर्य का भाव था। उसने अपनी पुस्तक नीची कर ली थी, मैंने देखा कि जब मेरे पिता वहां से चले गए। तो ज़िनेदा की नज़रें उनकी तरफ लगी रहीं। मेरे पिता हमेशा सादे लेकिन शानदार कपड़े पहनते थे, इस मामले में उनकी रुचि निराली थी, लेकिन इससे पहले मैंने उनके शरीर को इतना सुडौल नहीं देखा था। उनके घुंघराले बालों पर, जो थोड़े-से झड़ने शुरू हो गए थे, भूरे रंग का हैट इतना शोभा देता है, यह मैंने तभी देखा था।

मैंने ज़िनेदा की तरफ क़दम बढ़ाए, लेकिन उसने मेरी तरफ़ देखा नहीं, अपनी पुस्तक ऊंची कर ली और वहां से चली गई।

छः

उस दिन सारी शाम और अगले दिन सारी सुबह मेरे मन में जड़ता और अवसाद छाया रहा। मुझे याद है, मैंने कायदानोव का इतिहास पढ़ने की कोशिश की थी, लेकिन उस विख्यात पुस्तक के ऐतिहासिक काल मेरी आँखों के आगे से निरर्थक ही गुजरने लगे। मैंने कम-से-कम दस बार ये शब्द पढ़े होंगे, 'जूलियस सीज़र लड़ाई में अपनी बहादुरी के लिए प्रसिद्ध था।' यह देखकर कि मेरी समझ में कुछ नहीं आ रहा, आख़िर मैंने पुस्तक बंद कर दी। रात के खाने से पहले मैंने फिर अपने बालों में पॉमेड लगाया और टाई और ओवरकोट पहनकर तैयार हो गया।

"यह सब किसलिए है ? तुम अभी यूनिवर्सिटी के विद्यार्थी नहीं हो, क्या पता तुम इम्तहान भी पास करोगे या नहीं। इसके अलावा तुम्हारी जैकेट अभी बिल्कुल नई है, क्या उसे फेंक दोगे ?" मां ने पूछा।

"लेकिन हमारे यहां डिनर पर मेहमान जो आ रहे हैं।" मैंने खीझकर कहा।

"क्या बकवास है ! इन मेहमानों की भी कोई हैसियत है ?"

कहना मानने के सिवा मेरे सामने कोई चारा न था। मैंने फिर अपनी जैकेट पहन ली, लेकिन टाई नहीं उतारी। प्रिंसेज और उसकी लड़की डिनर से आधा घंटा पहले ही आ गई थीं। वृद्धा ने अपनी हरी पोशाक के ऊपर पीले रंग की एक शॉल लपेट रखी थी, और वह सर पर एक पुराने फैशन की टोपी पहने हुए थी, जिसमें गहरे केसरी रंग के रिबन लगे हुए थे। वृद्धा ने आते ही अपने प्रॉमिसरी नोटों का क़िस्सा शुरू कर दिया और ठंडी आहें भरकर अपनी ग़रीबी का रोना रोने लगी, आंसू बहाने लगी, और बिना किसी शिष्टता के ज़ोर-ज़ोर से नसवार सूंघने लगी और कुर्सी पर बैठकर मजे से अपना शरीर हिलाने लगी, ज़ैसे वह अपने घर में बैठी हो। उसके दिमाग़ में यह ख़्याल तक न था कि वह एक प्रिंसेज़ है। इसके विपरीत ज़िनेदा के व्यवहार में बड़ी शिष्टता थी, यहां तक कि अंहकार था और वह पूरी प्रिंसेज़ मालूम हो रही थी। उसके चेहरे पर संजीदगी और उदासीनता भरी कठोरता छाई थी। उसकी दृष्टि और मुस्कान भी एकदम बदल गई थी, उसे पहचानने में मुझे दिक्क़त हुई, लेकिन उसका यह नया रूप भी मेरी आंखों में कम सुंदर नहीं था। उसने रेशमी जाली का फ्रॉक पहन रखा था, जिस पर हल्के नीले

रंग का नमूना बना था। उसके लंबे बालों में अंग्रेज़ी फ़ैशन के छल्ले थे, जो उसके चेहरे के भाव के साथ मेल खा रहे थे। खाने के वक़्त मेरे पिता उसके साथ वाली कुर्सी पर बैठे थे और शान्त सुसंस्कृत ढंग से ज़िनेदा का सत्कार कर रहे थे। हर थोड़ी देर के बाद मेरे पिता उसके चेहरे पर नज़रें गड़ा देते थे। ज़िनेदा भी पिता की तरफ़ देख रही थी। उसकी नजरों में अजीब क़िस्म का विरोध-भाव था। दोनों फ्रेंच में बातचीत कर रहे थे। मुझे याद है, ज़िनेदा के शुद्ध उच्चारण से मैं बहुत प्रभावित हुआ था। वृद्धा प्रिंसेज़ खाने के समय भी पूर्ववत फूहड़ व्यवहार कर रही थी। मज़े में बैठी खूब खा रही थी और खाने की चीज़ों की तरीफ़ कर रही थी। मेरी मां उससे चिढ़ गई थीं, और उसके प्रति उपेक्षा दिखा रही थीं। मेरे पिता भी अप्रत्यक्ष रूप से कई बार भड़क उठे थे। मां को ज़िनेदा भी अच्छी नहीं लगी थी। अगले दिन वे बोलीं, "घमंडी छोकरी ! मैं जानना चाहती हूं कि आख़िर उसे घमंड किस बात का है ?"

"साफ़ ज़ाहिर है कि तुमने अपनी ज़िंदगी में कोई छिनाल नहीं देखी।" पिताजी ने टिप्पणी की।

"इसके लिए ईश्वर को धन्यवाद है !"

"सो तो सचमुच है, लेकिन चूंकि तुम्हें कोई तजुर्बा नहीं, इसलिए तुम उनके बारे में राय देने का हक नहीं रखती।"

ज़िनेदा ने मेरी तरफ़ बिल्कुल ध्यान नहीं दिया था। खाने के जल्द बाद उसकी मां ने जाने की इजाज़त मांगी।

"तो मैं आपसे संरक्षण की उम्मीद रखूं, मारिया निकोलाइवना और प्योत्र वेसीलेविच !" प्रिंसेज़ ने मिनमिनाती हुई आवाज़ में कहा, "मैंने भी ज़िंदगी में अच्छे दिन देखे थे। वे दिन अब बीत गए हैं, ज़रा मेरी तरफ़ देखो ! मुझे 'हर लेडीशिप' कहा जाता है !" प्रिंसेज़ ने भद्दे ढंग से हंसते हुए कहा, "जब इंसान के पास रोटी न हो, तो ऊंची पदवियों से कोई फ़ायदा नहीं।"

मेरे पिता ने आदरपूर्वक प्रिंसेज़ के आगे सिर झुकाया और उसे कमरे से बाहर पहुंचाने गए। मैं अपनी छोटी जैकेट पहने खड़ा फर्श की ओर ताक रहा था, ज़ैसे मुझे फांसी की सज़ा मिली हो। ज़िनेदा के व्यवहार ने मुझे परास्त कर दिया था। जरा सोचिए, मुझे कितना ताज्जुब हुआ होगा, जब मेरे पास से गुज़रते वक़्त उसने जल्दी से फुसफुसा कर कहा, "आज शाम को आठ बजे हमारे यहां आना,

याद से।" उसकी आंखों में पहले की-सी चमक आ गई थी। मैं आश्चर्य से बांहें फैलाकर खड़ा रह गया, लेकिन वह अपने सर पर एक सफ़ेद स्कार्फ़ लपेटती हुई वहां से चली गई थी।

सात

मैंने ओवरकोट पहना और बालों को ब्रश से इतना ऊंचा किया कि सिर के ऊपर गुच्छा-सा बन गया। ठीक आठ बजे मैं प्रिंसेज़ के मकान के बरामदे में पहुंचा। बूढ़े अर्दली ने एक रूखी-सी नज़र मुझ पर डाली, और अनिच्छापूर्वक बेंच से उठ खड़ा हुआ। ड्राइंग रूम में से हंसी-खुशी की आवाज़ें आ रही थीं। मैंने दरवाज़ा खोला और आश्चर्य से पीछे हट गया। कमरे के बीचोबीच एक कुर्सी पर ज़िनेदा हाथ में एक मर्दाना हैट लिए खड़ी थी। कुर्सी के गिर्द पांच मर्द बैठे थे। सभी हैट के भीतर अपना-अपना हाथ डालने की कोशिश कर रहे थे और ज़िनेदा हैट को उनकी पहुंच से दूर हटाने के लिए। हिला रही थी। मुझे देखते ही वह चिल्लाई, "ठहरिए ! एक और मेहमान आए हैं, इन्हें भी टिकट मिलना चाहिए !" और फुर्ती से कूदकर वह कुर्सी से नीचे आ गई और उसने मुझे कोट की आस्तीन से पकड़ लिया, "आओ भी, वहां मत खड़े रहो ! सज्जनो ! आइए, आपको एक-दूसरे से परिचित करा दूं। यह है मोशियो वोल्दीमार, हमारे पड़ोसी साहबज़ादे, और ये हैं," उसने बारी-बारी से सब मेहमानों की तरफ़ इशारा किया, "काउंट मेलेव्स्की , डॉक्टर लूशिन, कवि मैदेनोव, रिटायर्ड कैप्टन निमत्स्की, और घुड़सवार टुकड़ी के बेलोवज़ोरोव...इनसे तो तुम मिल ही चुके हो। मुझे उम्मीद है कि आप सबकी आपस में खूब दोस्ती रहेगी।"

मैं घबराहट के मारे किसी को झुककर नमस्कार भी न कर सका। डॉक्टर लूशिन को देखते ही मैं पहचान गया। यह वही काले बालों वाला आदमी था, जिसने उस दिन बाग़ में इतनी बेरहमी से मेरा मज़ाक़ उड़ाया था। बाक़ी सब मेरे

लिए अपरिचित थे।

"काउन्ट ! मोशियो वोल्दीमार के लिए एक टिकट बनाओ।" ज़िनेदा बोली।

"यह इन्साफ़ की बात नहीं है !" काउन्ट ने एतराज़ किया। उसका उच्चारण पोलिश था। वह एक खूबसूरत, बांका जवान था, उसकी भूरे रंग की आंखें बड़ी भावपूर्ण थीं, उसकी नाक पतली और पीले रंग की थी, और छोटे-से मुंह के ऊपर सुथरी, छोटी मूंछें थीं। वह कह रहा था, "यह हमारे ज़ब्ती के खेल में शामिल नहीं हुआ था।"

"यह इन्साफ नहीं है !" बेलोवज़ोरोव, और वह आदमी, जिसका ज़िनेदा ने रिटायर्ड कैप्टन कहकर परिचय दिया था, दोनों चिल्लाए। कैप्टन की उम्र क़रीब चालीस वर्ष की होगी। उसका चेहरा चेचक के दाग़ों से भयंकर रूप से बिगड़ा हुआ था, उसके बाल हब्शियों की तरह घुंघराले थे, कंधे गोल थे और टांगे मुड़ी हुई थीं। उसने एक फ़ौजी कोट पहन रखा था, जिसके न बटन बन्द किए गए थे, न कोई बिल्ला लगा था।

"मैं कहती हूं, इनके लिए टिकट बनाओ !" ज़िनेदा ने फिर अपनी बात दुहराई, "मैं बग़ावत बर्दाश्त नहीं करूंगी। यह मोशियो वोल्दीमार का पहला दिन है, इसलिए उनके हक़ में नियम ढीले किए जा सकते हैं। बड़बड़ाना बंद करके, जैसा मैं कहती हूं, वैसा ही करो।"

काउन्ट ने अपने कंधे सिकोड़ लिए, लेकिन फिर आदेश का पालन करते हुए अपना सर झुकाया और अपनी सफ़ेद अंगूठियों से सुशोभित उंगलियों से एक क़लम उठाकर काग़ज़ के पुर्जे पर लिखने लगा।

"कम-से-कम आप हमें मोशियो वोल्दीमार को खेल के नियम समझाने की इजाज़त तो देंगी !" लूशिन ने ताना मारते हुए कहा, "वे तो घबराए हुए मालूम होते हैं। देखो नौजवान, हम 'फ़ौरफीट' खेल खेल रहे हैं। प्रिंसेज़ को सज़ा दी गई है, और जिसके नाम भी 'लकी' टिकट निकल आया, वह प्रिंसेज़ के हाथ को चूमने का हक़दार होगा। समझ गए न !"

मेरे ऊपर ज़ैसे वज्रपात हो गया। मैं खड़ा टुकुर-टुकुर लूशिन का मुंह ताकने लगा। प्रिंसेज़ फिर कूदकर कुर्सी पर चढ़ गई और हैट हिलाने लगी। सब लोगों की तरह मैंने भी हैट तक पहुंचने की कोशिश की।

"मैदेनोव" प्रिंसेज़ ने एक लंबे, दुबले चेहरे वाले नौजवान को, जिसके

बाल काले और लंबे थे और जो 'मायोपिया' के कारण दूर नहीं देख सकता था, कहा, "तुम कवि हो, इसलिए तुम्हें उदारता दिखानी चाहिए और मोशियो वोल्दीमार को अपना टिकट भी दे देना चाहिए, ताकि उन्हें एक के बजाय दो 'चांस' मिल जाएं।"

लेकिन मैदनोव ने अपने लंबे बालों वाला सर हिलाकर 'न' कर दिया। मैंने सबसे आख़ीर में हैट में हाथ डाला और अपना टिकट निकाला... और खोलकर देखा। ज़रा अनुमान लगाइए कि उस समय मेरी भावनाएं क्या रही होंगी, जब मैंने काग़ज़ के पुर्जे पर 'चुंबन' शब्द लिखा देखा।

मेरे मुंह से अपने आप ही निकल गया, "चुंबन !"

"शाबाश ! यह जीत गया। मुझे बड़ी खुशी है।" प्रिंसेज़ फ़ौरन चिल्लाई और कुर्सी से उतरकर मेरी आंखों में मुस्कराकर देखने लगी। उसकी मधुर और शांत मुस्कान को देखकर मेरा दिल धक-से रह गया। उसने पूछा, "तुम खुश हो ?"

"मैं ?" मेरे मुंह से सिर्फ़ इतना ही निकल पाया।

बेलोवज़ोरोव ने मेरे कान में कहा, "अपना टिकट मेरे हाथ बेच दो। मैं तुम्हें एक सौ रूबल दूंगा।"

मैंने मुझई हुई नज़र से उसकी तरफ़ देखा। ज़िनेदा तालियां पीटने लगी और लूशिन ने कहा, "शाबाश !"

"लेकिन, निर्देशक होने के नाते मैं चाहूंगा कि नियमों का कठोरता से पालन किया जाए। मोशियो वोल्दीमार, प्रिंसेज़ के आगे एक घुटना टेककर बैठ जाओ। यह हमारा रिवाज है।" लूशिन बोला।

ज़िनेदा मेरे सामने खड़ी हो गई, उसका सर एक तरफ़ झुका हुआ था, ज़ैसे वह मेरे चेहरे को अच्छी तरह देखना चाहती थी। उसने बड़ी गंभीरता से अपना हाथ मेरी तरफ़ बढ़ा दिया। मेरी दृष्टि धुंधली पड़ गई, एक घुटने की बजाय मैं दोनों घुटने टेककर बैठ गया और मैंने अपने होठों से ज़िनेदा की उंगलियों को ऐसे फूहड़ ढंग से छुआ कि मेरी नाक का सिरा उसके नाखून से छिल गया।

"बस, इतना ही काफ़ी है।" लूशिन ने मेरा हाथ पकड़कर मुझे उठाते हुए कहा।

खेल चलता रहा। ज़िनेदा ने मुझे अपने पास बैठा लिया। जिस तरह की

सज़ाएं उसने ईजाद की थीं, उनमें से एक तो उसके अपने हिस्से में ही आ पड़ी। उससे एक 'स्मारक' की तरह खड़ा होने की सज़ा मिली। उसने बदसूरत निमत्स्की को पेट के बल लिटा दिया, और उसका सिर खींचकर कंधों के नज़दीक कर लिया और उसे चबूतरा बनाकर उस पर खड़ी हो गई।

लगातार कहकहे लगते रहे। जिस सम्मानित कुलीन परिवार के गंभीर और एकान्तपूर्ण वातावरण में मेरा लालन-पालन हुआ था, उसे देखते हुए, अगर यह शोर-शराबा, चुहलबाज़ी, जो कोहराम की सीमा तक पहुंच गई थी, और अजनबी लोगों के साथ इतनी अविश्वसनीय घनिष्ठता से मुझ पर नशा चढ़ गया, तो इसमें आश्चर्य की कौन-सी बात है। मुझ पर ज़ैसे शराब का-सा नशा चढ़ गया था। मैं सबसे ज्यादा ज़ोर से हंस और बोल रहा था, मेरी आवाज़ इतनी ऊंची थी कि पास वाले कमरे में बैठी वृद्धा प्रिन्सेज़, जो किसी अफ़सर के साथ बैठी सलाह-मशवरा कर रही थी, यह देखने के लिए भीतर आई कि आख़िर माज़रा क्या है, लेकिन उस समय मैं खुशी में इतना पागल था कि कहावत के अनुसार मेरे कानों पर जूं तक नहीं रेंगी, न ही किसी की उपहासपूर्ण टिप्पणियों या क्रोध-भरी नज़रों का मुझे रत्ती-भर ख़्याल था। ज़िनेदा बार-बार मुझे ही चुनती थी, और अपने पास से नहीं जाने देती थी। एक सज़ा मुझे जो मिली थी वह यह थी कि मैं उससे सटकर बैठूं हम दोनों के सिर पर एक ही रेशमी रूमाल बांधा जाएगा और मैं उसे अपने दिल का राज़ बताऊंगा। मुझे याद है, जब हम दोनों के सिर सुवासित, दम घोंटने वाले, पारदर्शी रूमाल में लपेट दिए गए, जिसके धुंधलेपन में उसकी आंखें मेरे बिल्कुल नज़दीक, मृदु-भाव से चमक रही थीं, उसकी गर्म सांस का स्पर्श मुझे महसूस हो रहा था, उसके दांत चमक रहे थे और उसकी जुल्फ़ें मुझे चुभ रही थीं और मेरे दिल में गुदगुदी पैदा कर रही थीं, उस वक़्त मेरे शरीर में कैसी सनसनी फैल गई थी ! मैं ख़ामोश था। वह रहस्य और शरारत-भरे ढंग से मुस्कराई और उसने आख़िर फुसफुसाकर कहा, "कहो, क्या कहते हो ?" मेरा चेहरा शर्म से लाल हो गया। मैंने हंसकर सिर दूसरी तरफ़ फेर लिया। मेरी सांस फूल गई थी। जल्द ही इस खेल से हमारा मन भर गया और रस्सी का खेल शुरू हो गया। हे ईश्वर, लापरवाही दिखाने की सज़ा के तौर पर उसने जब मेरे टख़नों पर रस्सी मारी थी, तो मुझे कितना सुख मिला था। मैंने फिर गहरी सोच में डूबने का अभिनय किया और उसने जान-बूझकर मुझे तंग करने के लिए मेरे हाथों को नहीं छुआ।

उस शाम को हम लोगों ने कितनी उछल-कूद मचाई थी और शरारतें की थीं। हमने प्यानो बजाया, गीत गाए, डांस किया, खेमों में इकट्ठे हुए जिप्सीओं[1] का अभिनय किया, निमत्स्की को रीछ बनाया और उसे नमकीन पानी पिलाया और काउंट मेलेव्स्की ने हमें ताश में हाथ की सफाई के कई करबत दिखाए। उसने 'विस्ट' की एक बाज़ी में पत्ते इस ढंग से फेंटे कि बांटने पर उसके हिस्से में सारे रंग के पत्ते आ गए, जिस पर लूशिन ने उसे 'हार्दिक बधाई' दी। मैदेनोव ने अपनी कविता 'कातिल' में से कुछ अंश सुनाए। उस वक़्त रोमांटिक आन्दोलन अपने पूरे जोर पर था, जिसे वह एक काली जिल्द पर लहू ज़ैसे लाल अक्षरों में छपाने जा रहा था। हमने अफ़सर के घुटनों पर से उसकी टोपी चुरा ली और उससे 'कज़ाशोक' डान्स करवाया, तब कहीं जाकर टोपी लौटाई। बूढ़े वोनीफ़ेती के सर पर एक ज़नाना टोपी पहना दी गई और ज़िनेदा ने मर्दाना हैट पहन लिया हमने... क्या-क्या किया, उन सब बातों का बयान करना नामुमकिन है। सिर्फ़ बेलोवज़ोरोव ही सारा वक़्त एक कोने में बैठा रहा। उसके माथे पर त्यौरियां चढ़ गई थीं और वह मन-ही-मन कुढ़ रहा था। बीच-बीच में उसकी आंखें सुर्ख हो जाती थीं, सारे चेहरे पर गुस्से की लाली दौड़ जाती थी, लगता था कि वह झपटकर हम सबको लकड़ी के टुकड़ों की तरह बिखेरने वाला है, लेकिन ज्योंही ज़िनेदा उसकी तरफ़ देखकर उंगली से उसे डांटने का इशारा करती, वह फिर कोने में जाकर बैठ जाता।

आख़िरकार हम थकान से चूर हो गए। हालांकि वृद्धा प्रिंसेज़ की तरफ़ से अभी भी हमें खेलने की पूरी आज़ादी थी, लेकिन वे भी थक गईं और उन्होंने आराम करने की इच्छा प्रकट की। इसके बाद ही खाना परसा गया, जिसमें बासी सूखे पनीर का एक टुकड़ा था, क़ीमा और ठंडी कचौरियां थीं, जो मुझे बढ़िया से बढ़िया टिकियों से भी ज्यादा स्वादिष्ट मालूम हुईं। शराब की सिर्फ़ एक ही बोतल थी। उस बोतल की शक्ल भी बड़ी विचित्र थी, उसका रंग गहरा था और गर्दन फूली हुई थी, शराब का स्वाद लाल रंग जैसा था, लेकिन किसी ने भी उस शराब को नहीं पिया। खुशी की थकान और तन्द्रा लेकर मैं वहां से चला आया। मुझसे विदा लेते समय ज़िनेदा ने ज़ोर से मेरा हाथ दबाया और फिर रहस्यमय ढंग से मुस्कराई।

---

1 ख़ानाबदोश।

मैंने अपने गर्म चेहरे पर रात की भारी और सीली हवा का स्पर्श महसूस किया। हवा में तूफ़ान के आसार थे। आकाश में काले बादल घिर आए थे, प्रतिक्षण उनका आकार बदल रहा था। अंधेरे वृक्षों पर हवा बेचैनी से कांप रही थी। दूर कहीं, आकाश के दूसरे छोर पर बिजली ज़ैसे अपने आपसे ही क्रुद्ध, खोखली आवाज़ में शिकायत कर रही थी।

मैं पिछवाड़े के दरवाजे से अपने कमरे में पहुंचा। रास्ते में नौकर सो रहा था, मुझे उसके ऊपर से होकर गुज़रना पड़ा। उसकी नींद खुल गई। उसने मुझे देखा और बताया कि मां मुझसे फिर नाराज़ हैं, वे मुझे प्रिंसेज़ के यहां से बुलवा लेना चाहती थीं, लेकिन पिताजी ने उन्हें ऐसा करने से मना कर दिया था (इससे पहले मैं कभी मां को गुड नाइट कहे बग़ैर और उनका आशीर्वाद लिए बग़ैर नहीं सोया था)। ख़ैर लाचारी थी।

मैंने नौकर से कहा कि मैं खुद ही कपड़े उतारकर सो जाऊंगा। मैंने मोमबत्ती बुझा दी, लेकिन न कपड़े उतारे, न बिस्तर पर लेटा हो।

मैं बड़ी देर तक कुर्सी पर मंत्रमुग्ध-सा बैठा रहा...मुझे एक नई मधुर अनुभूति हो रही थी। मैं ख़ामोश बैठा अपने चारों ओर देखता रहा और गहरी सांसें लेता रहा। बीच-बीच में किसी बात की याद से मेरे मन में मौन हास्य फूट उठता, अकस्मात यह सोचकर कि मुझे प्रेम हो गया है, और प्रेम ऐसा ही होता है, मेरा दिल सर्द हो जाता। ज़िनेदा का वह चेहरा सारे वक़्त मेरी आंखों के आगे घूमता रहा, जब मुझसे विदा लेते वक़्त वह रहस्यमय ढंग से मुस्कराई थी, उसने कनखियों से मेरी तरफ़ देखा था, वे प्रश्नसूचक सोच में डूबी, स्नेह-भरी नज़रें...!

आख़िरकार मैं उठा, और पंजों के बल अपने पलंग पर पहुंचा और बिना कपड़े उतारे, सावधानी से मैंने अपना सर तकिए पर रख दिया, शायद मझे डर था कि किसी आकस्मिक आघात से कहीं मेरे दिमाग़ में लबालब भरी वह चीज़ हिल-डुल न जाए...।

बिस्तर पर लेटने के बावजूद मैंने अपनी आंखें तक बंद नहीं कीं। इसी वक़्त मैंने कमरे में धुंधली-सी परछाइयां-सी देखीं। मैं उठकर बैठ गया और खिड़की की तरफ़ देखने लगा। शीशों की रहस्यमय सफ़ेद पृष्ठभूमि में खिड़की की चौखट की आकृति साफ़ दिखाई दे रही थी। 'तूफ़ान' मैंने मन-ही-मन कहा, और सचमुच तूफ़ान आ रहा था, लेकिन वह कहीं दूर था, इतनी दूर कि मुझे बादलों की गर्जन भी नहीं सुनाई दे रही थी। सिर्फ़ आकाश पर बिजली की कांटे जैसी लंबी रेखाएं

लगातार चमक रही थीं, बल्कि यूं कहना चाहिए कि कांप रही थीं, और मरणासन्न पक्षी के पंखों की तरह फड़फड़ा रही थीं। मैं बिस्तर से निकलकर खिड़की के आगे जा खड़ा हुआ और दिन निकलने तक वहीं खड़ा रहा... बिजली की चमक क्षण-भर के लिए भी बंद नहीं हुई। रूस के देहाती लोगों की ज़बान में यह 'चिड़िया की रात' थी। मैं मौन धरती की ओर, नैसकुशनी बाग में जमा हुई परछाइयों की भीड़ को' दूर की इमारतों की हलकी पीली बाहरी रेखाओं को देख रहा था, जो बिजली की हर हलकी चमक में कांपती हुई नजर आ रही थीं... मैं चाहते हुए भी इस दृश्य से अपने को अलग न कर सका। बिजली की वह ख़ामोश चमक, वह संयत दीप्ति, ज़ैसे वह मेरे दिल में मचलती हुई रहस्यमय ख़ामोश आकांक्षाओं का जवाब था। दिन निकल रहा था, आकाश पर प्रभात की लाली के टुकड़े प्रकट हो गए थे। सूरज के आगमन के साथ ही बिजली की आभा फीकी पड़ती गई और अंत में क्षीण होकर दिन की गंभीर नीरस रोशनी में ग़ायब हो गई...।

मेरे मन के भीतर का तूफ़ान भी शांत हो गया था और बिजली की चमक ग़ायब हो गई थी। मुझे बेहद थकान और सन्नाटा अनुभव हो रहा था, लेकिन ज़िनेदा की सूरत अभी भी विजेता की तरह मेरी आत्मा में मंडरा रही थी, पर इस समय वह सूरत शांत थी। नरकुल की झाड़ियों में से तैरकर ऊपर आते हुए हंस की तरह उसने अपने को अपने गंदे वातावरण से अलहदा कर लिया, सोते समय मैंने फिर विश्वासपूर्वक अपने मन में उसकी साष्टांग आराधना की।

ओह, वे विनम्र भावनाएं, मंद स्वर द्रवित आत्मा की प्रशांत कोमलताएं ! पहले प्यार की पिघला देने वाली दीप्ति !... अब तुम कहां हो, कहां ?

आठ

गले दिन सुबह जब मैं नीचे चाय पीने के लिए आया तो मां ने मुझे डांटा। मुझे उम्मीद थी कि वह मुझे इससे भी ज्यादा डांटेंगी। मैंने शाम किस

तरह गुज़ारी, यह उन्हें बताना पड़ा। मैंने अधिकांश अंश ग़ायब करके, संक्षेप में उन्हें कल की घटना सुनाई, ताकि उन्हें सारी बातें निर्दोष मालूम हों।

"लेकिन फिर भी वे लोग ज्यादा मिलने-जुलने लायक़ नहीं हैं। तुम्हें उनके गिर्द मंडराने की कोई ज़रूरत नहीं। तुम अपने इम्तहान की तैयारी करो।"

मैं यह अच्छी तरह जानता था कि मेरी पढ़ाई के बारे में मां की चिन्ता इन चन्द शब्दों तक ही सीमित रहेगी, इसलिए मैंने ज्यादा बहस करने की मुसीबत मोल नहीं ली, लेकिन चाय के बाद मेरे पिता मेरी बांह में बांहें डालकर मुझे बाग़ में ले गए और कल मैंने ज़ैसेकीना परिवार में जो कुछ देखा था, उसे बताने के लिए उन्होंने मुझे विवश कर दिया।

मेरे पिता का मुझ पर अजीब प्रभाव था और हम दोनों में सम्बन्ध भी बिल्कुल अजीब क़िस्म के थे। उन्होंने मेरी तालीम में शायद ही कभी दिलचस्पी ली हो, लेकिन उन्होंने कभी कोई ऐसी बात नहीं कही, जिससे मेरे दिल पर चोट पहुंची हो। वह मेरी आज़ादी की इज़्ज़त करते थे, और अगर आप कहने की इजाज़त दें, तो मेरे प्रति नम्र भी थे, लेकिन उन्होंने मुझे कभी जरा-भी अपने नज़दीक नहीं आने दिया था। मैं उन्हें प्यार करता था, उनका प्रशंसक था, मेरी नजरों में वह सभी पुरुषोचित गुणों के प्रतीक थे। ओह, मुझे हर समय ऐसा लगता था कि वह जान-बूझकर मुझे अपने से दूर रखते हैं, इसीलिए तो मैं उनकी आराधना करता था। अपनी इच्छानुसार अपने एक शब्द और एक इशारे से ही वह मुझमें असीम आत्मविश्वास पैदा कर सकते थे। ऐसे क्षणों में मेरी आत्मा विस्तृत हो जाती थी और मैं लगातार चहकने लगता था, ज़ैसे मैं किसी प्रतिभाशाली दोस्त या स्नेहपूर्ण संरक्षक के साथ बात कह रहा होऊं।... और फिर एक झटके में सहसा वह मुझे अपने से अलग कर देते थे, मुझे फिर लगता था कि वह मुझसे नफ़रत करते हैं, नर्मी और शिष्टता के साथ, लेकिन उनके दिल में नफ़रत है।

कभी उनके दिल में विनोद की उमंग उठती और वह मेरे साथ मिलकर उछल-कूद मचाने लगते। उन्हें हर तरह की कड़ी शारीरिक कसरतें पसंद थीं, और एक बार... सिर्फ़ एक बार उन्होंने मेरे साथ इतना लाड़ किया कि मैं रुआंसा हो गया था, लेकिन उनकी उमंग और स्नेह का 'मूड' एकदम ग़ायब हो जाता, उसका कोई नामोनिशान भी बाक़ी न रहता। इन सम्बन्धों के आधार पर मैं कभी भविष्य के प्रति मन में आशाएं नहीं रख सका। मुझे लगता, ज़ैसे उनका सारा लाड़-प्यार सिर्फ़ एक

सपना था। कई बार मैं उनके प्रतिभाशाली, सुंदर और शांत चेहरे की तरफ़ टकटकी लगाकर देखता रहता, मेरा दिल ज़ोर से धड़कने लगता, और रोम-रोम उनकी तरफ़ खिंच जाता... और वह भी यह भांपकर कि मेरे मन पर क्या बीत रही है, लापरवाही से मेरा गाल सहलाकर या तो कमरे से बाहर चले जाते और किसी-न-किसी काम में व्यस्त हो जाते, या फ़ौरन अपने ख़ास अंदाज़ में बेरुख़ी अख़्तियार कर लेते। मैं भी फ़ौरन सिकुड़ कर सहम जाता। वह कभी अकस्मात ही मुझ पर मेहरबान होकर लाड़ करने लगते थे, हालांकि मैं मन-ही-मन इसके लिए हर समय प्रार्थना किया करता था, लेकिन मेरी प्रार्थनाओं का कोई असर नहीं होता था।

बाद में अपने पिता के व्यक्तित्व के बारे में सोच-विचार करने के बाद मैं इस नतीजे पर पहुंचा कि मेरे और हमारी घरेलु ज़िन्दगी के अलावा उनके पास सोचने के लिए और बातें भी थीं। उनका दिल किसी दूसरी ही चीज़ में रमा हुआ था, जिसमें उन्हें हार्दिक सुख मिलता था। एक बार उन्होंने मुझसे कहा था, "ज़िंदगी में जो भी लेना चाहो ले लो, लेकिन कभी भी अपने अहं का समर्पण मत करो। पूरी तरह अपना ही बना रहना... यही वह चीज़ है, जिसे हम ज़िंदगी कहते हैं।" एक बार और जब मैंने उनकी उपस्थिति में एक प्रजातन्त्रवादी नौजवान की हैसियत से 'आज़ादी' पर बहस करनी शुरू की (उस दिन वह 'मेहरबानी' के मूड में थे, जब मैं उनसे मनचाही बातें कर सकता था), तो उन्होंने मेरी बात दोहराते हुए कहा, "आज़ादी ?... जानते हो सिर्फ़ एक ही चीज़ इंसान को आज़ादी दे सकती है। वह कौन-सी चीज़ है ?"

"कौन-सी चीज़ है ?" मैंने पूछा।

"इच्छाशक्ति, इंसान की अपनी इच्छाशक्ति। वही उसको बल भी देती है और यह किसी तरह की आज़ादी से भी बेहतर चीज़ है। पहले तो यह जानना सीखो कि तुम चाहते क्या हो, तभी तुम आज़ाद हो सकोगे और औरों पर हुकूमत कर सकोगे।"

जीना ही मेरे पिता का सबसे बड़ा उद्देश्य था और वह ज़िन्दा रहे भी। शायद उन्हें यह पूर्वज्ञान हो गया था कि 'जिसे हम ज़िन्दगी कहते हैं उसका आनंद लूटने के लिए उनके पास काफ़ी समय नहीं है। बयालीस बरस की उम्र में उनकी मृत्यु हो गई।

मैंने अपने पिता को प्रिंसेज़ के यहां का सविस्तार हाल सुनाया। वह बेंच पर

बैठे अपनी घुड़सवारी की चाबुक से रेत पर लकीरें खींच रहे थे, और अनमने भाव से मेरी बातें सुन रहे थे। वह एकाध बार हंसे और मेरी तरफ़ एक तेज़, विनोद-भरी नज़र डालकर उन्होंने मुझसे संक्षिप्त सवाल पूछे और अपनी टिप्पणियों द्वारा मुझे प्रोत्साहित भी किया। पहले तो मुझमें इतना भी साहस न हुआ कि मैं ज़िनेदा का नाम तक ले सकूं लेकिन फ़ौरन ही मेरे संयम का बांध टूट गया और मैंने ज़िनेदा की तारीफ़ें करना शुरू कर दीं। मेरे पिता दबे स्वर से हंसते रहे, फिर किसी सोच में डूब गए, और एक जम्हाई लेकर बेंच से उठ खड़े हुए।

मुझे याद है, घर से बाहर आने से पहले उन्होंने अपना घोड़ा तैयार करने का हुक्म दिया था। वह बड़े कुशल घुड़सवार थे और उच्छृंखल-से-उच्छृंखल घोड़े को साध सकते थे, मिस्टर रेरी के करतब दिखाने से यह बहुत पहले की बात है।

"क्या मैं भी आपके साथ चलूं, पिता जी ?" मैंने पूछा।

"नहीं," उन्होंने जवाब दिया और उनके चेहरे पर फिर पहले जैसी स्नेहपूर्ण उदासीनता छा गई, "तुम अगर चाहो तो अकेले जा सकते हो और देखो, जाकर साईस से कह दो कि मैं सवारी करने नहीं जाऊंगा।"

मेरी तरफ़ से मुंह फेरकर वह फुर्ती से चले गए। मैं उनकी तरफ़ देखता रहा, जब तक वह फाटक से निकलकर अदृश्य नहीं हो गए। चारदीवारी पर से मुझे उनका हैट आगे बढ़ता नज़र आ रहा था। मैंने उन्हें प्रिंसेज ज़ैसेकीना के घर में दाखिल होते देखा।

वह घंटे से कुछ कम वक़्त तक वहीं रहे, और वहीं से सीधे शहर चले गए और शाम होने पर घर लौटे।

खाने के बाद मैं खुद पड़ोसियों के यहां चला गया। मैंने वृद्धा प्रिंसेज को ड्राइंग-रूम में अकेले बैठा पाया। मुझे देखते ही वह टोपी के नीचे एक बुनने की सलाई की नोक से अपना सर खुजलाती हुई अकस्मात मुझसे पूछने लगीं कि क्या मैं उनके लिए एक अर्ज़ी की नक़ल कर दूंगा ?

"खुशी से।" मैंने एक कुर्सी के किनारे पर बैठते हुए कहा।

प्रिंसेज ने मुझे एक लिखा हुआ पृष्ठ देते हुए कहा, "ख़्याल रखंना, अक्षर बड़े-बड़े हों, और तुम्हारा क्या विचार है, यह अर्ज़ी आज ही तैयार हो जाएगी, बरखुर्दार !"

"हां, मैं आज ही इसे कर डालूंगा।"

साथ वाले कमरे का दरवाज़ा ज़रा-सा खुला, और ज़िनेदा का पीला परेशान चेहरा दरार में नज़र आया, उसने लापरवाही से बालों में पीछे की तरफ़ कंघी की थी। उसने बड़ी सर्द आंखों से मेरी तरफ़ देखा और चुपचाप दरवाज़ा बंद कर दिया।

"जीना ! अरी ज़ीना !" उसकी मां चिल्लाई, लेकिन ज़ीना ने कोई जवाब न दिया। मैं वृद्धा की अर्ज़ी अपने साथ घर ले आया और बाक़ी की शाम मैंने उसकी नक़ल तैयार करने में गुज़ार दी।

नौ

मेरा प्यार उस दिन से शुरू हुआ। मेरा ख़्याल है कि मेरी भावनाएं उस व्यक्ति की तरह रही होंगी, जिसने नए सिरे से नौकरी की ज़िन्दगी शुरू की हो। अब मैं निरा लड़का नहीं था, मैं प्रेमी था। मैंने बताया है कि मेरा प्यार इसी दिन से शुरू हुआ था, लेकिन मुझे साथ में यह भी जोड़ देना चाहिए कि मेरी मानसिक यातनाएं भी इसी दिन से शुरू हुई थीं। ज़िनेदा से दूर रहने पर मेरा दिल तड़पता था। मैं एकाग्रचित्त से कोई काम नहीं कर पाता था। दिन-भर उसके बारे में सोचने के सिवा मुझे कोई काम न था.. उससे दूर होने पर मेरा दिल तड़पता था... लेकिन उसकी उपस्थिति से भी मेरी वेदना में कोई अंतर नहीं आता था। मैं ईर्ष्यालु हो गया था, मुझे अपनी तुच्छता का आभास होता था और मैं बेवकूफ़ों की तरह मन-ही-मन कुढ़ता रहता था। बड़ी बेवकूफ़ी से उसके सामने दास्यभाव दर्शाता था, लेकिन एक दुर्दमनीय शक्ति मुझे उसकी ओर खींचती थी। हर बार उसके कमरे की दहलीज़ पार करते वक़्त मेरे दिल में एक सुखद टीस उठा करती थी।

ज़िनेदा को भी जल्द ही पता चल गया कि मैं उसे प्यार करता हूं, इस भावना को छिपाने का मेरा भी कोई इरादा नहीं था। वह बारी-बारी से मेरी आसक्ति का मज़ाक़

उड़ाती थी, मुझे तड़पाती थी और मुझसे लाड़ भी करती थी। किसी की ज़िन्दगी में सबसे बड़े सुख या सबसे गहरे दुख का एकमात्र निरंकुश कारण होना, जिसे चुनौती न दी जा सके, बड़ा मधुर अनुभव है, और ज़िनेदा ने मुझे अपने हाथों में मोम की तरह पाया, लेकिन उसे प्यार करने वाला सिर्फ़ मैं ही अकेला नहीं था। उसके यहां जो लोग भी आते थे, वे सब उस पर पागल थे। वह अपने क़दमों में पड़े इन सब लोगों की नकेल अपने हाथों में रखती थी। उनके दिल में बारी-बारी से आशा और आशंका जागृत करने में उसे बड़ा मज़ा आता था। वह इसे लोगों को आपस में टकरा देना कहा करती थी। वे सब भी बिना विरोध किए उसकी इच्छा के आगे समर्पण कर देते थे। उसके सजीव और सुंदर व्यक्तित्व में चालाकी, धृष्टता, बनावटीपन और सादगी, शान्ति और चपलता का मनमोहक सम्मिश्रण था। उसकी हर बात, हर काम, हर अदा में एक ख़ास क़िस्म की नज़ाकत थी। उसके सारे व्यक्तित्व से एक ख़ास क़िस्म की शक्ति झलकती थी। उसके चेहरे के भाव हर क्षण बदलते रहते थे। एक साथ ही वह उपहास, गम्भीरता और उत्साह का भाव प्रकट कर सकती थी। विरोधी से विरोधी भाव भी उसकी आंखों और होठों पर धूप-भरे दिन में हवा के झोंकों से बादलों की परछाइयों की तरह तेज़ी और चपलता से एक दूसरे का पीछा किया करते थे।

उसका हर प्रशंसक उसके लिए आवश्यक था। बेलोवज़ोरोव, जिसे वह 'मेरा जानवर', या कभी-कभी सिर्फ़ 'मेरा बेलोवज़ोरोव' कहकर पुकारती थी, उसकी ख़ातिर वह आग की लपटों में भी कूद सकता था। अपनी मानसिक शक्तियों या अन्य गुणों पर भरोसा रखने के बजाय वह लगातार ज़िनेदा से शादी का प्रस्ताव किया करता था। उसका कहना था कि इस मामले में बाक़ी लोग इतनी गंभीरता नहीं दिखा रहे।

मैदेनोव ज़िनेदा की काव्यमयी प्रवृत्तियों की प्रतिध्वनि था, हालांकि अधिकांश लेखकों की तरह वह नीरस स्वभाव वाला था, लेकिन उसने भी गंभीरता से ज़िनेदा को विश्वास दिलाया था कि वह उसकी आराधना करता है। बेशुमार कविताओं में उसने ज़िनेदा की स्तुति की थी। उन कविताओं को वह ज़िनेदा के सामने जिस उत्साह से पढ़ता था, उसमें बनावटीपन के साथ-साथ ईमानदारी भी थी। ज़िनेदा को उससे हमदर्दी ज़रूर थी, लेकिन वह उसका मज़ाक उड़ाती थी। उसे मैदेनोव में अधिक आस्था नहीं थी, उसकी स्तुतियों को सुनने के बाद वह

उसे पुश्किन की कविताएं सुनाने के लिए कहती थी। उसका कहना था कि वह वातावरण को स्वच्छ बनाना चाहती है।

मसख़रा डॉक्टर लूशिन, जिसकी बातें सनकी मालूम होती थीं, ज़िनेदा को अच्छी तरह समझता था और वह उसे औरों से ज्यादा प्यार करता था, हालांकि वह ज़िनेदा के सामने और पीछे उसको गालियां दिया करता था। ज़िनेदा उसकी इज्ज़त करती थी। लेकिन उस पर भी रहमें नहीं दिखाती थी। उसे डॉक्टर को यह दिखाने में कि वह भी उसकी मुट्ठी में है, एक दुष्टतापूर्ण आनंद मिलता था। मेरे सामने एक बार उसने डॉक्टर से कहा, "मैं फ़्लर्ट हूं, हृदयहीन हूं और स्वभाव से अभिनेत्री हूं। ठीक है, तो लाओ मुझे अपना हाथ दो, मैं उसमें पिन चुभोऊंगी और इस नौजवान के सामने तुम्हारी बेइज्ज़ती होगी, तुम्हें दर्द होगा, फिर भी तुम मेहरबानी करके हंसोगे, सत्यवादी महाशय ?" लूशिन का चेहरा लाल हो गया। उसने अपनी नज़रें दूसरी तरफ़ फेर लीं, और अपना ओठ काटकर हाथ आगे बढ़ा दिया। ज़िनेदा ने उसमें पिन चुभो दी और वह सचमुच हंसा... जिनेदा भी हंसी, उसने पिन हथेली में और गहरी चुभो दी और लूशिन की आंखों में झांककर देखने लगी। लूशिन ने ज़िनेदा के चेहरे पर से अपनी नज़र हटाने की पूरी कोशिश की।

काउन्ट मेलेव्स्की के साथ ज़िनेदा का क्या सम्बन्ध था, यह मेरी समझ में बिल्कुल नहीं आया। वह खूबसूरत, फुर्तीला और प्रतिभाशाली नौजवान था, लेकिन उसके चरित्र मे एक ऐसी संदिग्धता और फ़रेब था, जिसे मैंने, सोलह बरस के लड़के ने भी भांप लिया था, और मुझे ताज्जुब था कि ज़िनेदा की नज़र में अभी तक यह बात क्यों नहीं आई, लेकिन कौन जानता है... हो सकता है उसने यह फ़रेब देखा हो, फिर भी उसे बुरा न लगा हो। उसकी ग़लत तालीम ने, विलक्षण परिचितों और आदतों ने, घर में मां की लगातार मौजूदगी ने, घर की ग़रीबी और अव्यवस्था ने, आज़ादी ने और विशिष्टता की भावना ने उसमें एक तरह की तिरस्कारपूर्ण लापरवाही और नैतिक बेशर्मी पैदा कर दी थी। उनके घर में चाहे कुछ भी क्यों न होता हो, चाहे वोनीफ़ेती आकर कहे कि चीनी ख़त्म हो गई है, या कोई गन्दी अफ़वाह सुनने को मिली हो या मेहमान आपस में झगड़ रहे हों, ज़िनेदा कभी भी अपने को परेशान नहीं होने देती थी और अपनी जुल्फ़ों को झटककर कहती थी, "नानसेन्स !"

जहां तक मेरा ताल्लुक था, जब भी मैं काउन्ट मेलेव्स्की को लोमड़ी की-सी

चालाकी से ज़िनेदा की कुर्सी के पीछे मटककर खड़ा होते देखता था, तो मेरा खून खौलने लगता था। वह अकड़कर मूर्खतापूर्ण बनावटी मुस्कान के साथ ज़िनेदा के कान में चिकनी-चुपड़ी बातें करता और ज़िनेदा अपनी बाहें बांधे उसकी तरफ़ गंभीर नज़रों से देखती और मुस्कराकर अपना सिर हिला देती।

"काउन्ट मैलेव्स्की यहां किसलिए आते हैं ?" मैंने एक बार ज़िनेदा से पूछा।

"उनकी छोटी-छोटी मूंछें मुझे बड़ी प्यारी लगती हैं, लेकिन तुम इस बात को नहीं समझ सकोगे।"

एक बार उसने खुद ही कहा, "तुम्हारा कहीं यह ख़्याल तो नहीं कि मैं काउन्ट को प्यार करती हूं? नहीं, मैं हरग़िज़ ऐसे आदमी को, जिसको मैं तिरस्कार की नज़रों से देखती हूं, प्यार नहीं कर सकती। मुझे ऐसा आदमी चाहिए, जो मेरी इच्छाशक्ति को तोड़ सके, लेकिन ऐसे आदमी से मेरी मुलाक़ात कभी नहीं होगी। ईश्वर का लाख-लाख शुक्र है। मैं किसी के पंजों में नहीं आने वाली।"

"तो इसका मतलब है कि तुम कभी किसी से प्यार नहीं करोगी ?"

"और तुम ? क्या मैं तुम्हें प्यार नहीं करती ?" उसने अपने दस्ताने से मेरी नाक पर मारते हुए प्रत्युत्तर दिया।

अरे हां, मेरा मज़ाक़ उड़ाकर उसने खूब मज़े लिए। तीन हफ़्तों तक मैं उससे रोज़ मिलता रहा, और इस बीच वह मुझे कैसी ज़िन्दगी में घसीट कर ले गई थी ! वह हमारे यहां बहुत कम आती थी। मुझे इस बात का अफ़सोस भी नहीं था, क्योंकि वह जो भी करती थी, एक भद्र युवती और प्रिंसेज़ की अदा से करती थी, जिससे मुझे शर्म आ जाती थी। मुझे डर था कि मां के सामने कहीं मेरा भेद न खुल जाए, क्योंकि मां ज़िनेदा को नापसंद करती थीं और हम दोनों को शत्रुता भरी नज़रों से देखा करती थीं।

पिता की मौजूदगी मुझे इतनी बुरी नहीं लगती थी। वह मेरी तरफ़ कोई ध्यान नहीं देते थे, और ज़िनेदा से भी बहुत कम बात करते थे, लेकिन जब भी वह बोलते तो कोई न कोई चुटीली और दिलचस्प बात जरूर कहते थे। मैंने अपनी पढ़ाई-लिखाई, घुड़सवारी और देहात की सैर सब छोड़ दी थी। टांगों से बंधे गुबरीले कीड़े की तरह मैं पड़ोसियों के मकान के गिर्द ही चक्कर काटने लगा। अगर मेरा बस चलता तो मैं हमेशा वहीं रहता, ...लेकिन मेरी मां बड़बड़ाने लगतीं और कई बार खुद ज़िनेदा भी मुझे वहां से निकाल देती थी।

वहां से निकाले जाने के बाद मैं अपना कमरा भीतर से बंद करके बैठ जाता था, या बाग़ में सबसे दूर एक कोने में जाकर पौधों की रक्षा के लिए बने ईंटों के घर की लड़खड़ाती दीवार पर चढ़ जाता और सड़क की तरफ़ टांगें लटकाकर घंटों तक वहीं बैठा रहता और शून्य दृष्टि से सामने ताकता रहता। धूल-भरी कंटीली झाड़ियों पर सफ़ेद तितलियां स्वप्निल भाव से मंडराती रहतीं। एक नन्हीं ढीठ चिड़िया पास की एक टूटी हुई ईंट पर आ उतरती और अपनी पूंछ फैलाकर चक्कर काटने लगती और विह्वल होकर च-चीं करने लगती। कौए, जो अभी तक मुझे संदेह-भरी नज़रों से देखते थे, भोजवृक्ष की नंगी फुनगी पर बैठे बीच-बीच में कांव-काव कर उठते थे। वृक्ष की पतली टहनियों में सूरज और हवा का खेल जारी था। कभी-कभी दोनस्कोई मठ की घण्टियों की शांत गंभीर आवाज़ सुनाई देती और मैं वहां बैठा सुनता रहता। मेरे हृदय में एक विचित्र संवेदन भर जाता, जिसे मैं ठीक तरह बयान नहीं कर सकता। उसमें उदासी, खुशी, भविष्य की चिन्ताएं, जीवन की आकांक्षा, और जीवन से डर, सभी कुछ था। उस वक़्त मेरी समझ में कुछ नहीं आया, न ही मैं अपने अंदर खौलती भावनाओं को कोई नाम ही दे सकने में समर्थ था। कोशिश करने पर भी मैं उन सारे अनुभूतियों के लिए सिर्फ़ एक ही नाम तलाश करता, ज़िनेदा।

हर समय ज़िनेदा मेरे साथ इस तरह खेलती रही, ज़ैसे बिल्ली चूहे के साथ खेलती है। वह मुझे उकसाती और मैं फ़ौरन द्रवित होकर उत्तेजित हो जाता, या वह अकस्मात ही मेरा तिरस्कार करने लगती और मेरी उसके नज़दीक जाने या उसकी तरफ़ आंखें उठाने तक की हिम्मत न पड़ती।

मुझे याद है, एक बार लगातार कई दिनों तक वह मुझसे दूर-दूर रही थी। मेरा दिल टूट गया था। मैं सहमा-सा उसके घर में गया और वृद्धा प्रिंसेज़ के पास बैठने की कोशिश की, हालांकि उन दिनों प्रिंसेज़ का मिज़ाज बेहद चिड़चिड़ा हो गया था। उसकी आर्थिक स्थिति बहुत ख़राब थी और उसे दो बार इस सिलसिले में पुलिस थाने में जवाबदेही के लिए बुलाया जा चुका था।

एक बार बाग़ की चारदीवारी के पास से गुज़रते हुए मेरी नज़र ज़िनेदा पर पड़ी। वह अपने हाथों के सहारे पीछे टिककर घास पर खामोश बैठी थी। मैंने इस तरह ज़ाहिर किया, ज़ैसे मैं चुपचाप वहां से चला जाना चाहता हूं, लेकिन उसने सहसा सिर उठाकर मेरी तरफ़ देखा और गुस्ताख़ी से मुझे हाथ हिलाकर पास आने का इशारा किया। मैं जहां का तहां ठिठका रह गया। मैं अभी तक उस इशारे

का ठीक मतलब नहीं समझा था। उसने फिर अपना इशारा दोहराया। मैं फ़ौरन चारदीवारी फांदकर खुशी से उसकी तरफ़ दौड़ा, लेकिन उसने आंखों के इशारे से मुझे उधर से आने से मना कर दिया और उस रास्ते की तरफ इशारा किया, जो उससे सिर्फ़ दो क़दम की दूरी पर था। मैं दूसरे रास्ते की तरफ़ झुक गया। उसकी रंगत पीली पड़ गई थी। चेहरे के हर नक़्श पर गहरा अवसाद और क्लान्ति छाई देखकर मेरा दिल कचोट उठा, और मैं बरबस पूछ ही बैठा, "क्या माज़रा है ?"

ज़िनेदा ने अपना हाथ बढ़ाकर घास का एक तिनका तोड़ा और चबाकर दूर फेंक दिया।

"तुम मुझसे बहुत प्यार करते हो न, क्यों ?" आख़िरकार उसने पूछा। मैंने कोई जवाब नहीं दिया। जवाब देने की कोई ज़रूरत नहीं थी।

उसने मेरी तरफ़ देखते हुए कहा, "मैं जानती हूं, तुम मुझसे प्यार करते हो। तुम्हारी आंखें भी वही कहती हैं।" सहसा वह किसी सोच में डूब गई और उसने अपने हाथों से चेहरा ढांप लिया। वह अस्फुट स्वर में बोली, "मैं दुनिया के छोर की तरफ़ जाना चाहती हूं। मुझसे यह सब अब और अधिक बर्दाश्त नहीं होता। मैं नहीं बर्दाश्त कर सकती... और भविष्य में मेरे लिए क्या रखा है ?.. ओह, मैं कितनी दुखी हूं ! बेहद दुखी !"

"लेकिन क्यों ?" मैंने डरते-डरते पूछा।

जवाब में ज़िनेदा ने सिर्फ़ अपने कंधे सिकोड़ दिए। मैं घुटनों के बल बैठा रहा और दुखी भाव से उसकी तरफ़ देखता रहा। उसके हर शब्द ने मेरा कलेजा बेध दिया था। उस क्षण उसका दुख दूर करने के लिए मैं अपने प्राण भी दे सकता था। मैं उसकी तरफ़ देख रहा था और उसके दुख का कारण अभी तक मेरी समझ से बाहर था। मैंने अपनी आंखों के आगे कल्पना में उसे असंयत उदासी के आवेग में बाग़ में आकर गोली खाए हुए व्यक्ति की तरह गिरते देखा। चारों तरफ़ इतनी हरियाली और दीप्ति थी। हवा का एक झोंका पत्तों को अस्त-व्यस्त कर रहा था, और ज़िनेदा के सिर के ऊपर रसभरी की टहनियों को हिला रहा था।

दूर कहीं पेंडुकियां कूक रही थीं, और शहद की मक्खियां घास पर नीचे उड़ती हुई भिनभिना रही थीं। नीला आकाश ऊपर से स्नेह-भरी दीप्ति बरसा रहा था, लेकिन मेरा मन बहुत उदास था...।

ज़िनेदा एक कुहनी टेककर लेट गई और मृदु स्वर में बोली, "तुम कविता सुनाओगे ? तुम्हारा कविता पाठ मुझे पसन्द है। तुम पढ़ते नहीं, गाते हो, लेकिन मुझे इसमें कोई एतराज़ नहीं। यह युवकोचित ही है। मुझे 'ज्योर्जिया की पहाड़ियां' कविता सुनाओ, लेकिन पहले बैठ तो जाओ।"

मैंने बैठकर 'ज्योर्जिया की पहाड़ियां' कविता सुनाई।

ज़िनेदा ने कविता की आख़िरी पंक्ति दोहराते हुए कहा, " 'क्योंकि प्यार न करना उसकी शक्ति से बाहर है।' इसीलिए तो हम कविता से प्यार करते हैं। कविता अवास्तविक चीज़ों को सिर्फ़ वास्तविकता ही प्रदान नहीं करती, बल्कि उन्हें वास्तविक चीज़ों से भी बेहतर और ज्यादा सच्ची बना देती है... 'क्योंकि प्यार न करना उसकी शक्ति से बाहर है।'... यही तो असली बात है। इन्सान का दिल तो चाहेगा कि प्यार न करे, लेकिन वह प्यार किए बग़ैर नहीं रह सकता।" वह फिर ख़ामोश हो गई और सहसा उठ खड़ी हुई, "चलो आओ ! मैदेनोव मेरी मां के पास बैठा हुआ है। वह मेरे पास अपनी कविता लेकर आया था, और मैं वहां से चली आई। वह परेशान भी है... लेकिन और कोई चारा नहीं है। एक दिन तुम्हें सब कुछ मालूम हो जाएगा... इस वक़्त मुझ पर गुस्सा मत करो ! चलो चलें !"

जल्दी से मेरा हाथ दबाकर ज़िनेदा आगे भाग गई। हम दोनों एक साथ मकान में दाख़िल हुए। मैदेनोव ने हमें अपनी कविता 'कातिल' पढ़कर सुनाई, जो अभी प्रकाशित हुई थी, लेकिन मैंने उसकी कविता की तरफ़ कोई ध्यान न दिया। वह अलंकारिक ढंग से बेसुरी आवाज़ में अपनी चार पदों वाली कविता सुना रहा था। स्लेजगाड़ी की घंटियों की तरह उसकी कविता के पद गूंज रहे थे। वह गूंज ऊंची, लेकिन खोखली थी। मैं ज़िनेदा के चेहरे को ग़ौर से देखता हुआ उसके शब्दों को कुरेदकर उनका अर्थ समझने की कोशिश कर रहा था। सहसा मैदेनोव ने सानुनासिक स्वर में घोषित किया, "कहीं ऐसा तो नहीं कि मेरा कोई प्रच्छन्न प्रतिद्वन्द्वी अकस्मात आकर तुम्हारे मन पर छा गया है।"

मेरी नज़रें ज़िनेदा से मिलीं। उसका चेहरा जरा-सा लाल हो गया और उसने आंखें नीची कर लीं। उसके चेहरे की लाली देखकर मैं भय से सुन्न पड़ गया। मेरे मन में ईर्ष्या तो पहले से ही थी, लेकिन यह ख़्याल कभी मेरे दिमाग़ में नहीं आया था कि ज़िनेदा को भी किसी से प्यार हो सकता है। सहसा मैंने सोचा, 'अरे ! वह तो किसी से प्यार करती है !

दस

मेरी वास्तविक यातनाएं उसी क्षण से शुरू हुईं। मैंने सोच-सोचकर अपने दिमाग़ को पागल कर दिया, और लगातार छिपकर ज़िनेदा की हर गतिविधि को ग़ौर से देखने लगा। वह बदल-सी गई थी, यह बात साफ़ ज़ाहिर थी। अब वह अकेली लंबी सैरों पर जाती थी। कई बार वह अपने मिलने वालों के सामने भी नहीं आती थी और अपने कमरे में बंद रहती थी। पहले तो वह ऐसा नहीं करती थी। सहसा मुझे लगा, हो सकता है, यह मेरी कल्पना का भ्रम हो या कि मेरी बुद्धि तीक्ष्ण हो गई है। मैं आतुर दृष्टि से ज़िनेदा के सारे प्रशंसकों के चेहरे बारी-बारी से देखकर मन-ही-मन सोचता, 'क्या वह उसे चाहती है ? ...उसे ?" काउंट मेलेवस्की मुझे सबसे ज्यादा ख़तरनाक मालूम हुआ। हालांकि इस बात को स्वीकार करके मुझे ज़िनेदा पर शर्म आ रही थी।

निस्संदेह मैं चालाक आदमी नहीं था, और मेरी गोपनीयता किसी को धोखे में नहीं डाल सकती थी। मिसाल के लिए डॉक्टर लूशिन ने बहुत जल्द मुझे भांप लिया, लेकिन पिछले कुछ दिनों से वह खुद भी बदल गए थे। वह पहले से दुबले हो गए थे, हालांकि अब भी पहले की तरह हंसते थे, लेकिन अब हंसी खोखली, कटु और संक्षिप्त हो गई थी। हलके-फुलके व्यंग्य और बनावटी आस्थाहीनता का स्थान बेचैनी और चिड़चिड़ेपन ने ले लिया था, जिसे वह चाहने पर भी दबा नहीं सकते थे।

एक बार जब हम प्रिंसेज़ ज़ैसेकीना के ड्राइंग रूम में अकेले रह गए, तो डॉक्टर लूशिन ने मुझसे पूछा, "नौजवान, तुम यहां बार-बार क्यों आते हो ? (ज़िनेदा अभी सैर से नहीं लौटी थी, लेकिन हमें उसकी मां की तेज़, कर्कश आवाज़ में नौकरानी को डांटने की आवाज़ सुनाई दे रही थी) तुम्हें इस उम्र में पढ़ना-लिखना चाहिए, मेहनत करनी चाहिए, तुमने कभी सोचा है, तुम क्या कर रहे हो ?"

"आपको कैसे मालूम है कि मैं घर पर मेहनत नहीं करता ?" मैंने अपना घमंड दिखाने की कोशिश की, लेकिन इससे मेरी घबराहट का भेद खुल गया।

"ओह ! मुझे कैसे मालूम नहीं ? नहीं-नहीं, तुम्हारा मन लिखने-पढ़ने में नहीं है। मैं

तुमसे बहस नहीं करूंगा...तुम्हारी उम्र में यह सब स्वाभाविक ही है, लेकिन बदक़िस्मती से तुम्हारी पसंद सही नहीं है। तुमने देखा नहीं कि इस घर के रंग-ढंग कैसे हैं ?"

"माफ़ कीजिएगा, मैं आपका मतलब नहीं समझा।" मैंने कहा।

"नहीं समझे ? तब तो तुम्हारे लिए और भी बुरी बात है। तुम्हें आगाह कर देना मैं अपना फ़र्ज़ समझता हूं। मेरे ज़ैसे अधेड़ अविवाहित लोग इस घर में बेखटके आ सकते हैं। हम सबके सब खुर्राट हैं। हमें कोई नुक़सान नहीं पहुंच सकता, लेकिन तुम्हारी खाल अभी मुलायम है। यहां की हवा तुम्हारे लिए बुरी है। मेरी बात का यक़ीन करो, तुम्हें छूत लग सकती है।"

"क्या मतलब ?"

"मतलब मैं तुम्हें बाद में बताऊंगा, लेकिन क्या तुम अपनी मौजूदा मानसिक स्थिति को स्वस्थ समझते हो ? क्या यह ठीक है ? क्या सचमुच तुम्हारा ख़्याल है कि आजकल तुम्हारे मन पर जो बीत रही है, वह तुम्हारे लिए हितकारी है ? क्यों ?"

"क्यों मेरे मन पर क्या बीत रही है ?" मैंने पूछा, हालांकि अपने दिल की गहराइयों में मैं जानता था कि डॉक्टर की बात सही है।

"नौजवान, ऐ नौजवान !" डॉक्टर ने अपने प्रत्येक शब्द पर ज़ोर देते हुए कहा, ज़ैसे उन शब्दों में मेरे लिए कोई गहरा तिरस्कार भरा हो, "धोखाधड़ी तुम्हारे बस की बात नहीं, तुम्हारा चेहरा अभी भी तुम्हारी आत्मा का दर्पण है, ईश्वर को इसके लिए धन्यवाद दो ! लेकिन ज्यादा कहने से क्या फ़ायदा ? मैं भी यहां हरगिज़ न मंडराता, अगर मैं...यह कहकर डॉक्टर ने अपने दांत पीसे, "अगर मैं खुद भी तुम्हारी तरह बेवकूफ़ न होता। एक बात से मैं ताज्जुब किए बग़ैर नहीं रह सकता, वह यह है कि यहां क्या खिचड़ी पक रही है, इससे तुम्हारे जैसा तीक्ष्ण बुद्धि वाला आदमी भी बेख़बर है।"

"आख़िर कौन-सी खिचड़ी पक रही है ?" मैंने फ़ौरन चौंककर उसकी बात दोहराई।

डॉक्टर ने उपहास भरी हमदर्दी की एक नज़र मुझ पर डाली।

"जो भी हो, मैं शानदार आदमी हूं" उसने ज़ैसे अपने आपसे कहा, "मैं इसे क्यों बताऊं ?" फिर उसने अपनी आवाज़ ऊंची करते हुए कहा, "संक्षेप मैं फिर दोहराऊंगा कि यह वातावरण तुम्हारे लिए बुरा है। तुम्हें यहां खुशी हासिल हो सकती है, लेकिन

इससे क्या होता है ? हॉट हाउस[1] में से भी सुगंध आती है, लेकिन तुम हॉट हाउस में नहीं रह सकते। मेरी सलाह मानो, मेरे दोस्त, और फिर कायदेनोव का इतिहास पढ़ना शुरू कर दो।"

इसी वक़्त वृद्धा प्रिंसेज़ ने आकर डॉक्टर से अपने दांत के दर्द की शिकायत की। उधर ज़िनेदा भी आ गई।

प्रिंसेज़ ने डॉक्टर से कहा, "देखो, इसे ज़रा अच्छी तरह डांटो, डॉक्टर, यह दिन भर बर्फ का पानी पीती रहती है। क्या इसके कमज़ोर फेफड़ों के लिए यह अच्छी बात है ?"

"तुम ऐसा क्यों करती हो ?" डॉक्टर ने ज़िनेदा से पूछा।

"भला इससे मुझे क्या नुक़सान पहुंच सकता है ?"

"नुक़सान ? तुम सर्दी खाकर मर सकती हो।"

"क्या तुम्हारा ऐसा ख़्याल है ? सच ? तो मरने में मुझे बिल्कुल एतराज नहीं होगा।"

"अच्छा, तो ऐसी बात है !" डॉक्टर बड़बड़ाया। प्रिंसेज़ कमरे से चली गई।

"हां, ऐसी ही बात है," ज़िनेदा बोली, "अगर देखा जाए तो क्या ज़िंदगी इतनी शानदार चीज़ है ? अपने चारों तरफ़ देखो...क्या स्थिति इतनी सुखद है ? तुम्हारा ख़्याल है कि मैं कुछ नहीं समझती, कुछ नहीं देखती ! बर्फ़ का ठंडा पानी पीना मुझे अच्छा लगता है, और तुम आकर गंभीरता से मुझे विश्वास दिलाते हो कि मेरी ज़िंदगी चाहे जैसी हो, मुझे उसे जोखिम में नहीं डालना चाहिए...आनंद के एक क्षण के लिए सुख की बात तो दूर रही।"

"मैं समझ गया," लूशिन ने टिप्पणी की, " 'झक्कीपन और स्वच्छंदता' इन दो शब्दों में तुम्हारे समूचे व्यक्तित्व का सारांश दिया जा सकता है..."

ज़िनेदा बदहवासी में हंस पड़ी।

"मेरे प्यारे डॉक्टर, तुम ज़माने से बहुत पीछे हो। तुम ज़िंदगी के अयोग्य दृश्य हो। तुम दक़ियानूसी हो। अपना चश्मा पहनकर देखो, तुम देखोगे कि अब मैं झक्कीपन के मूड में नहीं हूं। तुम सब लोगों को और साथ ही अपने को बेवकूफ़ बनाने में बेहद मज़ा आता है। रही आज़ादी की बात...मोशियो वोल्दीमार !" सहसा उसने अपना नाज़ुक पैर पटकते हुए कहा, "रोनी सूरत मत

---

2 कोमल पौधों को रखने का शीशे का मकान।

बनाओ ! मैं नहीं बर्दाश्त कर सकती कि मुझ पर कोई तरस खाए !" वह तेज़ी से वहां से चली गई।

"यहां का वातावरण तुम्हारे लिए बुरा है, नौजवान, बहुत बुरा है।" डॉक्टर लूशिन ने अपनी बात फिर दोहराई।

ग्यारह

उस दिन शाम को रोज़ की तरह प्रिंसेज़ के यहां महफ़िल जमी। मैं भी उसमें शामिल था। बातचीत के दौरान मैदेनोव की कविता का प्रसंग छिड़ गया। ज़िनेदा ने सच्चे दिल से उसकी तारीफ़ की। उसने कहा, "लेकिन मैं आप लोगों को बताती हूं कि अगर मैं कवि होती, तो इससे एकदम अलग विषय चुनती। हो सकता है, यह सब निरी बकवास हो, लेकिन मेरे दिमाग़ में अजीब ख़्याल आया करते हैं, ख़ासतौर पर जब मुझे नींद नहीं आती, या पौ फटने से पहले, जब आकाश गुलाबी और भूरा हो जाता है। मिसाल के लिए अगर मैं कविता लिखूं, तो... लेकिन मुझे डर है। आप लोग मुझ पर हंसेंगे।"

"नहीं, हम नहीं हँसेंगे।" हम सब एक साथ बोले।

ज़िनेदा ने अपने सीने पर बाहें बांधकर दूर देखते हुए कहा, "मैं लिखती कि रात के वक़्त नदी की शांत लहरों पर एक बड़ी-सी नाव में नौजवान लड़कियां बैठी हैं। आकाश में चांद चमक रहा है, लड़कियों ने सफ़ेद कपड़े पहन रखे हैं, और गले में सफ़ेद फूलों के हार हैं, वे कोई धार्मिक गीत या ऐसा ही कोई और गीत गा रही हैं।"

"मैं समझ गया, समझ गया, कहती जाओ", मैदेनोव ने मन्द स्वप्निल स्वर में कहा।

"सहसा शोरगुल मचता है, हंसी की आवाज़ें आती हैं किनारे पर मशालें जल रही हैं और ढोल की आवाज सुनाई देती है...शराबियों की एक भीड़ गाती,

चिल्लाती और भागती हुई आती है। शब्दों में इस तस्वीर को आंकना तुम्हारा काम है कवि महाशय, मैं सिर्फ़ इतना ही चाहती हूं कि मशालों का रंग खूब लाल हो, उनमें से भयंकर रूप से धुआं निकल रहा हो और फूलों के हारों में से शराबियों की आंखें चमक रही हों, हारों का रंग भी गहरा होना चाहिए। याद रखिए, उनके पास शेरों की ख़ालें, शराब के प्याले और सोना भी है... ढेरों सोना।"

"सोना कहां रखोगी ?" मैदेनोव ने अपने सीधे बालों को पीछे की तरफ फेंककर पूछा, उसके नथुने फूल गए थे।

"कहां ? उनके कंधों, बाहों, टांगों पर, सब जगह सोना ही सोना होगा। सुनते हैं कि प्राचीन काल में औरतें पैरों में सोने के पाजेब पहना करती थीं।

...शराबी किश्ती में बैठी तरुणियों को पुकारते हैं। तरुणियों ने गाना बंद कर दिया है, वे आगे नहीं जा सकतीं, लेकिन वे ख़ामोश बैठी हैं, उनकी किश्ती किनारे की तरफ़ बढ़ती है। सहसा एक तरुणी आहिस्ता से उठती है... इसका वर्णन कुशलता से होना चाहिए, किस तरह वह चांदनी रात में चुपचाप खड़ी हो जाती है ! उसकी सहेलियों में कैसे खलबली मच जाती है, वह किश्ती के कोने पर क़दम बढ़ाती है। शराबियों का झुंड उसके गिर्द जमा हो जाता है। और उसे उठाकर ले जाता है, बहुत दूर, रात के अंधकार में...मैं धुएं के बालों की, उपद्रव की कल्पना कर सकती हूं...धुएं में से उठती हुई शराबियों की चीखों की भी, और किनारे पर पड़े तरुणी के गजरे की भी।"

ज़िनेदा ख़ामोश हो गई। मैंने फिर मन-ही-मन कहा, "इसे प्यार हो गया है।

"बस, इतना ही ?" मेदेनोव ने पूछा।

"हां, इतना ही।" उसने जवाब दिया।

"यह लंबी कविता के लिए उपयुक्त विषय नहीं है," मैदेनोव ने शान बघारते हुए कहा, "लेकिन मैं तुम्हारे इस विचार का इस्तेमाल किसी गीत में करूंगा।"

"रोमांटिक शैली में ?" मेलेवस्की ने पूछा।

"निश्चय ही रोमांटिक शैली में। बायरन के अंदाज़ में।"

"मुझे बायरन से ज्यादा विक्टर ह्यूगो पसंद है। उसकी कविता अधिक सरस है।" काउंट ने लापरवाही से कहा।

"विक्टर ह्यूगो प्रथम श्रेणी का लेखक है। मेरे दोस्त तोंकोशेव ने अपने

स्पेनिश उपन्यास 'एल त्रोवोदोर' में..." मैदेनोव बोला।

ज़िनेदा ने बीच में टोककर पूछा, "तुम्हारा मतलब उस किताब से है न, जिसमें प्रश्नसूचक चिह्न सीधे की बजाय उलटे छपे हैं ?"

"हां, यह स्पेनिश लोगों का रिवाज है।" मैं कहने वाला था कि तोकोशेव..."

"ओह, अब तुम फिर क्लासिकवाद और रोमांटिकवाद की बहस शुरू करने वाले हो ! इससे बेहतर होगा कि हम कोई खेल शुरू कर दें..." ज़िनेदा ने फिर उसकी बात काटी।

"फ़ौररफ़ीट का खेल ?" लूशिन ने पूछा।

"नहीं, मैं फ़ौफ़ीट से तंग आ गई हूं। आइए उपमाओं का खेल खेलें।" यह खेल ज़िनेदा ने ईजाद किया था। एक चीज़ सुन ली जाती थी, और सब उसके लिए उपमाएं तलाश करते थे। जिसकी उपमा सबसे सुखद होती थी, उसे इनाम दिया जाता था। ज़िनेदा खिड़की के पास जाकर खड़ी हो गई। सूरज अभी-अभी छिपा था। आकाश में बहुत ऊंचाई पर लाल रंग के बादल फैले थे।

"ये बादल किसके समान मालूम हो रहे है ?" ज़िनेदा ने सवाल किया और किसी और के जवाब का इन्तज़ार किए बग़ैर ही बोली, "मुझे ये बादल क्लियोपेट्रा के सुनहरे बजरे की लाल पालों ज़ैसे मालूम हो रहे हैं, जिस बजरे पर चढ़कर वह एंटनी से मिलने गई थी। तुम्हीं ने अभी कुछ दिन पहले मुझे इसके बारे में बताया था। मैदेनोव, याद है न ?"

हम सब पोलोनियस की तरह फ़ौरन इस नतीजे पर पहुंचे कि बादल बिल्कुल क्लियोपेट्रा की पालों ज़ैसे थे और इससे बढ़िया उपमा किसी के दिमाग़ में नहीं आ सकती।

"तब एंटनी की उम्र क्या थी ?" ज़िनेदा ने पूछा।

"शायद वह नौजवान ही था।" मेलेवस्की ने जवाब दिया।

"हां, वह नौजवान ही था।" मैदेनोव ने विश्वासपूर्वक कहा।

"माफ कीजिएगा, उस वक़्त उसकी उम्र चालीस से ऊपर थी।" लूशिन बोला।

"चालीस से ऊपर !" ज़िनेदा ने एक तेज़ निगाह लूशिन पर डाल कर चकित स्वर में पूछा।

इसके बाद ही मैं घर चला गया। हठात मेरे मुंह से निकल गया, "वह प्यार ज़रूर करती है, लेकिन किससे प्यार करती है ?"

बारह

इसी तरह दिन बीतते गए और ज़िनेदा का व्यवहार पहले से ज्यादा विचित्र और रहस्यमय होता गया। एक बार जब मैं उसके कमरे में गया, तो मैंने उसे बेंत की कुर्सी पर बैठे देखा। उसका सर मेज़ के सख़्त किनारे पर झुका था। मुझे देखते ही वह सीधी बैठ गई। मैंने देखा कि उसके गाल आंसुओं से तर थे।

"ओह, तुम हो !" उसने द्वेष-भरी मुस्कान के साथ कहा, "इधर आओ !"

मैं उसके पास चला गया। वह मेरे सिर पर हाथ रखकर मेरे बालों की एक लट को मरोड़ने लगी।

"तुम मुझे दर्द पहुंचा रही हो।" मैंने कहा।

"ओह ! दर्द होता है ?"

"क्यों, तुम्हारा ख़्याल है, मुझे दर्द नहीं होता ?"

"ओह ! देखो मैंने क्या कर डाला है ?...बेचारे मोशियो वोल्दीमार !" वह सहसा चिल्लाई, उसने मेरे बालों का एक गुच्छा जड़ से उखाड़ दिया था।

गुच्छे को सावधानी से मुलायम करते हुए उसने अंगूठी की तरह अपनी उंगली पर लपेट लिया, "मैं तुम्हारे बालों को अपने लॉकेट में डालकर पहनूंगी।" उसकी आंखों में आंसू चमक रहे थे, "शायद उससे तुम्हें कुछ सांत्वना मिले... अच्छा अब जाओ !"

घर वापस लौटकर मैंने देखा कि वहां मां और पिता में झगड़ा हो रहा है। मां किसी कारण से उन्हें फटकार रही थीं और पिता हमेशा की तरह एक उदासीन और शिष्ट खामोशी अख़्तियार किए हुए थे। वह जल्द ही वहां से चले गए। मेरी मां ने उन्हें क्या कहा, यह मैं नहीं सुन सका। इसके अलावा मुझे अपनी और परेशानियां

भी थीं। मुझे सिर्फ़ इतना ही याद है कि उस कहा-सुनी के बाद मां ने मुझे अपने कमरे में बुलवाया और मेरे बार-बार प्रिंसेज़ के यहां जाने पर नाराज़गी ज़ाहिर की। उनका कहना था कि प्रिंसेज़ पूरी कुटनी है। मैंने मां का हाथ चूम लिया (मैं हमेशा बातचीत ख़त्म करने के लिए इस चाल का सहारा लिया करता था) और ऊपर अपने कमरे में चला गया। ज़िनेदा के आंसुओं ने मुझे परेशान कर दिया था। मेरी समझ में कुछ नहीं आता था और मैं खुद भी रुआंसा हो गया था। सोलह बरस का होने पर भी मैं निरा बच्चा था। अब मुझे मेलेवस्की का ध्यान कभी नहीं आता था, हालांकि बेलोवज़ोरोव की वहशत दिन-प्रतिदिन बढ़ती जाती थी, और वह छैल छबीले काउंट की तरफ़ इस तरह घूरता था, ज़ैसे कोई भेड़िया मेमने की तरफ़ देख रहा हो। दरअसल मैं किसी भी चीज़ के बारे में नहीं सोचता था, न ही किसी विशेष व्यक्ति पर मेरा संदेह था। मैं इन दिनों एकांत स्थानों पर जाकर मन-ही-मन अंदाज़ लगाया करता था कि ज़िनेदा किसे चाहती है ? जर्जर हॉट हाउस की दीवार पर बैठने में मुझे विशेष आनन्द मिलता था। मैं उसकी ऊंची दीवार पर चढ़ जाता और वहां उदास और अकेला बैठकर अपनी हालत पर अफ़सोस करता। निराशा के वे संवेदन कितने सुखद थे ! मैं उनमें डूबता, उतराता रहता था।

एक दिन मैं दीवार पर बैठा दूर क्षितिज की ओर देख रहा था और गिरजाघर की घंटियों की आवाजें सुन रहा था। सहसा मुझे अपनी त्वचा पर एक सुरसुरी-सी अनुभव हुई। यह किसी हवा के झोंके का स्पर्श नहीं था, न ही यह कंपकंपी थी। मुझे ऐसा लगा, ज़ैसे कोई मेरे नज़दीक आ गया है। मैंने नीचे की तरफ़ देखा, नीचे सड़के पर ज़िनेदा तेज़ कदमों से चली आ रही थी। उसने हलके भूरे रंग का फ्रॉक़ पहन रखा था और एक कंधे पर गुलाबी रंग का छाता लिए थी। उसने भी मुझे देखा और अपने स्ट्रॉ हैट का कोना उठाकर अपनी मख़मली आंखों से मुझे झांकती हुई वहीं खड़ी हो गई।

उसने एक विचित्र मुस्कान के साथ कहा, "तुम वहां ऊपर क्या कर रहे हो ? और देखो, तुम हमेशा मुझे अपने प्यार का यक़ीन दिलाया करते हो ...अच्छा, अगर तुम सचमुच मुझे प्यार करते हो, तो सड़क पर कूदकर दिखाओ !"

उसके मुंह से बात निकलने की देर थी कि मैं फ़ौरन नीचे कूद पड़ा, ज़ैसे किसी ने मुझे पीछे से धक्का दे दिया हो। दीवार क़रीब चौदह फ़ीट ऊंची थी। मैं गिरा तो सीधा पैरों के बल था, लेकिन मुझे इतना प्रबल मानसिक आघात लगा कि

मैं खड़ा तक न रह सका और क्षण-भर के लिए मूर्च्छित होकर गिर पड़ा। होश आने पर भी आंखें बंद ही थीं कि मुझे अपने नज़दीक ज़िनेदा की उपस्थिति का आभास हुआ। वह मेरे ऊपर झुककर स्नेह-भरे, चिंतातुर स्वर में कह रही थी, "ओह, मेरे डार्लिंग ! तुमने ऐसा क्यों किया? क्यों मेरा कहा माना ? जानते हो, मैं तुम्हें प्यार करती हूं ! उठो, खड़े हो जाओ !"

उसका धड़कता हुआ वक्ष मेरे कितने क़रीब था ! उसके हाथ मेरे सिर को छू रहे थे और फिर, ओह फिर !...उसके ताज़े कोमल होठों ने मेरे चेहरे पर चुंबन बरसाए, यहां तक कि मेरे होठों का भी स्पर्श किया, लेकिन ज़िनेदा मेरे चेहरे के भावों से जान गई होगी कि मैं अब बेहोशी की हालत में नहीं था, क्योंकि वह अकस्मात ही यह कहकर उठ खड़ी हुई, "उठो ! शैतान लड़के, पागल कहीं के, धूल में मत लेटे रहो !" मैं उठकर खड़ा हो गया। ज़िनेदा ने कहा, "मेरा छाता मुझे देना। देखा, मैंने उसे कहां गिरा दिया ! और मेरी ओर इस तरह देखना बंद करो-बड़ी बेहूदी बात मालूम होती है ! तुम्हें चोट तो नहीं आई ? शायद तुम्हें बिच्छू बूटी का डंक लगा है ! मैं तुमसे कहती हैं, मेरी तरफ़ यूं न देखो !" फिर ज़ैसे अपने आप से बड़बड़ाकर वह बोली 'लेकिन देखो, उसे मेरी बातें सुनाई ही नहीं दे रहीं, वह जवाब तक नहीं दे सकता।' "अब घर जाओ मोशियो वोल्दीमार, अपने कपड़ों को झाड़ो। ख़बरदार जो मेरा पीछा किया, वरना मैं नाराज़ हो जाऊंगी और कभी..."

वाक्य पूरा किए बग़ैर ही वह तेज़ क़दमों से वहां से चली गई, और मैं वहीं सड़क पर बैठा रहा, क्योंकि मेरे घुटने कांप रहे थे। मेरे हाथों में बिच्छू बूटी के कांटे चुभ गए थे। पीठ दुख रही थी और सिर चकरा रहा था, लेकिन ज़ैसे आनंद की अनुभूति मुझे उन क्षणों में हुई थी, वैसी आज तक कभी नहीं हुई। एक मीठे दर्द की वह अनुभूति मेरी नस-नस में समा गई थी। मेरा हर्षोन्माद उछल-कूद और चीख़ों में प्रकट हो रहा था। सचमुच मैं अभी तक निरा बच्चा था।

तेरह

सारा दिन मेरा मन गर्व और आनन्द से भरा रहा। ज़िनेदा के चुम्बन का संवेदन अभी भी मेरे चेहरे पर ताज़ा था। मैंने उसके हर शब्द को कांपते हुए हर्षोन्माद से याद किया। अपने इस आकस्मिक सौभाग्य को मैंने इतने चाव से संजोकर रखा था कि मैं भयभीत हो उठा और ज़िनेदा से भी नहीं मिलना चाहता था, जो इन सारे नए संवेदनों की स्रोत थी। मुझे ऐसा महसूस हो रहा था, ज़ैसे मैं क़िस्मत से और कुछ नहीं मांगना चाहता, ज़ैसे अब मेरे लिए' अंतिम सांस लेकर मर जाने का' समय आ गया था।

अगले दिन प्रिंसेज़ के यहां जाते वक़्त मुझे अपने बारे में घबराहट हो रही थी, जिसे मैंने एक शिष्ट आत्मीयता के पर्दे में छिपाने का विफल प्रयास किया। मेरा ख़्याल था कि जो व्यक्ति यह दिखाना चाहता है कि वह किसी रहस्य को गोपनीय रखने में समर्थ है, उसे ऐसा ही व्यवहार करना चाहिए। ज़िनेदा मुझे हमेशा की तरह मिली, उसके चेहरे पर भावुकता का नामोनिशान नहीं था, सिर्फ़ उंगली हिलाकर वह मुझसे पूछ रही थी, मुझे चोट तो नहीं आई। उसके इस व्यवहार से मेरी शिष्टता और घबराहट फ़ौरन ग़ायब हो गई। उससे भावुकता के प्रदर्शन की मुझे कोई उम्मीद नहीं थी, लेकिन ज़िनेदा ने जिस रूखेपन से मेरा स्वागत किया था, उससे मुझे ऐसा लगा, ज़ैसे किसी ने मुझ पर ठंडा पानी उडेल दिया हो। मुझे आभास हुआ कि उसकी नज़रों में मैं एक बच्चे के सिवा कुछ नहीं हूं। यह सोचकर मेरा दिल कितना उदास हो गया था!

ज़िनेदा फर्श पर चहलक़दमी करने लगी, हर बार वह मुझ पर एक उड़ती हुई नज़र फेंकती थी, लेकिन मैं देख रहा था कि उसका ध्यान कहीं और था। वह सोच-विचार में डूबी थी। मैंने मन-ही-मन सोचा, 'क्या मैं खुद ही कल की घटना का ज़िक्र करूं! उससे पूछूं कि कल इतनी जल्दी में वह कहां जा रही थी, अपने मन के संदेह को खत्म करने के लिए...' लेकिन मैंने जल्द ही यह इरादा छोड़ दिया और कमरे के एक एकांत कोने में जाकर चुपचाप बैठ गया।

इतने में बेलोवज़ोरोव कमरे में दाख़िल हुआ और उसे देखकर मुझे सचमुच खुशी हुई।

"तुम्हारी सवारी के लिए मैं अच्छा-सा घोड़ा नहीं तलाश कर सका। फ़ेलैग ने एक घोड़े का ज़िम्मा लिया है, लेकिन मुझे डर है कि कहीं वह बदमिज़ाज न हो।"

ज़िनेदा ने पूछा, "मेहरबानी करके यह बताओ कि तुम्हें डर किस बात का है?"

"क्यों, तुम जानती हो कि तुम्हें घुड़सवारी करना सचमुच नहीं आता। ईश्वर न करे, अगर तुम्हें कुछ हो गया तो! और एकाएक घुड़सवारी का ख़्याल तुम्हारे मन में किसलिए पैदा हुआ?"

"इससे तुम्हें कोई सरोकार नहीं, मेरे प्यारे मिस्टर बीस्ट! लेकिन मैं निश्चय ही प्योत्र वेसीलिविच से कह सकती हूं..." (प्योत्र वेसीलिविच मेरे पिता का नाम था, मुझे यह देखकर ताज्जुब हुआ कि ज़िनेदा मेरे पिता का नाम इस बेतकल्लुफी से ले रही थी, ज़ैसे उसे यकीन हो कि मेरे पिता उस पर अनुग्रह करने के लिए, फ़ौरन तैयार हो जाएंगे)।

"मैं समझ गया। तो तुम 'उनके' साथ घुड़सवारी करने जाना चाहती हो!" बेलोवज़ोरोव बोला।

"मैं उनके साथ जाऊं या किसी और के साथ, इससे तुम्हें कोई फर्क़ नहीं पड़ता। जो भी हो तुम्हारे साथ तो हरग़िज नहीं जाऊंगी।"

"मेरे साथ नहीं! जैसी तुम्हारी मर्ज़ी। अच्छी बात है, मैं तुम्हारे लिए एक घोड़े का इंतज़ाम कर दूंगा।"

"ख़्याल रखना, वह घोड़ा हो, गाय नहीं। मैं अभी से तुम्हें चेतावनी दे दूं' कि मैं उसे सरपट दौड़ाऊंगी!"

"सरपट दौड़ाकर भाग जाना! तुम मेलेवस्की के साथ जा रही हो?"

"मेलेवस्की के साथ जाने में क्या हर्ज है, मेरे बहादुर सिपाही? बस, बस, अपने को शान्त रखो, इस तरह आंखें फाड़कर मेरी तरफ़ मत देखो। मैं तुम्हें भी साथ ले जाऊंगी। तुम्हें मालूम है कि मेलेवस्की अब मेरा क्या लगता है'उंह!" ज़िनेदा ने ज़ोर से सिर को झटका दिया।

"यह तो तुम सिर्फ़ मुझे तसल्ली देने के लिए कह रही हो।" बेलोवज़ोरोव ने शिकायत भरे स्वर में कहा।

ज़िनेदा ने आंखें सिकोड़कर उसकी तरफ़ देखा और कहा, "इससे तुम्हें तसल्ली हो जाती है? जाओ भी... सिपाही कहीं के।" अंतिम शब्द उसने इस तरह

कहा, ज़ैसे उसे और कोई विशेषण नहीं मिला, "और तुम, मोशियो वोल्दीमार, हमारे साथ चलोगे ?"

"मैं...लोगों की भीड़ में जाना पसंद नहीं करता।" मैं बड़बड़ाया। मेरे अंदर आंखें ऊपर उठाने का साहस भी नहीं था।

"ओह, तो तुम एकांत में बैठकर मुझसे गपशप करना ज्यादा पसंद करोगे, क्यों ? ठीक है, जिसकी जैसी मर्ज़ी।" उसने ठंडी सांस लेकर कहा, "अच्छा तो बेलोवज़ोरोव, देखो तुम इस सिलसिले में क्या कर सकते हो। मुझे घोड़ा कल ही चाहिए।"

"और उसके लिए पैसा कहां से आएगा ?" वृद्धा प्रिंसेज़ ने रोड़ा अटकाया।

ज़िनेदा के माथे पर त्यौरियां पड़ गईं। उसने जवाब दिया, "मैं आपसे नहीं मांगूगी। बेलोवज़ोरोव को मुझ पर यक़ीन है।"

"यकीन,यक़ीन," प्रिंसेज बड़बड़ाई। सहसा वह पूरे ज़ोर से चिल्लाई, "इन्याश्का।"

"मामा, मैने आपको घंटी किसलिए लाकर दी थी ?" ज़िनेदा ने शिकायत की।

"इन्याश्का !" वृद्धा ने फिर ज़ोर से पुकारा।

बेलोवज़ोरोव ने जाने की इजाज़त मांगी। मैं भी उसके साथ बाहर चला आया। ज़िनेदा ने मुझे रोकने की कोई कोशिश नहीं की।

चौदह

अगले दिन तड़के ही उठकर मैंने वृक्ष की एक टहनी काटकर छड़ी बनाई और घूमता हुआ शहर के फाटकों के बाहर निकल गया। मैंने मन-ही-मन कहा कि मैं बाहर जाकर अपने दुख को भूलने की कोशिश करूंगा। मौसम बड़ा शानदार था, धूप चमक रही थी और गर्मी भी ज्यादा नहीं थी। ताज़ी, आनंददायक हवा के झोंके मंद चपलता के साथ सरसराते हुए, बिना उपद्रव के हर चीज़ को हिला

रहे थे। मैं बड़ी देर तक पहाड़ियों और जंगलों में घूमता रहा, लेकिन मुझे कोई खुशी नहीं मिली, क्योंकि मैं पहले से ही दुख के आगे समर्पण करने का इरादा लेकर घर से निकला था, लेकिन यौवन, सुन्दर मौसम, ताज़ी हवा, तेज़ चाल और सघन घास पर एकांत में शांतिपूर्वक आराम करने की विलासिता, इन सब चीज़ों का मुझ पर असर हुआ। उन अविस्मरणीय शब्दों ने और चुंबनों के ख़्याल ने फिर आकर मेरी आत्मा को भर दिया। मुझे यह सोचकर संतोष हुआ कि कम-से-कम ज़िनेदा इस बात से तो इनकार नहीं कर सकती कि मैं साहसी और दृढ़ निश्चय वाला आदमी हूं... वह मुझसे ज्यादा औरों को चाहती है। चलो अच्छी बात है, लेकिन और तो सिर्फ़ डींग ही मारते रहते हैं कि वे यह करेंगे और वह करेंगे, लेकिन मैंने तो सचमच कर दिखाया, और मैं उसकी ख़ातिर इससे भी बड़े-बड़े काम करने की क्षमता रखता हूं।

मैंने अपनी कल्पना-शक्ति को छूट दे दी और कल्पना में देखने लगा कि मैं शत्रुओं के पंजे से उसे छुड़ा रहा हूं, सिर से पैर तक लहूलुहान हो गया हूं, किसी तहखाने की काल-कोठरी में से उसे मुक्त करा रहा हूं और उसके क़दमों में अपने प्राण दे रहा हूं। मुझे अपने ड्राइंग रूम की दीवार पर लगी तस्वीर की याद आई, जिसमें मलिक-आदेल माल्दिा को अपने घोड़े पर बिठाए ले जा रहा था, फिर मेरा ध्यान चितकबरे कठफोड़े की तरफ़ गया, जो एक नाजुक भोजवृक्ष के तने पर मटक-मटककर चढ़ रहा था और बेचैन नज़रों से वायलिन-वादक की तरह दाएं-बाएं झांक कर देख रहा था।

इसके बाद मैंने 'वह सफ़ेद बर्फ़ नहीं थी' गीत गाया, जिसके बाद मुझे उस समय का एक लोकप्रिय बैले[1] याद आ गया : 'हवा के चंचल झोंके जब बहते हैं, तब मैं तुम्हारी प्रतीक्षा करता हूं' फिर मैंने खोम्याकोव की दुखांत रचना में से परभाक का सितारों के प्रति सम्बोधन जोर-ज़ोर से बोला। मैंने खुद भी भावुकतापूर्ण शैली में एक कविता बनाने की कोशिश की। यहां तक कि कविता की अन्तिम पंक्ति की भी कल्पना कर ली : 'ओह ज़िनेदा ! ज़िनेदा !'

लेकिन इस कोशिश का कोई फ़ायदा न हुआ, और अब खाने का वक़्त नज़दीक आ रहा था। मैं उतरकर घाटी में आ गया, जहां से एक तंग रेतीला

---

1 काव्य-कथा।

रास्ता शहर की तरफ़ जाता था। मैं अभी इस रास्ते पर जा ही रहा था कि मुझे पीछे से घोड़ों की टाप सुनाई दी। मैंने पीछे मुड़कर देखा और हठात वहीं ठिठक गया। मैंने अपनी टोपी उतार दी, क्योंकि वे घुड़सवार ज़िनेदा और मेरे पिता थे। वे दोनों साथ-साथ आ रहे थे। मेरे पिता रकाब पर से झुककर ज़िनेदा को कुछ कह रहे थे, उनके हाथ अपने घोड़े की गर्दन पर टिके हुए थे। वे मुस्करा रहे। थे। ज़िनेदा ख़ामोशी से उनकी बातें सुन रही थी, उसकी आंखें गम्भीरता से नीचे झुकी थीं, होंठ भिंचे हुए थे।

पहले मैंने सिर्फ़ उन्हीं दोनों को देखा, लेकिन कुछ सैकेंड बाद मेरी नज़र बेलोवज़ोरोव पर पड़ी, जो रास्ते के मोड़ की वजह से पहले मुझे दिखाई नहीं दे सका था। वह एक कोयले ज़ैसे काले रंग के, तेज़ घोड़े पर सवार था। वह अपनी घुड़सवार सैनिक की वर्दी और लबादा पहने था, जिसके किनारों पर फ़र लगी थी। उसका घोड़ा बड़ा शानदार था और नथुने फड़फड़ाता हुआ, उछलता-कूदता भाग रहा था, बेलोवज़ोरोव ने लगाम ढीली छोड़ दी थी और एड़ लगाता हुआ उसे आगे बढ़ा रहा था। मैं रास्ता छोड़कर एक तरफ़ हो गया। मेरे पिता ने लगाम खींच ली और ज़िनेदा से दूर हट गए। ज़िनेदा ने एक धीमी नज़र उनकी तरफ़ फेरी और वे तेज चाल से मेरे आगे से निकल गए। बेलोवज़ोरोव भी उनके पीछे-पीछे लपका, उसकी तलवार खनखना रही थी। मैंने सोचा, 'इसका चेहरा तो केंकड़े की तरह लाल है और वह इतनी पीली क्यों पड़ गई है ? सारी सुबह घुड़सवारी करने के बाद भी उसका चेहरा पीला क्यों है ?

मैंने अपनी चाल दोगुनी कर दी और ऐन खाने के वक़्त घर पहुंच गया। मेरे पिता पहले से ही नहा-धोकर, कपड़े बदलकर और ताज़ा होकर मेरी मां की आरामकुर्सी के पास बैठे अपनी मधुर, संतुलित आवाज़ में फ्रेंच पत्रिका में से मां को एक लेख पढ़कर सुना रहे थे। मां अनमने ढंग से सुन रही थीं और मुझे देखते ही वह पूछने लगीं कि मैं इतनी देर कहां था और क्या कर रहा था। साथ ही उन्होंने यह भी कहा कि वह उन लोगों से सख़्त नफ़रत करती हैं, जो ईश्वर जाने, कहां-कहां और कैसे-कैसे लोगों के साथ आवारागर्दी करते फिरते हैं। मैं कहने ही वाला था कि मैं किसी के साथ नहीं, बल्कि अकेला घूमने गया था, लेकिन सहसा मेरी नज़र पिता की तरफ़ गई और मैंने ख़ामोश रहने का फ़ैसला किया।

पन्द्रह

इसके बाद पांच-छः दिन तक ज़िनेदा से मेरी मुलाकात नहीं हुई। उसका कहना था कि वह बीमार है, लेकिन उसके यहां रोज़मर्रा आने वाले मेहमानों के आने-जाने में कोई फ़र्क नहीं पड़ा। वे उसे 'ड्यूटी बजाना' कहते थे। सिवा मैदेनोव के जो अगर उसके सामने कोई ऐसा उद्देश्य नहीं होता था, जिसके बारे में वह अपना उत्साह दिखा सके, तो फ़ौरन निराश और खिन्न हो जाता था, और सभी लोग वहां रोज़ आते थे। बेलोवज़ोरोव अपना लाल चेहरा लिए और कोट के सारे बटन बंद करके कोने में बैठा कुढ़ा करता था। काउंट मेलेवस्की के, चतुर और सूक्ष्म चेहरे पर लगातार एक तिरस्कार भरी मुस्कान खेलती रहती थी। वह सचमुच ज़िनेदा की नजरों से गिर गया था और आजकल वृद्धा प्रिंसेज़ पर पहले से कहीं ज्यादा मेहरबान हो गया था। वह सचमुच प्रिंसेज को एक किराए की गाड़ी में बिठाकर गवर्नर जनरल के यहां ले गया, लेकिन वह मुलाक़ात असफल रही और मेलेवस्की तक को भी कटुता का सामना करना पड़ा। उसे एक दुर्घटना याद आ गई, जिसमें तोपख़ाने के अफ़सर शामिल थे और उस वक़्त अपने बचाव के लिए वह सिर्फ़ अनुभवहीनता की दलील दे पाया था। लूशिन भी दिन में एक या दो बार आता था, लेकिन कभी ज्यादा देर नहीं रुकता था। अपनी पिछली बातचीत के बाद से मुझे उससे कुछ डर-सा महसूस होने लगा था। साथ ही मैं उसके प्रति सचमुच आकर्षित भी हो गया था। एक बार वह मेरे साथ नैसकुशनी बाग़ में सैर करने गया था और बड़े स्नेहपूर्ण और दोस्ताना ढंग से पेश आया था। उसने मुझे अलग-अलग पौधों के नाम और विशेषताएं बताई थीं। सहसा बातचीत के दौरान उसने अपना माथा ठोंककर असंगत भाव से कहा था, "मैं भी कितना मूर्ख था, जो उसको सिर्फ़ बदचलन समझता था। कई लोगों को सचमुच अपनी बलि देने में बड़ा सुख मिलता है।"

"इस बात से आपका क्या मतलब है ?" मैंने पूछा।

"कुछ नहीं, जो भी हो, तुम्हारे सुनाने के लिए कुछ नहीं।" उसने तीखे स्वर में कहा।

ज़िनेदा मुझसे क़तराने लगी थी। उसे मेरी सूरत तक से चिढ़ है, यह बात

मुझसे छिपी न रह सकी। वह किसी आन्तरिक प्रेरणा से प्रेरित होकर मेरी तरफ़ से मुंह फेर लेती थी। यही चीज़ बर्दाश्त करना मेरे लिए बहुत कठिन था और मेरे दिल को चोट पहुंचती थी, लेकिन किया ही क्या जा सकता था, इसलिए मैंने उसकी नज़रों से दूर रहकर उसे दूर से देखने की कोशिश की, लेकिन इसमें मुझे हर बार सफलता नहीं मिलती थी। उसके मन में कोई अज्ञात संघर्ष उठ रहा था, उसका चेहरा पहले जैसा नहीं रह गया था और उसका सारा व्यक्तित्व बदल गया था। यह परिवर्तन एक गर्म, शान्त संध्या के समय पूरी तरह मेरी समझ में आया। मैं एक झाड़ी के नीचे, जिसकी टहनियां फैली हुई थीं, एक नीची बेंच पर बैठा था। यह मेरा प्रिय स्थान था। यहां से मैं ज़िनेदा की खिड़की को देख सकता था। मैं वहां बैठा था कि मेरे सिर के ऊपर सघन पत्तों में एक नन्हा-सा पक्षी इधर से उधर फुदक रहा था। एक भूरे रंग की बिल्ली अपनी पीठ फैलाकर चोरी से बाग़ में घुस आई, हालांकि अंधेरा होने में अभी कुछ देर थी। सांझ के झुटपुटे में कुछ झींगुरों ने बोलना शुरू कर दिया था और हवा में उनकी आवाज़ गूंज रही थी।

मैं बैठा ज़िनेदा की खिड़की की ओर देख रहा था, मुझे उम्मीद थी कि वह खिड़की खुलेगी, और सचमुच जल्द ही खिड़की खुल गई और ज़िनेदा वहां दिखाई दी। उसने सफ़ेद कपड़े पहने थे और उसका चेहरा, कन्धे, बाहें, सभी कुछ उसके फ्रॉक की तरह सफ़ेद थे। बहुत देर तक वह बिना हिले-डुले खड़ी रही और परेशान आंखों से सामने की तरफ देखती रही। मैंने कभी उसे इस तरह देखते नहीं देखा था। फिर उसने दोनों हाथ भींचकर अपने होठों से और माथे से लगा लिए, और सहसा अपनी उंगलियां फैलाकर बालों को कानों के पीछे बिखेर दिया, सिर हिलाया और निश्चय-भरे ढंग से सिर को झटका देकर ज़ोर से खिड़की बंद कर ली।

तीन दिन बाद बाग़ में मेरा उससे सामना हो गया। मैं मुंह फेरकर वहां से जाने ही वाला था कि उसने मुझे रोक लिया।

"लाओ, मुझे अपना हाथ दो। हम दोनों में मुद्दत से गपशप नहीं हुई।" उसने पहले ज़ैसे स्नेहपूर्ण स्वर में कहा।

मैंने उसकी तरफ़ देखा। उसकी आंखें एक मन्द दीप्ति से चमक रही थीं। उसकी मुस्कान धुंधली-सी थी।

"क्या तुम्हारी तबीयत अभी भी ख़राब है ?" मैंने पूछा।

"नहीं-नहीं, सब ठीक हो गया है। मुझे अभी भी थकान महसूस होती है, लेकिन वह भी ठीक हो जाएगी।" उसने छोटा-सा गुलाब का फूल तोड़ते हुए कहा।

मैंने पूछा, "तुम जैसी पहले थीं, वैसी ही हो जाओगी न !'

ज़िनेदा फूल उठाकर अपने चेहरे के पास ले आई। मुझे लगा कि गुलाब की रंगीन पंखुड़ियों की आभा उसके गालों पर पड़ रही है।

"क्यों, क्या मैं बदल गई हूं ?"

"बदल गई हो।" मैंने धीमी आवाज़ में कहा।

"मैं जानती हूं... मैंने तुम्हारे साथ बेरहमी की है।" ज़िनेदा बोली, "लेकिन तुम्हें इस ओर कोई ध्यान नहीं देना चाहिए था...मैं लाचार थी... लेकिन इसके बारे में बात करने से क्या फ़ायदा ?"

"तुम नहीं चाहतीं कि मैं तुमसे प्यार करू। यही बात है।" मैं भावावेश में झक्की स्वर में कह बैठा।।

"ओह, मैं चाहती हूं, तुम मुझे प्यार करो, लेकिन जिस तरह पहले प्यार करते थे, वैसे नहीं।'

"तो फिर कैसे ?"

"आओ, हम दोस्तों की तरह रहें। इस तरह।" ज़िनेदा ने गुलाब का फूल सूंघने के लिए मेरे आगे बढ़ा दिया, "मैं तुमसे उम्र में इतनी बड़ी हूं, मैं तुम्हारी मौसी हो सकती हूं और अगर तुम चाहो तो बड़ी बहन भी, और तुम..."

"मैं तुम्हारे लिए सिर्फ़ एक बच्चा हूं..."

"वह तो तुम हो ही, लेकिन एक प्यारे, अच्छे और होशियार बच्चे हो, जिसे मैं बहुत चाहती हूं। मैं एक बात बताऊं ? आज से मैं तुम्हें अपना अनुचर नियुक्त करती हैं। यह न भूलो कि अनुचर को कभी भी अपनी महारानी का साथ नहीं छोड़ना चाहिए। यह है तुम्हारा बिल्ला", उसने मेरे बटन के काज में गुलाब का फूल लगा दिया, "यह तुम्हारे प्रति हमारी सद्भावना की निशानी है।"

"तुम पहले भी सद्भावना का सबूत दे चुकी हो।" मैं बड़बड़ाया।

"ओह ! इस लड़के की याददाश्त कितनी तेज़ है ? ख़ैर, इस समय भी मुझे सबूत देने में कोई ऐतराज़ नहीं है..."

और मेरे ऊपर झुककर उसने मेरे माथे पर एक आवेशहीन, पवित्र चुंबन

अंकित कर दिया।

मैं टुकुर-टुकुर उसका मुंह ताकने लगा। उसने मेरी तरफ़ मुड़कर कहा, "मेरे पीछे-पीछे आओ, मेरे अनुचर।" और अपने मकान की तरफ़ चली गई। मैं चकित भाव से उसके पीछे-पीछे गया।

'क्या यह नम्र, अकलमंद लड़की वही ज़िनेदा है, जिसे मैं जानता था ? क्या यह संभव है ?' यहां तक कि उसकी चाल भी मुझे पहले से अधिक शांत मालूम हो रही थी। उसके शरीर की आकृति पहले से ज्यादा शालीन और मनोहर...

हे ईश्वर ! उसके लिए मेरे दिल में कैसा प्यार उमड़ रहा था !

सोलह

खाने के बाद प्रिंसेज़ के यहां रोज़मर्रा की तरह मेहमान जमा हुए और ज़िनेदा उनका स्वागत करने के लिए अपने कमर से निकलकर बाहर आई। इस पहली अविस्मरणीय शाम की तरह आज भी महफिल पूरी जमी थी। सबके सब वहां मौजूद थे। यहां तक कि निर्मात्सकी भी किसी तरह अपने को वहां घसीट लाया था। इस बार मैदेनोव सबसे पहले वहां आया था। वह साथ में अपनी एक नई कविता लाया था। हमने फिर 'फ़ौरफ़ीट' का खेल खेला, लेकिन पहले की तरह की उछल-कूद, शोर-शराबा और शरारतें इस बार नहीं हुईं। हमारे आमोद-प्रमोद में से जिप्सीपन गायब हो गया था। ज़िनेदा ने महफिल का रंग ही बदल दिया। मैं अनुचर होने के नाते उसकी बग़ल में बैठा था। और सज़ाओं के साथ ही उसने यह सज़ा भी दी कि जिसके नाम वाली पर्ची निकले, वह बताए कि उसने सपने में क्या देखा था। लेकिन इसका भी कोई ख़ास नतीजा न निकला। सब लोगों के सपने या तो बिल्कुल नीरस थे (बेलोवज़ोरोव को सपना आया था कि वह अपने घोड़े को मछली खिला रहा है और घोडे का सर लकड़ी का बन गया था) या अस्वाभाविक, और मनगढ़ंत, जिनका झूठ साफ़ ज़ाहिर था... मैदेनोव ने तो पूरा उपन्यास ही सुनाकर हमारा दिल बहलाया, जिसमें तहख़ानों में बनी क़ब्रों, हाथ में वीणा

लिए फ़रिश्तों और बोलते हुए फूलों का रोमांचकारी वर्णन था...दूर से सुनाई देने वाले गीतों की कड़ियों का तो कहना ही क्या... ज़िनेदा उसे बार-बार बीच में टोकती थी। उसने कहा, "सब लोग बारी-बारी से कोई ऐसी घटना बयान करें, जो दरअसल कभी न घटी हो।" फिर बेलोवजोरोव की शुरू करने की बारी आई।

नौजवान घुड़सवार सैनिक सकपका गया। उसने साफ़ कह दिया, "मैं ऐसी कोई बात नहीं सोच सकता।"

"नॉन्सेंस !" ज़िनेदा चिल्लाई, कल्पना करो कि तुम्हारी शादी हो गई है और हमें बताओ कि तुम अपनी पत्नी से कैसा व्यवहार करोगे। क्या तुम उसे ताले में बंद रखोगे ?"

"हां, रखूंगा।"

"और तुम उसके पास बैठे रहोगे।"

"ज़रूर बैठा रहूंगा।"

"अच्छी बात है, लेकिन मान लो, वह इस ज़िंदगी से तंग आ गई और उसने तुम्हें धोखा दिया ?"

"तो मैं उसे मार डालूंगा।"

"अगर वह भाग गई ?"

"मैं उसके पीछे भागूंगा और उसे मार डालूंगा।"

"ठीक है। मान लो, अगर मैं तुम्हारी पत्नी होती, तो तुम क्या करते ?"

बेलोवज़ोरोव एक क्षण के लिए खामोश रहा, फिर उसने जवाब दिया, "मैं आत्महत्या कर लेता।"

ज़िनेदा हंस पड़ी और बोली, "देखती हूं कि तुम्हारी कहानी बहुत लंबी नहीं है।"

ज़िनेदा ने अगले खेल की पर्चियां निकालीं और छत की ओर देखकर कुछ सोचने लगी। उसने कहा, "तो सुनिए, मैंने एक नया खेल सोचा है। कल्पना कीजिए कि एक खूबसूरत महल है, गर्मी का मौसम है, रात का वक़्त है, महल में शानदार नाच और दावत का आयोजन किया गया है। युवा महारानी अपने मेहमानों का स्वागत कर रही है।

"सब तरफ़ सोना, संगमरमर, स्फटिक, रेशम, रोशनी, हीरे, फूल, अगरबत्तियां हैं। विलासिता की वे सारी वस्तुएं हैं, जिनकी इंसान ख़्वाहिश करता है।"

"तुम्हें विलास की वस्तुओं से प्यार है न !" लूशिन ने बीच में टोककर कहा।

"विलासिता में शान-शौकत है और मुझे शान-शौकत से प्यार है।" ज़िनेदा ने प्रत्युत्तर दिया।

"सौंदर्य से भी ज्यादा ?" लूशिन ने पूछा।

"मैं चतुराई में तुम्हारी बराबरी नहीं कर सकती। तुम्हारा अर्थ मेरी समझ में नहीं आया। अच्छा अब मेरी बात में दख़ल मत दो। हां, तो नृत्य समारोह बड़ा शानदार है, बेशुमार मेहमान आए हैं, सब के सब नौजवान, खूबसूरत और बहादुर हैं, सब जी-जान से महारानी से प्यार करते हैं।"

"मेहमानों में महिलाएं नहीं हैं ?" मेलेवस्की ने पूछा।

"नहीं,...मुझे सोचने दो...हां, महिलाएं भी हैं।"

"सब की सब बदसूरत हैं ?"

"सब की सब सुंदर हैं, लेकिन पुरुष महारानी से प्यार करते हैं। वह लंबी और नाज़ुक है...अपने काले बालों पर उसने सोने का छोटा-सा ताज पहना है।"

मैंने ज़िनेदा की तरफ़ देखा। उस क्षण वह हम सब लोगों से लंबी दिखाई दे रही थी। उसके गोरे माथे और सीधी भौंहों पर इतनी प्रतिभा और शक्ति अंकित थी कि मैं सोचने लगा, 'तुम खुद ही तो वह महारानी हो !'

ज़िनेदा कहती जा रही थी, "सब उसके गिर्द जमा हैं। और चापलूसी भरी बातें कर रहे हैं।"

"तो महारानी को चापलूसी पसंद है ?" लूशिन ने पूछा।

"ओह, तुमसे तो कोई बात नहीं की जा सकती। हर वक़्त बीच में टोकते हो कौन चापलूसी पसंद नहीं करता ?"

"मुझे एक आख़िरी सवाल पूछने दीजिए, क्या महारानी का कोई पति भी है ?" मैलेवस्की ने पूछा।

"मैंने इस बारे में नहीं सोचा। नहीं, उसे किसलिए पति चाहिए ?"

"ठीक है, उसे आख़िर किसलिए पति चाहिए !" मैलेवस्की बोला।

"ख़ामोश !" मैदेनोव चिल्लाया। वह फ्रेंच भाषा भयंकर अशुद्ध रूप से बोलता था।

"ईश्वर रहम करे !" ज़िनेदा बोली, "महारानी बैठी चापलूसी भरी बातें और

संगीत सुन रही है, लेकिन वह अपने किसी भी मेहमान की तरफ़ नहीं देखती। छत से लेकर फ़र्श तक लंबी छः लंबी खिड़कियां खुली हुई हैं और खिड़कियों से बाहर अंधेरा आकाश है, जिसमें बड़े-बड़े तारे जड़े हुए हैं। एक अंधेरा पार्क है, जिसमें ऊंचे वृक्ष हैं। महारानी पार्क की तरफ़ देखती है, जहां वृक्षों के झुरमुट के बीच एक सफ़ेद फव्वारा धुंधला नज़र आ रहा है—प्रेत जितना लंबा। महारानी उस शोरगुल और संगीत के स्वरों में से फव्वारे के पानी की शांत आवाज़ को सुनती है। खिड़की से बाहर देखकर वह मन-ही-मन सोचती है, 'हां, सज्जनो, आप सब नेक, बुद्धिमान और धनी हैं, आप मेरे गिर्द मंडरा रहे हैं, मेरे मुंह से निकले हर शब्द को आप अपनी स्मृति में संजोकर रखते हैं, आप में से हरेक आदमी मेरे कदमों में अपने प्राण देने के लिए तैयार है, आप सब मेरी मुट्ठी में हैं...लेकिन वहां फव्वारे के छपछप करते पानी के पास मेरी प्रतीक्षा में मेरा प्रेमी खड़ा है, जो मेरे हृदय पर शासन करता है, उसके पास न भड़कीली सुंदर पोशाक है, न आभूषण हैं, संसार में कोई उसे नहीं जानता, लेकिन वह मेरी प्रतीक्षा में खड़ा है, वह जानता है कि मैं उससे मिलने जाऊंगी। दुनिया की कोई ताक़त मुझे वहां जाकर मिलने से, उसके साथ रहने से, वहां अपने आप को खो देने से नहीं रोक सकती, वहां उस पार्क के अंधेरे में, जहां वृक्षों के पत्ते सरसरा रहे हैं और फव्वारे के पानी की फुहारें बरस रही हैं।...यहां आकर ज़िनेदा ने बात ख़त्म कर दी।"

"क्या यह... एकदम मनगढ़ंत क़िस्सा है ?" मैलेवस्की ने लांछन के स्वर में कहा।

ज़िनेदा ने उसकी तरफ़ देखना तक पसंद न किया। सहसा लूशिन बोला, "सज्जनो, मैं सोचता हूं कि अगर हम लोग इन मेहमानों में होते और हमें फव्वारे के पास खड़े खुशक़िस्मत आदमी का पता होता तो हम क्या करते ?"

ज़िनेदा ने बीच में टोककर कहा, "ठहरो ! ठहरो ! मैं तुम्हें खुद बता देती हूं कि तुम में से हर आदमी किस ढंग से पेश आता। तुम बेलोवज़ोरोव, उस आदमी को आवाज़ लगाते, मैदेनोव, तुम उसके ऊपर एक छोटी-सी कविता लिखते...नहीं-नहीं, तुम यह न करते, क्योंकि कविता लिखना तुम्हारे बस की बात नहीं, तुम बारबियर की शैली में लंबे पद लिखकर 'टेलीग्राफ़' में छपवाते; और तुम निर्मात्सकी, उससे कर्ज लेते, नहीं तुम ऊंचे सूद पर उसे कर्ज़ देते और जहां तक तुम्हारा संबंध है, डॉक्टर," यह कहकर वह रुक गई, "तुम क्या करते, यह मैं नहीं जानती।"

लूशिन ने जवाब दिया, "शाही चिकित्सक होने की हैसियत से शायद मैं महारानी को यही सलाह देता कि, अगर वे अतिथि-सत्कार के 'मूड' में नहीं हैं, तो नृत्य-भोज देने की कोई ज़रूरत नहीं।"

"शायद तुम्हारी सलाह ठीक ही होती, और तुम क्या कहते हो, काउंट ?"

"मैं ?" काउंट ने दुर्भावना भरी मुस्कान के साथ पूछा।

"तुम उसे ज़हर वाला चाकलेट खिला देते।"

मैलेवस्की इस व्यंग्य की पीड़ा से सिकुड़ गया और बड़ी ही धूर्त नज़रों से देखने लगा, लेकिन अगले ही क्षण ठहाका मारकर हंस पड़ा।

"और तुम, वोल्दीमार... ज़िनेदा ने कहा, "मेरा ख़्याल है कि इस खेल से हम सबका मन भर गया है। आइए, कुछ और खेलें।"

मैलेवस्की ने ज़हर में बुझे स्वर में कहा, "जब महारानी पार्क में जाने लगेंगी, तो मोशियो वोल्दीमार एक वफ़ादार अनुचर की तरह उनका पल्ला थामकर उनके पीछे-पीछे पार्क में जाएंगे।"

मेरा चेहरा सुर्ख हो गया, लेकिन ज़िनेदा मेरे कंधे पर हाथ रखकर उठ खड़ी हुई और कुछ कांपती-सी आवाज़ में बोली, "मैंने तुम्हें बदतमीज़ी करने का अधिकार नहीं दिया, काउंट, इसलिए मैं तुमसे प्रार्थना करूंगी कि तुम मेरे घर से चले जाओ।" ज़िनेदा ने दरवाज़े की तरफ़ इशारा किया।

"सचमुच प्रिंसेज़, तुम..." मैलेवस्की अस्फुट स्वर में बोला, उसका चेहरा पीला पड़ गया।

"प्रिंसेज़ बिल्कुल ठीक फ़रमाती हैं।" बेलोवज़ोरोव ने उठकर कहा।

मैलेवस्की बोला, "मैं क़सम खाकर कहता हूं कि मुझे हरगिज़ उम्मीद नहीं थी, मैं नहीं जानता था कि मेरे शब्दों में कोई ऐसी बात होगी, जिससे... एक क्षण के लिए भी किसी की भावनाओं को चोट पहुंचाने की मेरी नीयत नहीं थी...मैं माफ़ी चाहता हूं।"

ज़िनेदा ने उसे सर्द निगाह से देखा और रूखे ढंग से हंसी, "रुकना चाहते हो, तो रुक जाओ।" उसने लापरवाही से कहा, "और मोशियो वोल्दीमार, मैंने गुस्सा करके ग़लती की। तुम्हें डंक मारने का शौक़ है, तो मारो डंक !"

"मैं माफ़ी चाहता हूं।" मैलेवस्की ने फिर कहा। मैं मन-ही-मन ज़िनेदा की अदा को याद करके सोच रहा था कि कोई सचमुच की महारानी भी इतनी शान से

बदतमीज़ आदमी को दरवाज़े से बाहर नहीं निकाल सकती थी।

इस घटना के बाद फ़ौरफ़ीट का खेल ज्यादा देर तक जारी न रह सका। सब लोगों को अजीब-सा महसूस हो रहा था, तत्काल की घटना के कारण नहीं, लेकिन न जाने क्यों मन-ही-मन उन्हें अव्यक्त घुटन भी महसूस हो रही थी। किसी ने इसकी चर्चा नहीं की, लेकिन सब इसके बारे में सचेत थे और हर आदमी जानता था कि उसके साथ बैठा आदमी भी यही महसूस कर रहा है। मैदेनोव ने अपनी कविता सुनाई, मैलेवस्की ने अत्यधिक उत्साह से उसकी तारीफ़ की।

"इस वक़्त अपनी नेकी दिखाने के लिए यह कितना बेचैन हो रहा है !" लूशिन ने मेरे कान में फुसफुसाकर कहा।

जल्द ही हम सब वहां से चले आए। ज़िनेदा सहसा गंभीर हो गई थी और उसकी मां ने कहलवा भेजा था कि उसके सर में दर्द है। निर्मात्स्की भी अपनी गठिया की शिकायत कर रहा था।

बहुत देर तक मैं सो नहीं सका। ज़िनेदा की कहानी का मुझ पर गहरा असर हुआ था। मैंने मन-ही-मन सोचा, 'क्या इस कहानी के पीछे सचमुच कोई संकेत छिपा था ? अगर था, तो क्या था, और वह किसकी तरफ़ संकेत कर रहा था ? अगर उसकी बात में कोई सच्चाई होती, तो निश्चय ही ऐसा कहने का साहस उसमें न होता...नहीं-नहीं, यह नामुमकिन है।' मैं फुसफुसाया। मैं लगातार अपने जलते हुए गालों को तकिए में छिपा रहा था।...लेकिन मुझे याद आया कि कहानी कहते वक़्त ज़िनेदा के चेहरे पर कैसा भाव था...। नेसकुशनी बाग़ में सैर करते वक़्त लूशिन के मुंह से हठात निकले हुए शब्दों की मुझे याद हो आई। मेरे प्रति ज़िनेदा के व्यवहार में जो आकस्मिक परिवर्तन आया था...और मैंने सब तरह के अनुमान लगा लिए।

'वह आदमी कौन है ?' ये शब्द मेरी आंखों के आगे ज़ैसे अंधेरे में अंकित आग के शब्दों की तरह नाच रहे थे। मेरे मन पर एक अपशकुनकारी बादल छाया था, लगता था कि वह किसी क्षण भी बरस पड़ेगा। पिछले कुछ दिनों से मैं बहुत-सी नई बातों का आदी हो गया था। मैंने प्रिंसेज़ ज़ैसेकीना के यहां बहुत-सी विचित्र बातें देखी थीं–अराजकता, मोमबत्तियों के बचे-खुचे टुकड़े, टूटे हुए छुरी-कांटे, वोनीफेती का उदास चेहरा, फटेहाल नौकरानियां, वृद्धा प्रिंसेज़ के विचित्र तौर-तरीक़े। उस विलक्षण गृहस्थी में अब मुझे किसी चीज़ को देखकर हैरानी नहीं होती थी, लेकिन

ज़िनेदा के बारे में जो अनुमान मैं अब लगा रहा था, उसका आदी मैं नहीं हो सका... मेरी मां ने उसे एक बार छिनाल कहा था। मेरी वह देवी, जिसकी मैं आराधना करता था, एक छिनाल ! इस शब्द ने मेरे कलेजे में डंक मारा। मैंने तकिए में अपना चेहरा छिपाकर इससे बचने की कोशिश की, मैं इससे चिढ़ गया था, लेकिन फिर भी फ़व्वारे वाला आदमी बनने के लिए मैं कौन-सी क़ीमत नहीं चुका सकता था !

मेरा खून नसों में तेज़ी से दौड़ने लगा। मैं सोच रहा था, 'पार्क...फुव्वारा -मान लो, मैं अभी पार्क में चला जाऊं ?' झट से मैंने कपड़े पहने और चोरी से बाहर चला आया। अंधेरी रात थी। वृक्ष निःशब्द स्वर में फुसफुसा रहे थे। आकाश से शांत शीतलता बरस रही थी। सब्ज़ियों के बाग़ में से साग के पौधों की खुशबू उड़कर आ रही थी। मैं बाग़ के सारे रास्तों से गुज़रा। अपने क़दमों की धीमी आहट से मेरा दिल एक साथ शंकित और प्रफुल्लित हो उठा। मैं अपने दिल की धड़कन सुनने के लिए ठिठक गया। मेरा दिल तेज़ी से धड़क रहा था, फिर मैं चारदीवारी के पास पहुंचा और पतली लकड़ियों के जंगले के सहारे खड़ा हो गया। सहसा या यह सिर्फ़ मेरी कल्पना थी...एक नारी आकृति मेरे पास से होकर गुज़री मैं आंखें फ़ाड़-फाड़कर, अपनी सांस रोके अंधेरे में देख रहा था !...वह क्या था ? क्या किसी के क़दमों की आहट थी, या सिर्फ़ मेरे दिल की धड़कन ? 'कौन है ?' मैं अस्फुट स्वर में बड़बड़ाया। फिर ! क्या मुझे किसी की दबी हंसी सुनाई दे रही थी या पत्रों की सरसराहट ?– या मेरे कान के नज़दीक आकर कोई आह भर रहा था। मेरे मन में घबराहट छा गई। वहां कौन है ?' मैंने पहले से भी ज्यादा धीमी आवाज़ में पूछा।

क्षण-भर के लिए हवा का एक हल्का-सा झोंका आया। आकाश में कोई चीज़ चमकी—पुच्छल तारा ! मैं पूछना चाहता था, 'क्या ज़िनेदा है ?' लेकिन शब्द मेरे होठों तक आकर ही ख़त्म हो गए, और सहसा, जैसा कि आधी रात को अक्सर होता है...गहरी निस्तब्धता छा गई यहां तक कि झाड़ियों में झींगुरों की आवाज़ भी बंद हो गई, और कहीं से किसी खिड़की के बंद होने की आवाज़ सुनाई दी। मैं थोड़ी देर तक वहां खड़ा रहने के बाद अपने कमरे में लौट आया और अपने सर्द बिस्तर पर लेट गया। मुझे एक विचित्र उत्तेजना महसूस हो रही थी। ऐसा लग रहा था ज़ैसे मैं अभिसार के लिए निश्चित समय पर पहुंचा था, लेकिन मैंने वहां अपने को अकेला पाया, और किसी और की खुशी से टकरा गया था।

सत्रह

अगले दिन जब ज़िनेदा और उसकी मां गाड़ी में बैठकर सड़क से गुज़रीं तो मुझे ज़िनेदा की सिर्फ़ एक झलक ही दिखाई दी। लूशिन से मेरी मुलाकात हुई, लेकिन एक अत्यंत संक्षिप्त अभिवादन के बाद चुप्पी धारण कर ली। मैंने मैलेवस्की को भी देखा था। काउंट मुझे देखकर एक बनावटी हंसी हंसा और मैत्रीपूर्ण ढंग से बातें करने लगा। प्रिंसेज़ के यहां आने वाले लोगों में से सिर्फ़ वही हमारे घर में घुसकर खुशामद से मां का कृपापात्र बनने में कामयाब हो गया था। मेरे पिता को वह पसंद नहीं आया। वह उसके साथ हमेशा एक तिरस्कारपूर्ण नम्रता से पेश आते थे।

मैलेवस्की ने कहा, "आह ! अनुचर महाशय ! आपसे मिलकर बड़ी खुशी हुई। कहिए, आपकी सुंदर महारानी क्या कर रही हैं ?"

काउंट का सुंदर, स्वस्थ चेहरा मुझे घृणित दिखाई दे रहा था। उसने मेरी तरफ़ जिस नज़र से देखा था, उसमें इतना तिरस्कारपूर्ण व्यंग्य था कि मैं ख़ामोश रहा।

"क्या तुम अभी भी मुझसे नाराज़ हो ! तुम्हें नाराज़ नहीं होना चाहिए। तुम जानते ही हो कि मैंने तुम्हें अनुचर नाम नहीं दिया था, और आमतौर पर महारानियों के अनुचर हुआ ही करते हैं। अगर तुम इजाज़त दो तो मैं इतना ज़रूर कहूंगा कि तुम अपने कर्तव्यों का ठीक से पालन नहीं कर रहे।"

"मेरे कर्त्तव्य ?"

"हां, अनुचर को चाहिए कि अपनी स्वामिनी को छोड़कर कहीं न जाए। उसे मालूम होना चाहिए कि किस वक़्त उसकी स्वामिनी क्या कर रही है, स्वामिनी की हर गतिविधि पर उसे नज़र रखनी चाहिए" फिर उसने अपनी आवाज़ धीमी कर ली, "दिन के वक़्त और रात के वक़्त भी।"

"आपकी इस बात का क्या मतलब है ?"

"मतलब? मेरा ख़्याल था कि मतलब साफ़ है। दिन के वक़्त और रात के वक़्त। दिन की बातें इतना महत्त्व नहीं रखतीं। दिन में रोशनी रहती है और आसपास काफ़ी लोग रहते हैं, लेकिन रात को...यही तो वक़्त है, जब तुम्हें सतर्क रहना चाहिए। मैं तुम्हें सलाह दूंगा कि तुम रात को न सोया करो, बल्कि पहरेदारी

किया करो। अपनी समस्त शक्ति से पहरेदारी किया करो। पार्क को, रात को और फ़व्वारे को याद रखो...इन्हीं स्थानों पर तुम्हें निगरानी रखनी चाहिए। मैं जानता हूं, तुम किसी दिन इस बात के लिए मुझे धन्यवाद दोगे।"

मैलेवस्की हंस पड़ा और उसने मेरी तरफ़ पीठ फेर ली। शायद उसके शब्दों के पीछे कोई विशेष अर्थ नहीं था। उसके बारे में लोगों में मशहूर था कि वह अव्वल दर्जे का धोखेबाज़ है और उन पार्टियों में, जहां सब मेहमान छद्‌वेश में शामिल होते थे, मैलेवस्की अपने छद्‌वेश से लोगों को धोखा देने के लिए मशहूर था, झूठ और फ़रेब, जो अब उसका स्वभाव बन गया था, उसके इन कामों में बहुत मददगार साबित होते थे...। वह मुझसे सिर्फ़ मज़ाक़ और छेड़खानी ही कर रहा था, लेकिन उसका हर शब्द मेरी नसों में ज़हर की बूंद की तरह घुल गया था। आवेश से खून मेरे दिमाग में चढ़ गया। मैंने मन-ही-मन कहा, "अहा, तो यह बात है ? क्यों ? बहुत खूब ! मैं अकारण ही तो पार्क की तरफ़ नहीं खिंचा चला गया था ! लेकिन मैं यह बर्दाश्त नहीं करूंगा !" मैंने ज़ोर से अपने सीने में मुक्का मारते हुए कहा, हालांकि मैं खुद भी ठीक से नहीं बता सकता था कि मैं क्या बर्दाश्त नहीं करूंगा। 'पार्क में चाहे मुझे खुद मैलेवस्की नज़र आ जाए।' मैंने मन-ही-मन सोचा (शायद उसने अपना भेद ही बक दिया था। उसमें इतनी बेहयाई है), 'या कोई और नज़र आए' (हमारे बाग़ की चारदीवारी नीची थी और उसे फांदने में कोई दिक़्क़त नहीं हो सकती थी), 'चाहे कोई भी हो, अपनी ख़ैर मनाए, क्योंकि अब उसका मुझसे पाला पड़ेगा: मैं सारी दुनिया के सामने और उस बेवफ़ा के सामने साबित कर दूंगा' (हां, मैंने ज़िनेदा के बारे में यही कहा था), 'कि मैं भी बदला लेना जानता हूं।'

मैं अपने कमरे में लौट आया और मैंने अपने डैस्क की दराज़ से अंग्रेज़ी चाकू निकाला, जो मैंने कुछ दिन पहले ही ख़रीदा था। मैंने उसकी तेज़ धार को छूकर देखा और भौंहें सिकोड़कर, शांत, दृढ़ निश्चय की मुद्रा बनाई और चाकू को इस तरह अपनी जेब में डाल लिया, ज़ैसे मैं ऐसी बात का पूरी तरह से अभ्यस्त होऊं। मेरा दिल क्रोध से धड़कने लगा, फिर ज़ैसे पत्थर में बदल गया। दिन-भर मैं भौंहें सिकोड़े, होंठ भींचे, अपने कमरे के फ़र्श पर चहलक़दमी करता रहा। बार-बार मैं चाकू की मूंठ को कसकर पकड़ लेता था। जेल में रखे रहने से चाकू काफ़ी गर्म हो गया था। मैं अपने आपको किसी भयंकर घटना के लिए तैयार कर रहा था।

ये संवेदन इतने नए, अनोखे और मनोरंजक थे कि उनके उन्माद में मैंने ज़िनेदा के बारे में भी कुछ नहीं सोचा। मैं मन-ही-मन अलेको, और जिप्सी की कल्पना कर रहा था, "किधर चले नौजवान ? वहीं लेटे रहो..." और फिर "अरे ! तुम तो खून में लथपथ हो ! ओह, तुमने क्या कर लिया ?..." "कुछ नहीं' एक क्रूर मुस्कान के साथ मैंने यह शब्द दोहराया। "कुछ नहीं !"

मेरे पिता घर में नहीं थे, लेकिन मेरी मां ने, जो इन दिनों लगातार संतप्त अवस्था में रहती थीं, मेरी परेशानी को देख लिया और खाने के वक़्त पूछ बैठी, "आख़िर माजरा क्या है ?तुम इस तरह दिखाई दे रहे हो, ज़ैसे कोई बिल्ली चूहे की तलाश में हो ?"

जवाब में मैं सिर्फ़ अनुग्रहपूर्वक मुस्कराया और मन-ही-मन सोचने लगा. 'अगर उन्हें पता होता।' ग्यारह का घंटा बजा। मैं ऊपर अपने कमरे में चला गया, लेकिन मैंने सोने के लिए कपड़े नहीं उतारे। मैं आधी रात का घंटा बजने का इंतज़ार कर रहा था। बारह बज गए। "अब वक़्त आ गया !" मैंने दांत भींचकर कहा और बाग़ की तरफ़ चल पड़ा। जाने से पहले मैंने सावधानी बरतने के लिए अपनी जैकेट के बटन बंद कर लिए और न जाने किस कारण से अपनी क़मीज़ की आस्तीनें भी ऊपर चढ़ा लीं।

मैंने पहले से ही निगरानी करने के लिए एक जगह चुन ली थी। बाग़ के बिल्कुल आख़िरी हिस्से में जहां चारदीवारी ख़त्म होती थी, और प्रिंसेज़ ज़ैसेकीना और हमारे घर के गिर्द की दीवार शुरू होती थी, एक अकेला देवदार का वृक्ष खड़ा था। जिसकी नीची और सघन टहनियों में से मैं रात के अंधेरे में जहां तक संभव था, अपने चारों तरफ़ की सारी चीज़ें देख सकता था। इस जगह एक छोटी-सी पगडंडी थी, जो मुझे हमेशा रहस्यपूर्ण मालूम होती थी। यह पगडंडी सांप की तरह चारदीवारी के नीचे से गुज़रती थी, और चारदीवारी पर चढ़ने वाले लोगों के पैरों तले रौंदी भी गई थी। यह पगडंडी बबूल के वृक्षों के गोलाकार कुंज तक चली गयी थी। देवदार के वृक्ष के पास पहुंचकर मैं तने के सहारे खड़ा हो गया और पहरा देने लगा।

कल की तरह आज भी रात में नि:स्तब्धता छाई थी, लेकिन आकाश में इतने बादल नहीं थे। झाड़ियों और यहां के लंबे फूलों की रेखाकृतियां साफ़ दिखाई दे रही थीं। इन्तज़ार के पहले कुछ मिनट मुझे बेहद कष्टदायी और पैशाचिक

मालूम हुए। मैं कुछ भी करने के लिए तैयार था, लेकिन मुझे किस ढंग से कार्रवाई करनी चाहिए इसके बारे में मैं अभी तक अपने मन में कोई भी फैसला नहीं कर पाया था। क्या मुझे गरजकर कहना चाहिए, "भागे क्यों जा रहे हो ! हॉल्ट ! साफ़-साफ़ बताओ, वरना मरना स्वीकार करो !" या मैं अंधेरे में चाकू मार दूं ? हर आवाज़, हर सरसराहट, फड़फड़ाहट मुझे अपूर्व और अर्थपूर्ण मालूम हो रही थी... मैं आगे झुककर कूदने के लिए तैयार खड़ा था, लेकिन इसी तरह आधा घंटा, फिर पूरा एक घंटा बीत गया, मेरा उत्साह ठंडा पड़ गया और मन शांत हो गया। धीरे-धीरे मुझे अहसास हुआ कि मैंने वहां आकर भारी बेवकूफ़ी की है और मैलेवस्की ने वह बात सिर्फ़ मेरा मज़ाक उड़ाने के लिए कही थी। मैं अपने छिपने की जगह से निकल आया और मैंने बाग़ का एक चक्कर लगाया। कहीं से कोई भी आवाज़ सुनाई नहीं दे रही थी। शायद मुझसे द्वेष होने के कारण चारों तरफ़ निःस्तब्धता छाई थी। यहां तक कि हमारा कुत्ता भी बाग़ के फाटक पर गेंद की तरह सिकुड़कर सो रहा था। मैं नर्सरी की छत पर चढ़ गया और नीचे, दूर खेतों की तरफ़ देखने लगा। मुझे ज़िनेदा के साथ हुई अपनी आकस्मिक मुलाक़ात की याद आ गई, और इसके बाद मैं ख़्यालों की दुनिया में खो गया।

सहसा मैं चौंक पड़ा'मुझे लगा कि कोई दरवाज़ा चरमरा कर खुला। उसके बाद टहनियों में खड़खड़ की आवाज़ हुई...दो छलांगों में मैं फिर ज़मीन पर आ खड़ा हुआ, और वहीं जमा रहा। बाग़ में से किसी के हलके, द्रुत और चोरों की तरह दबे क़दमों की आहट हुई आवाज़ मेरे क़रीब आती जा रही थी, 'आख़िर वह आदमी आ ही पहुंचा !' यह विचार मेरे मन में कौंध गया। मैंने कांपते हुए हाथों से चाकू जेब से निकाला, और घबराहट से कांपते हुए हाथों से उसे खोला। मेरी आंखों के आगे लाल चिनगारियां दिखाई देने लगीं, भय और क्रोध से मेरे रोंगटे खड़े हो गए... वे क़दम उसी तरफ़ बढ़े चले आ रहे थे, जिस जगह मैं खड़ा था। मैं दुबककर उनकी तरफ़ झुक गया...एक पुरुष की आकृति दिखाई दी। हे ईश्वर ! यह तो मेरे पिता थे।

मैंने उन्हें फ़ौरन पहचान लिया, हालांकि उन्होंने एक गहरे रंग का लबादा ओढ़ रखा था और हैट को चेहरे तक गिरा लिया था। वे पंजों के बल चलते हुए मेरे नज़दीक से गुज़र गए। मुझे छिपाने के लिए वहां कोई चीज़ नहीं थी, लेकिन उन्होंने मुझे नहीं देखा, क्योंकि मैं एकदम ज़मीन में दुबककर बैठ गया था, और

एकदम ज़मीन में मिल गया था। एक ही क्षण में ईर्ष्यालु खून का प्यासा ऑथेलो[1] स्कूल के विद्यार्थी में बदल गया... पिता की अप्रत्याशित छाया को देखकर मैं इतना आतंकित हो उठा था, कि मैंने इस बात पर भी ध्यान नहीं दिया कि वे कहां से आ रहे हैं और किस दिशा में ग़ायब हो गए हैं। जब फिर निस्तब्धता छा गई और मेरे अंगों में शिथिलता आई, तब कहीं जाकर मेरे मन में यह सवाल उठा कि आख़िर रात के समय में मेरे पिता बाग़ में किसलिए आए हैं! भयभीत होकर मैंने अपना चाकू घास में गिरा दिया था, अब उसे ढूंढने में मुझे शर्म महसूस हो रही थी। मेरे मन की उत्तेजना एकदम शांत हो गई थी। घर लौटते वक़्त मैं झाड़ी के नीचे रखी अपनी परिचित बैंच पर बैठ गया और ज़िनेदा की खिड़की की तरफ़ देखने लगा। उसकी खिड़कियों के छोटे, बीच से उभरे हुए शीशे रात के आकाश की मंद रोशनी में हलके नीले रंग के दिखाई दे रहे थे। सहसा उनका रंग बदल गया और शीशों के पीछे मुझे साफ-साफ दिखाई दे रहा था, एक हलके रंग का पर्दा धीरे और सावधानी से नीचे गिरा। पर्दा खिड़की की चौखट तक बिना हिले-डुले लटक गया।

"इन सब बातों का क्या मतलब है?" जब मैं अपने कमरे में लौट आया, तो हठात मेरे मुंह से ऊंची आवाज़ में यह सवाल निकल पड़ा, "क्या यह कोई सपना है, संयोग है या?..." मेरे मन में इस समय जो संदेह उमड़ रहे थे, वे इतने नए और विलक्षण थे कि उन्हें स्वीकार करने का मुझमें साहस नहीं हो रहा था।

अठारह

अगले दिन सुबह जब नींद खुली, तो मेरे सर में दर्द हो रहा था। कल की उत्तेजना ग़ायब हो गई थी। उसकी जगह पर एक दुःखदायी व्याकुलता और उदासी मेरे मन में छाई थी, जो मैंने पहले कभी महसूस नहीं की थी। ऐसा लग रहा था, ज़ैसे

---

1 शेक्सपियर के दुःखांत नाटक 'ऑथेलो' का नायक, जिसने अपनी पत्नी डैस्डेमोना की हत्या कर दी थी, क्योंकि उसे डैस्डेमोना की पवित्रता पर झूठा संदेह था।

मेरे भीतर की कोई चीज़ मर रही है।

"तुम उस ख़रगोश की तरह दिखाई दे रहे हो, जिसके दिमाग़ का आधा हिस्सा निकाल लिया गया हो।" उस दिन मुलाकात होने पर लूशिन ने मुझसे कहा।

नाश्ते की मेज़ पर मैंने छिपकर अपनी कनखियों से मां और पिता की तरफ़ देखा। पिता हमेशा की तरह शांत और ख़ामोश थे, मां हमेशा की तरह चिड़चिड़ी थीं। मुझे उम्मीद थी कि शायद पिता मुझसे स्नेह-भरा कोई शब्द कहेंगे, जैसा कि वह कभी-कभी कहते थे, लेकिन इस बार उन्होंने रोज़ की तरह सर्द ढंग से मुझे थपथपाया तक नहीं। मैं सोचने लगा, 'क्या मुझे ज़िनेदा को सब कुछ बता देना चाहिए ? क्योंकि अब मुझे किसी बात की परवाह नहीं है, उसके और मेरे बीच सारा रिश्ता ख़त्म चुका है।'

...मैं उसके पास गया, लेकिन मैं उसे न सिर्फ़ कुछ बताने में असफल रहा, बल्कि उससे ठीक तरह बात करने का मौक़ा भी मुझे नहीं मिला। वृद्धा प्रिंसेज़ का बारह साल का लड़का, जो पीटर्सबर्ग के सैनिक स्कूल में शिक्षा पा रहा था, छुट्टियों में वहां आया हुआ था। ज़िनेदा ने फ़ौरन अपने भाई को मेरे सुपुर्द करते हुए कहा, "प्यारे वोलोद्या, तुम्हारा एक साथी और आ गया (ज़िनेदा ने इससे पहले कभी मुझे इस नाम से नहीं पुकारा था)। इसका नाम भी वेलोद्या है। मुझे उम्मीद है, तुम इसे पसंद करोगे। यह शर्मीला है, लेकिन दिल का अच्छा है। इसे नेसकुशनी बाग़ दिखाओ, अपने साथ सैर पर ले जाओ। मेरे कहने का मतलब यह है कि तुम इसे अपनी छत्रछाया में रखो। मुझे विश्वास है, तुम रखोगे। रखोगे न ? तुम खुद भी एक सहृदय लड़के हो।" ज़िनेदा ने स्नेहपूर्वक अपने हाथ मेरे कंधे पर रखे और मैं फिर नए सिरे से अपना दिल उस पर न्योछावर कर बैठा। उस लड़के के आने से मैं खुद एक लड़के में बदल गया। मैं ख़ामोशी से उस रंगरूट की तरफ़ देख रहा था, वह भी उसी तरह मुझे देख रहा था। ज़िनेदा ठहाका मारकर हंस पड़ी और हम दोनों को एक दूसरे की तरफ़ धकेलते। हुए बोली, "आओ बच्चो, गले मिलो।" हम दोनों ने आदेश का पालन किया।

"तुम पार्क देखना चाहते हो ?" मैंने रंगरूट से पूछा।

"हां जनाब," उसने बिल्कुल असली रंगरूटों की तरह रूखी आवाज़ में जवाब दिया। ज़िनेदा को फिर हंसी आ गई...मैंने देखा कि उस दिन ज़िनेदा का रंग जितना प्यारा था वैसा कभी भी नहीं था। मैं रंगरूट को लेकर वहां से चल दिया।

हमारे बाग़ में एक पुराना झूला था। मैंने उसे सहारा देकर झूले की तंग तख़्ती पर बैठा दिया और उसे झूला झुलाने लगा। वह अपनी नई वर्दी पहने, जो बहुत मोटे कपड़े की थी, जिस पर चौड़ी सुनहरी गोट लगी हुई थी, ख़ामोशी से झूले पर बैठा था, दोनों रस्सों को उसने पूरी ताकत से पकड़ रखा था।

"तुम अपने कॉलर का बटन क्यों नहीं खोल लेते ?" मैंने पूछा।

"ओह, हम इसके आदी हो गए हैं।" उसने अपना गला साफ़ करते हुए कहा। उसकी शक्ल अपनी बहन से बहुत कुछ मिलती-जुलती थी। ख़ासतौर पर उसकी आंखों को देखकर मुझे ज़िनेदा की आंखों की याद आ गई। उसकी देखभाल करने में मुझे बड़ा आनंद मिल रहा था, लेकिन अभी भी मेरे दिल में दुःख की टीसें उठ रही थीं। मैंने अपने आपसे कहा, "आज मैं सिर्फ़ एक बच्चा हूं, लेकिन अभी कल की बात है..." मुझे वह जगह याद आई, जहां मैंने अपना चाकू गिरा दिया था। मैंने जाकर चाकू तलाश कर लिया। रंगरूट ने मुझसे मिन्नत करके चाकू मांग लिया, एक झाड़ी से मोटी-सी टहनी तोड़कर उसने एक सीटी बनाई और उसे बजाने लगा। ऑथेलो ने भी सीटी बजाई।

लेकिन शाम के वक़्त जब ज़िनेदा ने ऑथेलो को बाग़ के एक एकांत कोने में बैठे देखकर उसकी उदासी का कारण पूछा, तो ऑथेलो ज़िनेदा की बाहों में फूट-फूटकर रो पड़ा। मेरे आंसू इतनी ज़ोर से बह रहे थे कि वह एकदम घबरा गई।

"क्या माज़रा है वोल्देमार ? आख़िर क्या बात है ?" वह मुझसे बार-बार पूछने लगी और यह देखकर कि मैं उसे कोई जवाब नहीं दे रहा और मैंने रोना बंद नहीं किया। उसने मेरे आंसुओं से भीगे गालों को चूमने की कोशिश की, लेकिन मैंने मुंह फेर लिया और सिसककर कहता रहा, "मैं सब कुछ जानता हूँ। तुमने मेरी भावनाओं से क्यों खिलवाड़ किया ? तुम्हें मेरे प्यार की आख़िर क्या ज़रूरत थी ?"

"हां, वोलोद्या, इसमें मेरा बहुत कसूर है। मैं जानती हूं, मैं कसूरवार हूं." उसने अपने हाथ ज़ोर से भींचकर कहा, "मुझमें बहुत-सी ऐसी बातें हैं, जो बुरी, कलुषित और पापमय हैं, लेकिन मैं तुम्हारे स्नेह से इस वक़्त खिलवाड़ नहीं कर रही, सचमुच मैं तुम्हें बहुत पसंद करती हैं, तुम नहीं जानते क्यों, लेकिन तुम क्या जानते हो ?"

मैं क्या कहता ? वह मेरे सामने खड़ी मुझे देख रही थी, और मैं उसका हो

जाता था, सारे का सारा, सर से लेकर पैर तक। जब भी वह मेरी तरफ़ इस तरह देखती थी। पन्द्रह मिनट बाद मैं ज़िनेदा और उसके भाई के साथ दौड़ लगा रहा था। मेरा रोना बंद हो गया था। मैं हंस रहा था, लेकिन हंसी से सूजी हुई मेरी आंखों से आंसू बाहर ढुलक पड़े, मैंने टाई की जगह गले में ज़िनेदा का एक रिबन बांध लिया और जब मैं उसकी कमर में अपनी बाहें डालने में सफल हो गया, तो खुशी से चिल्ला उठा। वह मेरे साथ जो चाहे कर सकती थी।

उन्नीस

अपने उस रात के असफल अभियान के बाद एक हफ़्ते तक मेरी मानसिक स्थिति जैसी रही, अगर मुझसे उसका विस्तारपूर्वक वर्णन करने के लिए कहा जाए तो मेरी समझ में नहीं आएगा कि मैं उसे कैसे और कहां से शुरू करूं। वे एक अजीब बुख़ार के दिन थे मन में एक विचित्र अराजकता छाई थी, अनुभूतियां, विचार, संदेह, आशाएं, आनन्द और एक दूसरे के बिल्कुल विपरीत मानसिक यातनाएं एक पागलपन के भंवर में चक्कर काट रही थीं। मुझे अपने दिल की गहराइयों में झांकने से डर लगता था, अगर आप मान लें कि सचमुच सोलह बरस का कोई लड़का अपने दिल में झांकने की सामर्थ्य रखता है। मुझे तो किसी भी विषय पर गंभीरतापूर्वक सोचने से डर लगता था। मैं किसी तरह, पूरी कोशिश करके दिन काटता था, लेकिन मुझे नींद अच्छी तरह आती थी। इस जगह मेरी बालसुलभ चपलता मददगार साबित हुई। मैं यह नहीं जानना चाहता था कि ज़िनेदा मुझसे प्यार करती है या नहीं, न ही मैं अपने सामने यह स्वीकार करना चाहता था कि वह मुझसे प्रेम नहीं करती, मैं अपने पिता से मिलने में कतराता था, लेकिन ज़िनेदा से मैं नहीं कतरा सकता था... उसकी मौजूदगी मुझे आग की लपटों की तरह जला डालती... थी और मुझे जब जलने और पिघलने में सुख मिलता था, तो मुझे भला उस आग की क्या परवाह हो सकती थी, जो मुझे जला रही थी।

हर आने वाले संवेदन के आगे अपने को समर्पित करके मैं अपने से ही आंख-मिचौली खेल रहा था। मैं स्मृतियों से कतराता था और अपने भविष्य के प्रति आंखें मूंदे हुए था। यह बौखलाहट ज़्यादा दिनों तक नहीं चल सकती थी। अकस्मात एक वज्रपात ने मेरी बौखलाहट को ख़त्म कर दिया और मेरे जीवन की धारा को एकदम बदल दिया।

एक दिन बहुत लंबी सैर के बाद, खाने के वक़्त जब मैं घर लौटा, तो मुझे यह जानकर ताज्जुब हुआ कि मैं अकेला ही खाना खाऊंगा, क्योंकि मेरे पिता बाहर चले गए हैं और मेरी मां की तबीयत अच्छी नहीं है, वह खाना नहीं खाएंगी, वह अपने सोने के कमरे में बंद हैं। मैं नौकरों के चेहरों से ही भांप गया कि घर में कोई न कोई असाधारण घटना हुई है। उनसे कुछ पूछने की मुझमें हिम्मत नहीं हुई, लेकिन फ़िलिप नाम के नौजवान अर्दली से मेरी अच्छी दोस्ती थी। फ़िलिप का कविता से गहरा प्रेम था। वह गिटार बजाने में भी कुशल था, इसलिए मैंने उससे पूछताछ की। मुझे मालूम हुआ कि मेरे पिता और मां में भयंकर झगड़ा हुआ था (नौकरानियों के कमरे में झगड़े को एक-एक शब्द सुनाई दे रहा था) अधिकांश बातचीत फ्रेंच में हो रही थी, लेकिन हमारी नौकरानी माशा जो पैरिस की एक दर्ज़िन के यहां पांच बरस तक काम कर चुकी थी, सारी बातें समझ गई थी। मेरी मां ने मेरे पिता पर बेवफ़ाई का इल्ज़ाम लगाया था और कहा था कि वह पड़ोस की नौजवान लड़की से मेलजोल बढ़ा रहे हैं। पहले तो मेरे पिता ने इस आरोप का खंडन किया, फिर वह गुस्से से लाल-पीले हो गए और उन्होंने मां को 'उनकी उम्र वाली औरत' के बारे में कोई बेहूदा बात कही, जिससे मां रो पड़ी थीं। मां ने पिता द्वारा वृद्धा प्रिंसेज़ को दिए गए किसी प्रोमेसरी नोट की भी चर्चा की थी, और वृद्धा प्रिंसेज़ के और उसकी नौजवान बेटी के बारे में कटु शब्द कहे थे, जिसके बाद पिता ने सख़्त बात कह दी थी।

अंत में फ़िलिप ने मुझे बताया, "सारा कांड एक गुमनाम ख़त से शुरू हुआ। वह ख़त किसने लिखा था यह कोई नहीं जानता, लेकिन ख़त से ही सारी बात ज़ाहिर हो गई, अगर ख़त न आता तो यह क़िस्सा कभी न मालूम होता।

"क्यों, तुम्हारे कहने का मतलब है कि कोई ऐसी-वैसी बात थी ?" मैंने आपने आपको पूछने के लिए मजबूर किया। मेरे हाथ और पैर ठंडे पड़ गए थे

और मेरे भीतर कहीं कंपकंपी शुरू हो गई थी। फिलिप ने भेद-भरे ढंग से मुझे देखा और आंख मारकर बोला, "हां, बात तो थी ही। ऐसी बात छिपाई नहीं जा सकती। इस बार तुम्हारे पिता ने बहुत सावधानी बरती थी, लेकिन हमेशा किराए पर गाड़ी लेनी पड़ती है और इसी तरह बिना नौकरों के काम नहीं चल सकता।"

फ़िलिप को भेजकर मैं धम से बिस्तर पर लेट गया। मैं न फूट-फूट कर रोया, न ही मैंने अपने आपको निराश होने दिया। मैंने अपने आप से यह तक नहीं पूछा कि कब और कैसे यह सब हुआ था। मेरे मन में यह सवाल भी नहीं उठा कि मैं बहुत पहले से ही इस बात को क्यों नहीं भांप सका था, यहां तक कि पिता के खिलाफ़ बड़बड़ाहट का एक शब्द भी मेरे मुंह से नहीं निकला था। जो बात अभी मालूम हुई थी, वही मेरी बर्दाश्त से बाहर थी। इस आकस्मिक रहस्योद्घाटन ने मुझे रौंद डाला था। सारा क़िस्सा ख़त्म हो चुका था। मेरी तमन्ना के सारे फूल जड़ समेत उखाड़ डाले गए थे और वे कुचले हुए फूल मेरे आगे बिखरे पड़े थे।

बीस

अगले ही दिन मां ने बताया कि वह शहर वापस जाना चाहती हैं। मेरे पिता सुबह मां के सोने के कमरे में गए थे और बहुत देर तक उनसे बातें करते रहे थे। उन्होंने मां से क्या कहा यह तो किसी ने नहीं सुना, लेकिन उनकी बातचीत का नतीजा यह हुआ कि मां ने रोना बंद कर दिया। उनकी उत्तेजना शांत हो गई और उन्होंने नाश्ता मंगवाया, लेकिन वह कमरे से बाहर नहीं निकलीं, न ही उन्होंने शहर लौटने का इरादा ही बदला। मुझे याद है, मैं दिन-भर चहलक़दमी करता रहा, लेकिन मैं बाग़ में नहीं गया, और वद्धा प्रिंसेज़ के घर की तरफ़ तो मैंने आंख उठाकर भी नहीं देखा। उसी दिन शाम को मैंने अपने घर में एक असाधारण दृश्य देखा। मेरे पिता काउंट मैलेवस्की की बांह पकड़कर उसे ड्राइंग रूम से बाहर हॉल में ले आए थे और एक अर्दली की मौजूदगी में सर्द ढंग से कहा, "कुछ दिन पहले किसी और

के यहां भी योर हाइनेस को बाहर निकलने का हुक्म दिया गया था। और अब बिना किसी बहस के मैं आपको सूचित करना चाहता हूं कि अगर आपने फिर कभी यहां आने की कोशिश की तो मैं आपको उठाकर खिड़की के बाहर फेंक दूंगा। मुझे आपकी लिखावट सख़्त नापसंद है।" काउंट ने अपने दांत भींचे, कंधे सिकोड़े और दुम दबाकर वहां से भाग गया।

हमारे यहां शहर जाने की तैयारियां शुरू हो गईं। अर्बात स्ट्रीट में हमारा अपना मकान था। शायद मेरे पिता भी अब देहात में और ज्यादा नहीं रुकना चाहते थे, लेकिन यह साफ़ ज़ाहिर था कि उन्होंने मां को इस बात पर राजी कर लिया था कि उस बात की बदनामी न फैले। सारी तैयारी ख़ामोशी से, बिना किसी जल्दबाज़ी के हुई। यहां तक कि मेरी मां ने वृद्धा प्रिंसेज़ को सलाम भी भिजवाया और कहा कि उन्हें अफ़सोस है कि तबीयत ख़राब होने की वजह से वह जाने से पहले प्रिंसेज़ से मिलने नहीं आ पाएंगी। मैं इस तरह भटक रहा था, जैसे मेरे सिर पर भूत सवार हुआ हो। मेरी एक ही इच्छा थी, मैं चाहता था, जल्द से जल्द यह सारा क़िस्सा ख़त्म हो। एक ख़्याल से मैं छुटकारा नहीं पा रहा था। वह ख़्याल यह था कि ज़िनेदा, जो एक नौजवान लड़की थी, और जो कुछ भी हो एक प्रिंसेज़ थी, ऐसा काम करने पर कैसे आमादा हो गई थी, यह जानते हुए कि मेरे पिता शादीशुदा हैं, आज़ाद नहीं हैं, और वह आसानी से शादी भी कर सकती थी, मिसाल के लिए बेलोवज़ोरोव से। आख़िर वह क्या सोचती थी, इन सब बातों का क्या नतीजा निकलेगा ? क्या उसे इस बात का डर नहीं था कि उसका सारा भविष्य तबाह हो जाएगा ? फिर मैंने सोचा, 'यही तो प्यार है ! यही भावोद्रेक है। यही आसक्ति है।' और मुझे लुशिन के शब्द याद आए 'ज़ाहिर है कि कुछ लोग ऐसे भी हैं, जिन्हें अपनी बलि देने में आनन्द मिलता है। इस बीच एक बार प्रिंसेज़ के मकान की एक खिड़की पर मुझे एक पीली-सी चीज़ दिखाई दी। 'क्या यह ज़िनेदा का चेहरा हो सकता है ?" मैं सोचने लगा और सचमुच मेरा अनुमान सही निकला। मैं अपने ऊपर और ज्यादा क़ाबू नहीं रख सकता था। उसे विदाई का एक शब्द कहे बग़ैर मैं यहां से चला जाऊं, यह मैं बर्दाश्त नहीं कर सकता था। मैं उचित मौक़ा तलाश करके प्रिंसेज़ के यहां चला गया।

वृद्धा प्रिंसेज़ ने हमेशा की तरह लापरवाही और फूहड़ ढंग से ड्राइंग रूम में मेरा

स्वागत किया, "तुम्हारे मां-बाप इतनी जल्दी यहां से क्यों जा रहे हैं, जनाब ?" वृद्धा ने अपने दोनों नथुनों में नसवार ढूसते हुए पूछा। मैंने उसकी तरफ़ देखा और एक भारी बोझ मेरे कंधों पर से उतर गया। प्रोमेसरी नोट का शब्द, जिसका ज़िक्र फ़िलिप ने किया था, मुझे परेशान कर रहा था। वृद्धा को जरा भी शक नहीं हुआ था, कम-से-कम उस वक़्त तो मुझे ऐसा ही लगा था। ज़िनेदा भी साथ वाले कमरे से आ गई। उसने काले रंग के कपड़े पहन रखे थे। उसका चेहरा पीला था, उसके बालों के छल्ले सीधे हो गए थे। उसने चुपचाप मेरा हाथ अपने हाथ में ले लिया और मुझे वहां से दूर ले गई।

उसने कहा, "तुम्हारी आवाज़ सुनकर मैं फ़ौरन ही बाहर निकल आई। क्या हमारा साथ छोड़ देना तुम्हारे लिए इतना आसान था, बेरहम लड़के ?"

"मैं तुम्हें अलविदा कहने के लिए आया हूं, प्रिंसेज़।" मैंने जवाब दिया "और शायद हमेशा के लिए। तुम्हें ख़बर मिल गई कि हम लोग वापस शहर जा रहे हैं ?"

ज़िनेदा ने तीक्ष्ण दृष्टि से मेरी तरफ़ देखा।

"हां, मिल गई है। तुम मुझसे मिलने के लिए आए हो, इसके लिए धन्यवाद। मेरा ख़्याल था कि अब मैं तुमसे कभी नहीं मिल पाऊंगी। अगर रख सको तो मेरे बारे में अच्छी राय रखना। कई बार मैंने तुम्हारे दिल को तक़लीफ पहुंचाई है, मैं जानती हूं, लेकिन तुम मुझे जैसा समझते हो, मैं वैसी नहीं हूं।"

खिड़की के चौखटे का सहारा लेकर वह खड़ी हो गई और उसने मुंह दूसरी तरफ़ फेर लिया।

"सचमुच मैं वैसी नहीं हूं। मैं जानती हूं कि मेरे बारे में तुम्हारी राय अच्छी नहीं है।"

"मेरी ?"

"हां, तुम्हारी...तुम्हारी।"

"मैं ?" मैंने दुख-भरे स्वर में दोहराकर कहा। पहले की तरह उसके अवर्णनीय, दुर्निवार आकर्षण के जादू से मेरा दिल थर्रा उठा। मैंने कहा, "मैं... विश्वास करो ज़िनेदा अलेक्ज़ेंड्रोव्ना, तुमने चाहे जो भी किया हो, मुझे कितना ही क्यों न सताया हो, मैं ज़िंदगी के आख़िरी दम तक तुम्हें प्यार करता रहूंगा और तुम्हारी पूजा करता रहूंगा।"

उसने अपनी बाँहें फैलाकर फ़ौरन मेरी तरफ़ मुंह फेर लिया और बांहें मेरी

गर्दन में डालकर ज़ोर से और आवेश से चूम लिया। दरअसल विदाई का वह लंबा चुंबन किसके लिए था, यह तो ईश्वर ही जानता है, लेकिन मैंने आकुल भाव से उस चुंबन के माधुर्य को आत्मसात कर लिया। मैं जानता था कि इसकी पुनरावृत्ति फिर कभी नहीं होगी, "गुड बाई, गुड बाई !" मैंने बार-बार कहा।

मुझसे अलग होकर वह कमरे से बाहर चली गई। मैं भी वहां से चला आया। उस समय मेरे मन पर क्या बीत रही थी, इसका बयान मैं नहीं कर सकता। मैं ऐसी मन:स्थिति से फिर नहीं गुजरना चाहता, लेकिन अगर वह दौर मेरी ज़िंदगी में न आता तो मैं अपने आपको बदक़िस्मत समझता।

हम वापस शहर चले गए। बहुत दिनों बाद जाकर कहीं मैं अतीत की स्मृतियों को झकझोर कर दोबारा काम करने के क़ाबिल बन सका। धीरे-धीरे मेरा ज़ख्म भर गया, लेकिन मेरे मन में अपने पिता के प्रति कोई शिकायत नहीं थी, बल्कि वह मेरी नज़रों में और भी ऊंचे हो गए थे। मनोवैज्ञानिक इस विडंबना की चाहे जैसी व्याख्या करें। एक दिन मैं सड़क पर जा रहा था। अकस्मात मेरी मुलाकात लूशिन से हो गई। मेरी खुशी का कोई ठिकाना न था। मुझे उसकी स्पष्टवादिता और ईमानदारी बहुत पसंद थी और वह मुझे इसलिए भी पसंद था, क्योंकि उसे देखते ही मेरे मन में अतीत की सुखद स्मृतियां उमड़ आई थीं। मैं भागकर उसके पास गया।

उसने अपने माथे पर त्योरियां डालकर कहा, "आहा ! तो नौजवान तुम हो ! क्यों ? आओ, ज़रा तुम्हारी शक्ल तो देखें ! चेहरा अब भी कुछ-कुछ पीला है, लेकिन तुम्हारी आँखों में से वहशत निकल गई है। अब तुम अच्छे खासे आदमी दिखाई देते हो, पालतू कुत्ते की तरह नहीं। यह अच्छी बात है। अच्छा यह बताओ, क्या हाल-चाल है ? कुछ पढ़-लिख रहे हो ?"

मैंने एक ठंडी आह भरी। मैं न तो झूठ बोलना चाहता था, न ही सच्चाई स्वीकार करना चाहता था।

लूशिन ने कहा, "चिंता न करो ! निराश होने की कोई ज़रूरत नहीं। सबसे बड़ी बात है कि तुम्हें नार्मल ज़िंदगी बसर करनी चाहिए और अपने आपको भावुकता में नहीं बहने देना चाहिए। आख़िर उससे क्या फायदा होगा ? जहां भी भावुकता की लहर तुम्हें बहाकर ले जाएगी, वह तुम्हारे लिए बुरा होगा, लेकिन अगर आदमी के पैरों तले एक भी पत्थर हो, तो कम-से-कम वह खड़ा तो रह सकता

है। मैं सिवा खांसने के कुछ नहीं करता और... बेलोवज़ोरोव, तुमने उसके बारे में सुना ?

"क्यों, उसे क्या हुआ ?"

"वह एकदम ग़ायब हो गया। सुना है कि वह काकेशस चला गया है। इससे तुम्हें कुछ सबक सीखना चाहिए, नौजवान ! यह सब इसलिए होता है, क्योंकि लोगों को यह नहीं पता चलता कि अब अलग होने का समय आ गया है, न ही वे जाल को फाड़ सकते हैं। तुम सही सलामत जाल में से निकल आए हो। ख़्याल रखना फिर कभी जाल में न फंस जाना। गुड बाई !"

मैंने सोचा, मैं फिर कभी जाल में नहीं फंसूगा, न ही फिर कभी ज़िनेदा से मेरी मुलाक़ात होगी, लेकिर मेरी क़िस्मत में उसे एक बार देखना और बदा था।

इक्कीस

मेरे पिता हर रोज़ सवारी करने के आदी थे। उनके पास एक शानदार ब्राउन रंग का अंग्रेज़ी घोड़ा था, जिसकी गर्दन लंबी और पतली थी, टांगे लंबी थीं। वह बड़ा ही जिद्दी और अड़ियल घोड़ा था, उसका नाम इलैक्ट्रिक था, मेरे पिता के सिवा दूसरा कोई आदमी उसे काबू में नहीं रख सकता था। एक दिन मेरे पिता खुशी के मूड में मेरे कमरे में आए। इन दिनों वे बहुत कम खुश दिखाई देते थे। वह इस वक़्त घुड़सवारी के लिए जा रहे थे और उन्होंने घुड़सवारी के जूते पहन रखे थे। मैंने उनसे साथ जाने के लिए मिन्नत की।

"इससे तो मेढक की कुदानों का खेल बेहतर रहेगा। अपने छोटे जर्मन टट्टू पर मेरा साथ कैसे दे सकोगे ?"

"मैं दूंगा, मैं अपनी एड़ियां पहन लूंगा।"

"तो चलो, आओ !"

हम चल पड़े। मैं एक खुरदुरे रोएं वाले काले टट्टू पर सवार हुआ जो काफ़ी साबित क़दम और चालाक था, और यह भी सच था कि इलैक्ट्रिक की दुलकी

चाल का साथ देने के लिए मेरे टट्टू को सरपट दौड़ना पड़ता था, लेकिन मैं पीछे नहीं रहा। मैंने अपने पिता से बेहतर घुड़सवार आज तक नहीं देखा। वे इतनी शान और लापरवाही की अदा से घोड़े पर बैठते थे कि घोड़ा भी इस बात को महसूस करता था और उसे अपने सवार पर अभिमान होता था। हम बूलेवारो[1] में सवारी करते रहे, कुछ वक़्त दैवीश्ये पोल्ये में बिताया। हमने बहुत-सी बाडों के ऊपर से घोड़े कुदाएं (पहले तो मुझे कुदानों से डर लगा, लेकिन मेरे पिता को भीरु लोगों से सख़्त नफ़रत थी, इसलिए मेरा डर दूर हो गया था) हम दो बार मॉस्को नदी के पर से गुज़रे। मेरा ख़्याल था कि हम वापस लौट रहे हैं, ख़ास तौर पर जब मेरे पिता ने कहा कि मेरा टट्टू थका-सा दिखाई देता है, और उन्होंने सहसा, तेज़ी से मेरा साथ छोड़ दिया और घोड़ा सरपट दौड़ाते हुए कैम्सकी फ़ोर्ड की तरफ़ मुड़ गए और नदी के किनारे-किनारे चलने लगे।

जब हम पुरानी बल्लियों के एक ऊंचे ढेर के पास पहुंचे, तो मेरे पिता घोड़े से कूदकर नीचे आ गए उन्होंने मुझे भी उतरने का आदेश दिया। उन्होंने अपने घोड़े की लगाम मेरे हाथों में पकड़ा दी और मुझे वहीं बल्लियों के ढेर के पास रुकने के लिए कहा। फिर वह नक्कड की एक तंग गली में अदृश्य हो गए। मैं दोनों घोड़ों की लगामें हाथ में लेकर नदी किनारे चहलक़दमी करने लगा, और बार-बार इलैक्ट्रिक को डांटने लगा, क्योंकि वह अपना सर हिलाकर अपना सारा शरीर कंपकंपा रहा था और ज़ोर से फूं-फूं करता हुआ हिनहिना रहा था। अगर मैं रुक जाता, तो वह फ़र्श पर अपने खुर रगड़ता, ज़ोर-जोर से हिनहिनाता और मेरे टट्टू की गर्दन काट लेता, संक्षेप में यह कहा जा सकता है कि वह अच्छी नस्ल के बिगड़े हुए घोड़े की तरह पेश आ रहा था। और वह था भी अच्छी नस्ल का। अभी तक मेरे पिता वापस नहीं लौटे थे। नदी में से एक अप्रिय सीलन-सी उठी, ख़ामोशी से बूंदाबांदी होने लगी, जिससे भूरे रंग की नीरस बल्लियों पर गहरे रंग के दाग़ पड़ गए। मैं बल्लियों के गिर्द घूमता-घूमता परेशान हो गया था। मेरा मन उकता गया था और निराश हो गया था, फिर भी मेरे पिता नहीं लौटे थे। एक पुलिसमैन, जो शक्ल-सूरत से फ़िनलैंड का निवासी मालूम होता था, वह भी बल्लियों की तरह भूरा था। उसके सिर पर हडिया-सी टोपी थी, हाथ में बेलचा था। (और ईश्वर जाने मॉस्को नदी के किनारे पर पुलिसमैन का

1 लंबी खुली सड़कें, जिनके दोनों तरफ़ वृक्षों की कतारें रहती हैं।

क्या काम था ?) वह मेरे नज़दीक आया। मैंने देखा, उसका चेहरा किसी बुढ़िया की तरह झुर्रियों से भरा था। उसने कहा, "क्यों मास्टर, तुम यहां इन घोड़ों को लिए क्या कर रहे हो ? लाओ इनकी लगामें मुझे पकड़ा दो।"

मैंने उसे कोई जवाब न दिया। उसने मुझसे थोड़ा-सा तंबाकू मांगा। उससे पीछा छुड़ाने के लिए (इसलिए भी, क्योंकि मेरी बेसब्री अब बर्दाश्त से बाहर हो गई थी) मैंने कुछ कदम उस तरफ़ बढ़ाए, जिधर मेरे पिता गए थे। मैं उसी तंग गली में घुस गया और एक मोड़ पार करने के बाद सहसा अचंभे से ठिठक गया। क़रीब चालीस क़दम की दूरी पर लकड़ी के एक छोटे से मकान की खिड़की खुली थी। वहीं खिड़की की चौखट पर कुहनियां टिकाकर मेरे पिता खड़े थे। उनकी पीठ मेरी तरफ़ थी, खिड़की के भीतर से, पर्दों में छिपी हुई एक औरत मेरे पिता से बातचीत कर रही थी। उसने गहरे रंग की पोशाक पहन रखी थी। वह औरत ज़िनेदा थी।

मुझ पर ज़ैसे वज्रपात हुआ। मुझे उम्मीद नहीं थी कि मुझे यह दृश्य देखने को मिलेगा। पहले तो मेरे मन में विचार उठा कि मैं वहां से दुम दबाकर भाग जाऊं। मैंने सोचा, 'अगर मेरे पिता ने मुड़कर मेरी तरफ़' देखा, तो मेरी शामत आ जाएगी। लेकिन एक विचित्र भावना ने मुझे वहीं खड़ा रहने के लिए प्रेरित किया। यह भावना जिज्ञासा, ईर्ष्या और भय से भी अधिक शक्तिशाली थी। मैं आंखें फाड़-फाड़कर सारा दृश्य देख रहा था, और कान लगाकर उन दोनों की बातचीत सुनने की कोशिश कर रहा था। मेरे पिता किसी बात के लिए बार-बार आग्रह कर रहे थे, जिसके लिए ज़िनेदा राज़ी नहीं हो रही थी। उसका चेहरा, आज भी मुझे याद है, ग़मग़ीन, संजीदा और खूबसूरत था, जिस पर एक अवर्णनीय समर्पण, उदासी, प्यार और निराशा की मिलीजुली छाप थी, उसका चेहरा बयान करने के लिए इसके सिवा मेरे पास और कोई शब्द नहीं है। वह सिर्फ़ 'हा' या 'ना' में जवाब दे रही थी। उसने एक बार भी अपनी आंखें ऊपर नहीं उठाईं। उसके होठों पर नम्र, किंतु हठीली मुस्कान थी। मैं तो सिर्फ़ उस मुस्कान से ही पहचान जाता कि वह ज़िनेदा है।

मेरे पिता ने अपने कंधे सिकोड़े और अपने हैट को सीधा किया, निश्चित रूप से यह उनकी बेसब्री का लक्षण था, फिर मुझे पिता के शब्द सुनाई दिए। ज़िनेदा

उठकर खड़ी हो गई और उसने अपनी बांह आगे कर दी। मेरी आंखों के आगे एक अजीब दृश्य आया। मेरे पिता ने घुड़सवारी का चाबुक उठाया, जिससे कुछ देर पहले वे अपने कोट की धूल झाड़ रहे थे, और सड़क से उन्होंने ज़िनेदा की नंगी बांह पर चाबुक जमा दिया। मैंने अपनी पूरी ताक़त से अपनी चीख़ रोक ली, लेकिन ज़िनेदा सिर्फ़ चौंक-सी गई। उसने चुपचाप मेरे पिता की

ओर देखा और फिर अपनी बांह उठाकर अपने होठों तक ले गई और उस लाल दाग़ को चूमने लगी। मेरे पिता ने चाबुक एक तरफ़ फेंक दिया और वह पोर्च की सीढ़ियों पर चढ़कर घर के भीतर घुस गए।...ज़िनेदा खिड़की से हट गई, उसकी दोनों बाहें आगे की तरफ़ फैली थीं, सर पीछे की तरफ़ झुका हुआ था।

मैं वहां से चला आया, भय से मेरा शरीर सुन्न पड़ गया था। मेरे मन में उस आश्चर्य की व्यथा छाई थी, मैं तंग गली के सिरे तक इतनी तेजी से दौड़ा हुआ गया कि इलैक्ट्रिक मेरे हाथों से लगाम छुड़ाकर भागने ही वाला था। मैं नदी किनारे लौट आया। मेरे दिमाग़ में खलबली मची थी। मुझे पहले भी यह मालूम था कि मेरे पिता को जो आमतौर पर शांत और गुमसुम नज़र आते थे, कभी-कभी भयंकर गुस्सा आता है, लेकिन फिर भी मैंने अभी जो दृश्य देखा था उसे समझने में मैं असमर्थ रहा था।... लेकिन मैं जानता था कि जब तक मैं ज़िंदा रहूंगा, ज़िनेदा की वह सूरत, वह मुस्कान और वह इशारा मैं कभी नहीं भूल पाऊंगा। मैं जानता था कि उसकी तस्वीर जो अकस्मात इस नए रूप में मेरे सामने आई थी, वह हमेशा के लिए मेरे स्मृति-पटल पर अंकित रहेगी। मैं शून्य भाव से नदी की तरफ़ देखने लगा। मुझे इस बात का भी ध्यान न रहा कि मेरी आंखों से आंसू बहकर गालों पर गिर रहे थे। मैं बार-बार यही शब्द दोहरा रहा था, "उन्होंने उसे मारा, मारा, मारा..."

"लाओ, लगाम मुझे दो, नहीं दोगे ?" पीछे से मेरे पिता की आवाज सुनाई दी।

मैंने यंत्रवत लगाम उनके हाथों में थमा दी। वह लपककर इलैक्टिक की पीठ पर चढ़ गए। घोड़ा लंबे इंतज़ार से ठंडा पड़ गया था। पहले तो वह पिछली टांगों पर खड़ा हो गया, फिर उसने एक साथ क़रीब दस फुट लंबी छलांग लगाई, लेकिन मेरे पिता ने जल्द ही उस पर क़ाबू पा लिया। उन्होंने घोड़े को एड़ लगाई और गर्दन पर मुक्का मारा...आह ! मेरा चाबुक मेरे पास नहीं है !" वे बड़बड़ाए।

मुझे चाबुक की सड़ाक-सड़ाक आवाज़ याद आई और मैं कांप उठा।

कुछ देर बाद मैंने पूछा, "आपका चाबुक कहां गया ?"

मेरे पिता बिना जवाब दिए, घोड़े को सरपट चाल से आगे भगा ले गए। मैं भी जाकर उनसे मिल गया। मैं उनके चेहरे का भाव देखने के लिए उत्सुक था।

"क्या तुम इंतज़ार करते-करते थक गए थे ?" मेरे पिता ने दांत भींचकर पूछा।

"हां, थक तो गया था, लेकिन आप अपना चाबुक कहां गिरा आए ?" मैंने आग्रहपूर्वक पूछा।

मेरे पिता ने एक तीक्ष्ण दृष्टि मेरी तरफ़ डाली और जवाब दिया, "गिराई नहीं, मैंने उसे फेंक दिया।"

फिर उनकी मुद्रा गंभीर हो गई। उन्होंने सर नीचे झुका लिया, और तभी, शायद पहली और आख़िरी बार मैंने देखा कि उनकी कठोर आकृति भी स्नेह और दयालुता के भावों को व्यक्त करने में समर्थ थी।

उन्होंने फिर अपना घोड़ा सरपट दौड़ा दिया, इस बार मैं उनके बराबर नहीं पहुंच पाया। मैं उनसे पंद्रह मिनट बाद घर पहुंचा।

'इसी को प्यार कहते हैं !' मैंने फिर उस रात मन-ही-मन सोचा।

मैं आकर अपने डैस्क के आगे बैठ गया था, जिस पर किताबों और कापियों का ढेर जमा होता जा रहा था, 'यही तो हृद्यावेग है ! तुम सोचते हो कि किसी को भी गुस्सा आ सकता है, लेकिन कोई चुपचाप ऐसे आघात को बर्दाश्त नहीं करेगा, चाहे वार करने वाला हाथ कितना ही प्यारा क्यों न हो, लेकिन यह साफ़ ज़ाहिर है कि जो प्यार करता है, वह यह भी बर्दाश्त कर सकता है...और मैं...और मेरा ख़्याल था...।

इस पिछले महीने में मुझमें काफ़ी परिपक्वता आ गई थी, और मुझे अपना प्यार, अपने मन की हलचलें और व्यथाएं अब क्षुद्र, बचकानी और महत्त्वहीन मालूम होती थीं, उस अज्ञात चीज़ के मुक़ाबले में, जिसके बारे में मैं अस्पष्ट-से अनुमान ही लगा सकता था, जो किसी अपरिचित से चेहरे की तरह आतंकपूर्ण थी, सुंदर किंतु कठोर थी, जिसको इंसान अंधेरे में पहचानने की असफल कोशिश करता है...'

उस रात मैंने एक विचित्र और भयंकर सपना देखा। मैंने देखा कि मैं एक

अंधेरे, नीची छत वाले कमरे में गया हूँ... मेरे पिता वहां खड़े हैं। उनके हाथ में चाबुक है और वे ज़ोर से फ़र्श पर पैर पटक रहे हैं। ज़िनेदा कोने में दुबकी बैठी है, उसकी बांह की बजाय उसके माथे पर चोट का लाल निशान है। उन दोनों के पीछे खून में लथपथ बेलोवज़ोरोव खड़ा है। वह अपने पीले होठों को हिलाकर क्रोध-भरे शब्दों में मेरे पिता को चेतावनी दे रहा है।

दो महीने बाद मैं यूनिवर्सिटी में दाख़िल हो गया और उसके छः महीने बाद मेरे पिता की मृत्यु हो गई लक़वा मार जाने से)। वह हाल ही में पीटर्सबर्ग गए थे। मृत्यु से कुछ ही दिन पहले उन्हें मॉस्को से एक ख़त आया था, जिससे उन्हें बड़ी परेशानी हुई थी। वह मेरी मां के पास गए थे और उन्होंने किसी बात के लिए मिन्नतें की थीं। लोगों का कहना है कि वह सचमुच रोए भी थे, मेरे पिता रोए थे! जिस दिन उन्हें लक़वा हुआ, उसी दिन सुबह उन्होंने मुझे फ्रेंच में एक ख़त लिखना शुरू किया था। उन्होंने लिखा था—

मेरे बेटे, औरत के प्यार से सावधान रहना, उस खुशी से, उस ज़हर से...

उनकी मृत्यु के बाद मेरी मां ने काफ़ी बड़ी रक़म मॉस्को भेजी।

बाईस

तीन या चार साल गुज़र गए। मैंने यूनिवर्सिटी से डिग्री हासिल कर ली थी, लेकिन अभी तक मैंने यह फैसला नहीं किया था कि मैं कौन-सा दरवाज़ा खटखटाऊं, किस पेशे में जाऊं। इस बीच मैं ख़ाली बैठा रहा। एक दिन शाम को थिएटर में मेरी मुलाक़ात मैदेनोव से हो गई। उसकी शादी हो गई थी और वह किसी सरकारी दफ़्तर में नौकरी भी कर रहा था, लेकिन मुझे उसमें कोई फ़र्क नहीं नज़र आया। वह अब भी निरर्थक उत्साह दिखाया करता था, बैठे-बैठे अब भी उसे उदासी के दौरे पड़ते थे।

उसने वैसे ही लापरवाही से कहा, "तुम्हें मालूम है, मदाम दौलस्काया

आजकल यहीं हैं।"

"मदाम दौलस्काया कौन हैं ?"

"तुम भूल गए ? शादी से पहले वह प्रिंसेज़ ज़ैसेकीना थी, जिससे हम सब, तुम भी, प्यार करते थे, देहात में, नैसकुशनी बाग़ के नज़दीक, अब याद आया?"

"उसने दौलस्की से शादी की है ?"

"हां।"

"क्या वह इस वक़्त थिएटर में मौजूद है ?"

"नहीं, वह कुछ दिन पहले पीटर्सबर्ग में आई थी। वह विदेश जा रही है।

"और उसका पति किस क़िस्म का आदमी है ?"

"ओह, वह बड़ा शानदार आदमी है। अमीर भी है। हम मॉस्को में एक साथ काम करते थे। उस क़िस्से के बाद, लेकिन वह सारा क़िस्सा तो तुम्हें मालूम ही होगा (मैदेनोव भेद-भरे ढंग से मुस्कराया)। उसके बाद उसे आसानी से कोई पति नहीं मिल सकता था। उस क़िस्से के नतीजे भी निकले थे, लेकिन उस जैसी होशियार औरत सब कुछ कर सकती है। जाकर उसे मिल आओ। तुमसे मिलकर उसे बड़ी खुशी होगी। वह पहले से भी ज्यादा खूबसूरत हो गई है।"

मैदेनोव ने मुझे ज़िनेदा का पता दिया। वह डैमुथ होटल में ठहरी हुई थी। मेरे मन में अतीत की स्मृतियां जाग उठीं। मैंने मन-ही-मन निश्चय किया कि मैं अगले ही दिन अपनी पुरानी प्रेयसी से मिलने जाऊंगा, लेकिन इस बीच बहुत-सी अड़चनें आ पड़ीं, मैंने एक हफ़्ता गुज़ार दिया, उसके बाद दूसरा हफ्ता भी गुज़र गया। जब मैंने डैमुथ होटल में जाकर मदाम दौलस्काया के बारे में पूछताछ की तो पता चला कि चार दिन पहले अचानक प्रसव में वह चल बसी थी।

मुझे ऐसा लगा ज़ैसे किसी ने मेरे दिल पर घूंसा मारा हो। यह विचार कि मैं उससे मिल सकता था, फिर भी नहीं मिला और अब मैं उसे कभी नहीं देख पाऊंगा, यह कटु विचार अनर्थक भत्र्सना की समस्त शक्ति से मेरी आत्मा को घुन की तरह खाने लगा। 'चल बसी ?' मैंने फटी आंखों से होटल के चौकीदार की तरफ़ देखते हुए दोहराया, फिर चुपचाप सड़क पर आ गया और अंधाधुंध चलने लगा। मेरा सारा अतीत मेरी कल्पना के आगे लहरों की तरह उमड़कर आने लगा। मैंने सोचा, तो क्या उस युवा, प्रतिभाशाली और उत्सुक ज़िंदगी का यह हश्र ही क़िस्मत में

लिखा था ? क्या उसने इतनी जल्दी और व्याकुलता से इस लक्ष्य की कामना की थी ? इस तरह सोचते हुए' मैंने उस प्यारे चेहरे, उन आंखों, उन ज़ुल्फ़ों को फिर से याद किया, जो सब की सब लकड़ी के एक तंग बक्स में बंद ज़मीन के अंधेरे गर्भ में कहीं मेरे नज़दीक ही गड़ी पड़ी थीं, कहीं मेरे नज़दीक, जो अभी तक ज़िंदा था। उसकी क़ब्र शायद मेरे पिता की क़ब्र से कुछ गज़ के फासले पर ही थी ! अपने दिमाग़ में इन चीज़ों की स्मृति को उलट-पलट कर मैंने उन पर अपना ध्यान एकाग्र करने की कोशिश की, लेकिन ये शब्द—

उदासीन होठों ने घातक समाचार सुनाए
मेरे उदासीन कानों को...

मेरी आत्मा में गूंजते रहे। आह, यौवन ! यौवन ! तुम किसी की परवाह नहीं करते, विश्व का सारा ख़ज़ाना तुम्हारे पास है, पीड़ा में भी तुम्हारा मनोरंजन होता है, यहां तक कि दुख भी तुम्हें शोभा देता है। एक सहज आत्म-विश्वास और गर्व से तुम घोषणा करते हो—देखो, केवल मैं ही ज़िंदा रहता हूं, जबकि तुम्हारे दिन बीतते जाते हैं, अपने पीछे अपना हिसाब या कोई चिह्न छोड़े बिना ही अतीत के गर्भ में ग़ायब होते जाते हैं, और तुम्हारे अंदर भी सब कुछ ग़ायब होता जाता है, सूर्य की रोशनी में पिघलती हुई मोम की तरह, बर्फ़ की तरह, और संभव है कि तुम्हारे सौंदर्य और आकर्षण का रहस्य इस बात में निहित नहीं है कि तुम जो भी चाहते हो, उसे प्राप्त कर लेते हो, बल्कि इस बात में है कि तुम्हारे अंदर यह विश्वास करने की क्षमता है कि ऐसी कोई चीज़ नहीं है, जिसे तुम पा नहीं सकते, इस बात में है कि तुम अपने अंदर की उन शक्तियों का इतना ऊल-जलूल ख़र्च कर सकते हो, जिनका और कोई उपयोग नहीं है, और शायद इसीलिए हममें से हर आदमी यक़ीन से, अपना अधिकार समझ कर कहता है—मैंने अगर अपना वक़्त फ़िज़ूल बर्बाद न किया होता तो मैं ज़िंदगी में क्या कुछ नहीं करता !

मेरी मिसाल ही लीजिए। मेरी उम्मीदें किस बुनियाद पर टिकी थीं, आख़िर मेरी उम्मीदें थीं ही क्या, मैं किस उज्ज्वल भविष्य की आशा कर रहा था कि अपने पहले प्यार की मृत आकृति से अंतिम विदा लेते वक़्त मैंने एक आह भी नहीं भरी, मेरे दिल में एक क्षण के लिए भी वेदना की टीस नहीं उठी।

और मैंने जिन चीज़ों की कामना की थी, उनमें से क्या कोई भी पूरी हुई है ?

और अब, मेरी ज़िंदगी की राह पर जब शाम के काले साए पड़ने लगे हैं, मैं सोचता हूं कि मेरे पास उस वसंत के क्षण-स्थायी प्रभातकालीन तूफ़ान क्री स्मृतियों से ज्यादा ज्वलंत और क़ीमती चीज़ भी क्या कोई है ?

लेकिन मैं अपनी ही निंदा क्यों करना चाहता हूं ? उस समय भी, जवानी के उन लापरवाह दिनों में भी, मैं उस आवाज़ के प्रति बहरा नहीं था, जो मुझे बुला रही थी, तब भी क़ब्र में से उठकर मेरे पास आती हुई गंभीर ध्वनियां मुझे सुनाई देती थीं।

ज़िनेदा की मृत्यु की ख़बर मुझे जिस दिन मिली थी, उसके कुछ दिन बाद ही, मुझे याद है, मैं अपने आप ही किसी दुर्दमनी प्रेरणा के वशीभूत होकर, एक बुढ़िया की मृत्युशैया के पास गया था, जो उसी मकान में रहती थी, जिसमें मैं रहता था। वह चिथड़ों से ढकी, दो तख़्तों के बिस्तर पर एक बोरी का तकिया लगाए पड़ी पीड़ा से कराह रही थी और अपनी ज़िंदगी के लिए संघर्ष कर रही थी। उसकी सारी ज़िंदगी ग़रीबी और मुफ़लिसी से लगातार संघर्ष में गुज़री थी। उसने कभी ख़ुशी नहीं देखी थी, कभी सुख का स्वाद नहीं चखा था। उससे यह आशा की जा सकती थी कि कम-से-कम यह तो मृत्यु का स्वागत करेगी, उसे मृत्यु में अपनी आत्मा की शांति और आज़ादी दिखाई देगी, लेकिन इसके विपरीत उसके जर्जर शरीर में जितना भी दम बाक़ी था, उससे मौत के बर्फ़ीले पंजे में जकड़ा उसका वक्ष अभी भी सांस ले रहा था और उसमें शक्ति का ज़रा भी चिह्न जब तक रहा, तब तक वह बुढ़िया अपने ऊपर क्रॉस का चिन्ह बनाकर लगातार फुसफुसाती रही—'हे ईश्वर, मेरे पापों को माफ़ कर दो...।' और चेतना की आख़िरी चिनगारी के बुझने के बाद ही कहीं उसकी आंखों में से मृत्यु का वह आतंक और भय दूर हुआ, जो पहले इतना भयानक दिखाई दे रहा था। मुझे याद है कि वहां, उस ग़रीब बुढ़िया की मृत्यु-शैया पर, एक मर्मांतक वेदना के साथ मुझे ज़िनेदा का ख़्याल आया, और मेरे हृदय में उसके लिए, अपने पिता के लिए और ख़ुद अपने लिए ईश्वर से प्रार्थना करने की एक बलवती इच्छा जागृत हुई थी।

आस्या

एन. एन. ने बात शुरू की, "उस वक़्त मेरी उम्र पच्चीस बरस थी। समझ लो कि बहुत पुराने जमाने की बात है। अपने अभिभावकों की निगरानी से मुझे छुटकारा मिल गया था और मैं विदेश जा रहा था। अपनी तालीम 'पूरी करने' के लिए नहीं, जैसा कि उन दिनों कहा जाता था, बल्कि इसलिए कि मैं घूम-फिरकर दुनिया का तजुर्बा हासिल करना चाहता था। मैं एक तंदुरुस्त और जोशीला नौजवान था। मेरे पास रुपए-पैसे की कोई कमी नहीं थी, और सिर पर कोई ज़िम्मेदारी भी नहीं थी। मैं क्षणिक सुख के लिए ही जीता था और जो मन में आता वही करता। वह मेरे जीवन का वसंत-काल था। तब मुझे इस बात का ख़्याल तक नहीं आया था कि इंसान एक पौधा नहीं है, और इंसान के जीवन में सिर्फ़ कुछ ही दिनों के लिए वसंत आता है। जवानी में इंसान सुनहरे वर्क लगी अदरक की रोटी को दैनिक भोजन समझकर खाता है, लेकिन ऐसा समय भी आता है जब उसे सूखी रोटी पर संतोष करना पड़ता है। ख़ैर, इस प्रसंग की अधिक चर्चा करने से कोई लाभ नहीं।

मैं बिना किसी निश्चित योजना के निरुद्देश्य ही सफ़र करने लगा, जहां मन होता रुक जाता, जब नए चेहरे देखने की इच्छा होती, तो फिर आगे चल देता। नए चेहरों के लिए मेरे मन में उत्कट लालसा थी। मुझे अगर किसी चीज़ में दिलचस्पी थी, तो वह इंसानों में। मुझे दिलचस्प ऐतिहासिक इमारतों, शानदार कला-संग्रहों से सख़्त नफ़रत थी। किसी गाइड को देखते ही मेरे मन में ग्लानि और दुर्भावना जागृत हो जाती थी। ड्रेसडेन के ग्रून ववोल्ब में जाकर मैं बुरी तरह ऊब जाता था। प्रकृति से मैं बहुत प्रभावित था, लेकिन ऊंची चोटियों, चट्टानों और जल-

प्रपातों ज़ैसे तथाकथित प्राकृतिक दृश्यों में मुझे कोई दिलचस्पी नहीं थी। यह मुझे हरगिज़ बर्दाश्त नहीं था कि प्राकृतिक सौंदर्य को मेरी इच्छा के विरुद्ध मुझ पर लादा जाए। यह हस्तक्षेप मुझे पसंद नहीं था, लेकिन इंसानों के चेहरे, इंसानों की बोली, इंसानों की चाल और हंसी, इनके बग़ैर मैं नहीं रह सकता था। ख़ास तौर पर भीड़ में शामिल होकर मुझे बड़ा सुख मिलता था। जहां सब लोग जाएं वहां जाना, उनके साथ चिल्लाना और उनके चिल्लाने को ग़ौर से सुनना मुझे बहुत अच्छा लगता था, और लोगों को देखना ही मेरा सबसे बड़ा मनोरंजन था। मैं सिर्फ़ उन्हें देखता ही नहीं था, बल्कि उनकी हर गतिविधि के निरीक्षण में मुझे एक असीम सुखद कौतूहल का अनुभव होता था। लो फिर मैं अपनी कहानी छोड़कर इधर-उधर भटकने लगा।

अच्छा तो सुनिए, बीस साल पहले मैं जर्मनी के ज़ेड नामक छोटे शहर में रहता था, जो राईन नदी के बाएं किनारे पर बसा हुआ था हाल ही में एक तरुण विधवा की बेवफ़ाई से मेरा दिल टूट चुका था। इसलिए मैं एकांत की तलाश में था। इस विधवा से मेरी मुलाकात पानी के एक चश्मे पर हुई थी। वह बेहद सुंदर और चतुर थी, हर आदमी के साथ उसके नैन-बैन चलते थे, यहां तक कि मुझ ज़ैसे अदने आदमी के साथ भी। पहले तो उसने मुझे बहुत बढ़ावा दिया, बाद में गुलाबी गालों वाले एक लैफ़्टीनेंट की ख़ातिर उसने बेरहमी से मेरा दिल तोड़ दिया। मैं मानता हूं कि मेरे दिल को इतनी गहरी चोट नहीं लगी थी, लेकिन मैं कुछ समय के लिए एकांत चाहता था। नौजवान लोग अपने आपको किसी तरह ढाढ़स बंधा ही लेते हैं। मैं ज़ेड शहर में एक मकान लेकर रहने लगा।

यह छोटा-सा शहर दो पहाड़ियों की तलहटी में बसा था। इसकी टूटी हुई दीवारें और मीनारें, नींबू के बाग़, राईन में से निकली हुई इस उज्ज्वल नदी पर बना हुआ ऊंचा पुल और ख़ास तौर पर यहां की बढ़िया शराब मुझे बहुत पसंद थी। दिन छिपते ही इस शहर की तंग गलियों में सुनहरे बालों वाली जर्मन सुंदरियां चहलक़दमी शुरू कर देती थीं (जून का महीना था) और विदेशियों को जर्मन भाषा में अभिवादन करती थीं। पुराने घरों की तिकोन छतों के पीछे से जब चांद निकल आता था, तब भी कुछ सुंदरियां घरों से बाहर ही रहती थीं। ऐसे अवसर पर मुझे शहर की गलियों में घूमना बहुत अच्छा लगता। तब ऐसा मालूम होता, ज़ैसे निर्मल आकाश में से चांद टकटकी लगाकर नीचे देख रहा है, और दूध-सी सफ़ेद चांदनी

में नहाया हुआ शहर इस स्पर्श के संवेदन से शांत सो गया है।

ऐसी नि:स्तब्ध चांदनी रात मन में एक अजीब बेचैनी पैदा कर देती। गोथिक शैली के बने गिरजाघर के शिखर पर वायु की दिशा बताने वाला यंत्र पीले सोने की तरह चमक रहा था। अंधेरे में चमकती हुई नदी की धारा का रंग भी बिल्कुल ऐसा ही था। स्लेट की छतों वाले मकानों की तंग खिड़कियों में छोटी पतली मोमबत्तियां संकोचपूर्वक टिमटिमा रही थीं (जर्मन लोग मितव्ययी होते हैं) पत्थर की दीवारों के पीछे से अंगूर की बेलों के घुंघराले तंतु-जाल रहस्यमय ढंग से बाहर झांक रहे थे। शहर के तिकोने चौक के बीचोबीच बने प्राचीन कुएं के पास से अंधेरे में कोई चीज़ सरकती हुई निकल गई। रात के चौकीदार की अलसाई सीटी निस्तब्धता को भंग कर रही थी। एक भला-सा कुत्ता धीमे से गुर्रा रहा था; चेहरे पर हवा का स्पर्श सुखद लग रहा था। नींबू के पौधों की सुगंध से सारा वातावरण महक उठा था; बार-बार गहरी सांस लेने को मन करता था और मुंह से 'ग्रेचन' शब्द एक साथ विस्मय और प्रश्न बनकर निकलता था।

यह शहर राईन के तट से दो मील दूर है। मैं अक्सर इस शक्तिशाली नदी को देखने के लिए जाया करता और वहां एक अकेले विशाल अॅश-वृक्ष के नीचे रखी पत्थर की बैंच पर घंटों बैठा उस चंचल विधवा के बारे में सोचने की कोशिश करता रहता। वृक्ष के पत्रांक में से शिशुवत चेहरे वाली कुमारी मरियम की एक मूर्ति, जिसके लाल नंगे वक्ष में तलवारें गड़ी हुई थीं, उदास भाव से झांकती रहती थीं। उस पार वाले किनारे पर एल. नाम का नगर था, जो उस नगर से कुछ बड़ा था, जिसमें मैं जाकर रहने लगा था। एक दिन शाम को मैं इस बैंच पर बैठा बारी-बारी से नदी, आकाश और अंगूर के बग़ीचों की ओर ताक रहा था। पीले बालों वाले बच्चे बेतरतीब-से एक नाव की बगल में उछल-कूद मचा रहे थे, जिसे खींचकर किनारे लगाया गया था और जिसके ऊपरी हिस्से में तारकोल पुता हुआ था। अपने पालों को खोलकर जहाज़ धीरे-धीरे धारा के साथ बहे चले जा रहे थे और हरी लहरें मंद कलरव करती हुईं आगे को सरकती जा रही थीं। एकाएक संगीत के स्वर मुझे सुनाई पड़े। मैंने ध्यान लगाकर सुना। एल. नगर में वाल्ज़-नृत्य की धुन बज रही थी। ऑर्केस्ट्रा धीमे स्वर में बज रहा था। वॉयलिन में से एक अस्पष्ट लय निकल रही थी, बांसुरी आह्लाद-भरे स्वर

वातावरण में उंडेल रही थी।

"वहां क्या हो रहा है ?" मैंने अपने नज़दीक आते हुए एक बूढ़े से पूछा, जिसने मख़मल की वास्कट और नीले रंग के मोज़ों पर बकसुओं वाले जूते पहन रखे थे।

"वह सामने ?" बूढ़े ने अपने पाइप को होठों के एक कोने से दूसरे कोने में करते हुए कहा, "बी शहर के विद्यार्थी 'कोमर' मना रहे हैं।

मैंने मन-ही-मन सोचा, 'ज़रूर इस कोमर नाम की चीज़ को भी देखना चाहिए। मैंने अभी तक एल. स्थान भी नहीं देखा।' मैंने मल्लाह को बुलाया और नदी पार कर दूसरे किनारे जा पहुंचा।

दो

मुमकिन है, कुछ लोगों को न पता हो कि 'कोमर' क्या चीज़ है। यह एक गंभीर उत्सव है, जिसे सारे ज़िले या बिरादरी के विद्यार्थी मनाते हैं। 'कोमर' में भाग लेने वाले सभी लोग जर्मन विद्यार्थियों की परंपरागत पोशाक, ऊंचा फ़ौजी कोट, फुल बूट और छोटी-सी टोपी, जिस पर ख़ास रंगों की गोटें टंकी रहती हैं, पहनते हैं। विद्यार्थी अपने एक बुजुर्ग के संरक्षण में इकट्ठे होकर रात-भर शराब पीते हैं, नाचते-गाते हैं, सिगरेट पीते हैं और अहंकारी अर्द्धशिक्षितों को गालियां देते हैं। कई बार वे किराए पर बैंड भी ले आते हैं।

इसी तरह का 'कोमर' उत्सव एल. शहर में 'सन' होटल के सामने सड़क के किनारे एक बाग़ में हो रहा था। बाग़ और होटल झंडियों से सजा था। विद्यार्थियों की मेज़ें छांटे-तराशे हुए नींबुओं के पेड़ों के नीचे बिछी थीं। एक मेज़ के नीचे एक बड़ा-सा बुलडॉग (कुत्ता) लेटा आराम कर रहा था। संगीत-वादक कुछ दूर एक लताकुंज में बैठे थे और बड़े उत्साह से साज़ बजा रहे थे। वे बीच-बीच में बीयर के घूंट पीकर अपने को तरोताज़ा करते जा रहे थे। बाग़ की नीची चारदीवारी के गिर्द लोगों की भीड़ जमा हो गई थी। एल. शहर के सरल निवासी इन आगन्तुकों को देखने के लिए

टूट पड़े थे। मैं भी तमाशबीनों की भीड़ में शामिल हो गया। विद्यार्थियों के चेहरे, उनके आलिंगन, विस्मयभरी चीत्कारें, जवानी के मासूम नख़रे, तीक्ष्ण निगाहें और अकारण फूट पड़ने वाले कुहकहे, दुनिया में सबसे खूबसूरत क़हकहे, ताज़े, तरुण जीवन का यह सारा आनंदोच्छ्वास, आगे जाने की यह दुर्दमनीय आकांक्षा, कहीं भी, बशर्ते जाना आगे ही हो और उनका सरल भाव से इस तरह आत्म-विस्मृत हो जाना मुझे प्रिय लगा और उसने मुझे एक नई प्रेरणा दी। मेरे मन में भी आया कि मैं भी जाकर उनके उल्लास में शामिल हो जाऊं।

"अभी तक तुम जी भरकर देख नहीं चुकीं, आस्या ?" ठीक मेरे पीछे एक पुरुष ने रूसी भाषा में किसी से कहा।

"ठहरो, कुछ देर और देख लें।" एक स्त्री ने उसी भाषा में उत्तर दिया।

मैंने तेज़ी से पीछे मुड़कर देखा, मेरी दृष्टि एक खूबसूरत नौजवान पर पड़ी, जो एक नुकीली टोपी और ढीला जाकेट पहने हुए था। उसने एक लड़की की बांह पकड़ रखी थी, जो बीच के क़द की थी और उसका आधा चेहरा स्ट्रॉ-हैट से ढका हुआ था।

"क्या आप लोग रूसी हैं ?" ये शब्द अपने आप ही मेरे मुंह से निकल गए।

नौजवान ने मुस्कराकर कहा, "हां।"

"मुझे उम्मीद नहीं थी कि इस दूर-दराज़ हिस्से में... मैंने शुरू किया।

"हमें भी उम्मीद न थी," बीच में ही बात काटकर वह नौजवान बोला, "लेकिन यह तो और भी अच्छी बात है। आइए, हम एक-दूसरे से परिचित हो जाएं, मेरा नाम गैगिन है, और यह मेरी..." वह एक क्षण के लिए हिचकिचाया ..."मेरी बहन है। क्या मैं आपका नाम भी जान सकता हूं?"

मैंने अपना नाम बताया और हम लोग बातचीत करने लगे। मुझे मालूम हुआ कि मेरी ही तरह वह भी शौक़िया सफ़र कर रहा है और एल. शहर में एक हफ़्ते से टिका हुआ है। सच तो यह है कि मैं विदेश में आकर रूसियों से दोस्ती नहीं करना चाहता था। मैं दूर से ही उनकी चाल, उनके कपड़ों की काट और ख़ासकर उनके चेहरों के भाव को देखकर उन्हें पहचान जाता था। उनकी यह आत्म-तुष्ट, तिरस्कारपूर्ण और अक्सर रौबीली मुद्रा एकाएक बदलकर सतर्क और चिंताग्रस्त हो जाती। विदेश में आए हुए रूसी फ़ौरन चौकन्ने हो जाते और घबराहट से उनकी

नज़र इधर-उधर भटकने लगती, 'अरे, मैं कोई बेवकूफ़ी तो नहीं कर बैठा ! वे लोग मुझ पर हंस तो नहीं रहे ?' उनमें से हर एक की घबराई नज़र ज़ैसे कहती। क्षण भर बाद ही उनके चेहरे की शालीनता लौट आती और बीच-बीच में वे फिर विस्मित हो जाते। हां, मैं रूसियों से बचता था, लेकिन गैगिन से मुझे फ़ौरन लगाव हो गया। कई चेहरे ऐसे होते हैं, जिनकी तरफ़ देखना सब पसंद करते हैं, जिन्हें देखकर मन में उत्साह पैदा होता है, और तृप्ति मिलती है। गैगिन का चेहरा भी ऐसा ही था। उसकी बड़ी स्नेहपूर्ण आंखें और नर्म घुंघराले बाल बड़े आकर्षक थे। जब वह बोलता था, तो आप उसकी शक्ल देखे बग़ैर उसकी आवाज़ से ही जान सकते थे कि वह मुस्करा रहा है।

वह लड़की जिसको उसने अपनी बहन बताया था, मुझे पहली दृष्टि में ही अत्यंत सुंदर मालूम दी। उसके गोल, ज़ैतून के रंग के चेहरे और छोटी सुघड़ नाक, बच्चों ज़ैसे गाल और चमकती हुई काली आंखों में मुझे एक विशिष्टता और मौलिकता दिखाई दी। उसका शरीर ज़ैसे सुंदर सांचे में ढला हुआ था, लेकिन वह अभी भी कमसिन नज़र आती थी। उसकी आकृति भाई से कतई नहीं मिलती थी।

"क्या हमारे साथ घर चलोगे ?" गैगिन ने प्रस्ताव किया, "मेरा ख़्याल है, जर्मनों को हमने काफ़ी देख लिया। हमारे यहां के विद्यार्थी होते, तो अब तक गिलास और कुर्सियां तोड़ चुके होते। ये लोग तो बेहद सीधे और पालतू क़िस्म के हैं। क्यों आस्या, तुम्हारा क्या ख़्याल है, अब घर चलें न ?" लड़की ने सिर हिलाकर हामी भरी।

"हम लोग शहर से बाहर, अंगूर के एक बग़ीचे में काफ़ी ऊंची जगह पर रहते हैं। बड़ी खूबसूरत जगह है, तुम्हें निश्चय ही पसंद आएगी। मकान-मालकिन ने हमारे लिए मट्ठा तैयार रखने का वायदा किया है। अंधेरा होने वाला है, और रुके तो राईन पार करने के लिए चांदनी का इंतज़ार करना पड़ेगा।"

हम फ़ौरन चल पड़े। शहर के संकरे द्वारों को पार करके (शहर के चारों ओर पत्थर की एक चारदीवारी थी, जिसमें जगह-जगह बुर्ज़ बने हुए थे) हम लोग खुले मैदान में निकल गए। दीवार के साथ-साथ क़रीब सौ गज चलने के बाद हम लोग एक छोटे-से लकड़ी के दरवाज़े के सामने जाकर रुक गए। दरवाज़ा खोलकर गैगिन हमें एक ढलान

के ऊपर एक सीधी चढ़ाई के रास्ते से ले गया। रास्ते के दोनों ओर क्यारियों में अंगूर की बेलें लगी थीं। सूर्य अभी अस्त हुआ था और अंगूर की हरी बेलों, फूलों के पराग-केसर, सूखी ज़मीन, चौकोर पत्थरों की पगडंडी और एक छोटे-से मकान की सफ़ेद दीवारों पर तरल लालिमा छाई थी। पहाड़ी की चोटी पर स्थित इस मकान की काली, तिरछी शहतीरें और चमकती हुई चार खिड़कियां दूर से नज़र आ रही थीं।

"यह रहा हमारा डेरा !" गैगिन ने मकान के सामने पहुंचकर कहा, "और यह रही मकान-मालकिन, जो हमारे लिए मट्ठा लेकर आई है। नमस्कार मदाम ! ...हम लोग फ़ौरन खाना खाएंगे, लेकिन ज़रा पीछे मुड़कर तो देखो, यहां का दृश्य तुम्हें कैसा लग रहा है ?"

नीचे का दृश्य सचमुच मनोरम था। राईन नदी काफ़ी नीचे दो हरे किनारों के बीच रुपहली गोट की तरह चमक रही थी, एक स्थान पर उसकी धार अस्तोन्मुखी सूर्य की किरणों से लाल हो रही थी। नदी के किनारे बसे उस छोटे शहर की सभी इमारतें और सड़कें साफ़ नज़र आ रही थीं। आगे क्षितिज तक पहाड़ियां और खेत फैले हुए थे। आकाश की निर्मलता और गहराई और वातावरण की पारदर्शी उज्ज्वलता ने मेरे मन पर गहरा प्रभाव डाला। हवा शीतल और हलकी थी, इस तरह हलकी सांसें भरकर बह रही थी ज़ैसे वह भी इस ऊंचाई पर अधिक स्वच्छन्दता का अनुभव कर रही हो।

"तुमने सचमुच रहने के लिए बड़ी शानदार जगह चुनी है।" मैंने कहा।

"यह जगह आस्या ने तलाश की थी," गैगिन ने उत्तर दिया, "आस्या, आओ, खाने का ऑर्डर दो सब चीज़ें यहां बाहर ही रखवाओ। यहां संगीत ज्यादा साफ़ सुनाई देता है।" फिर मेरी ओर मुड़कर वह बोला, "क्या तुमने कभी इस पर ध्यान दिया है कि वॉल्ज़-नृत्य की धुनें, जो पास से सुनने पर बेहूदी और भौंडी आवाज़ों की खिचड़ी-सी लगती हैं, दूर से सुनने पर एकाएक अलौकिक संगीत में बदलकर आपके हृदय को प्रेम-विह्वल कर देती हैं ?"

आस्या (उसका असली नाम अन्ना था, लेकिन गैगिन उसको आस्या कहकर पुकारता था और आपकी इज़ाजत से मैं भी उसे इसी नाम से पुकारूंगा) घर के अंदर गई और अगले ही क्षण मकान-मालकिन के साथ बाहर आ गई। दोनों एक बड़ी ट्रे उठाकर लाई थीं, जिस पर दूध का एक जग, तश्तरियां, चम्मच, चीनी, गिलास, फल

और रोटी रखी थी। हम सब बैठकर खाने लगे। आस्या ने अपना हैट उतार दिया। उसके पुरुषों की तरह छोटे कटे और ब्रश किए हुए काले बालों की सघन लटें उसकी गर्दन और कानों पर फैल गईं। आरंभ में वह मुझसे शर्माती थी, लेकिन गैगिन ने उसे डांटा, "इतनी गुमसुम क्यों हो, आस्या ? यह तुमको काट तो नहीं खाएंगे।"

वह मुस्करा दी और कुछ देर बाद अपने आप ही मुझसे बातें करने लगी। मैंने आज तक इतना चंचल प्राणी नहीं देखा। वह एक क्षण के लिए भी स्थिर नहीं बैठी। वह कभी उठती, कभी भागकर घर के अंदर जाती, लौट आती, कभी गुनगुनाती, अक्सर एक अजीब अंदाज़ में हंसने लगती, मानों वह कोई बात सुनकर नहीं हंस रही हो, बल्कि उन उलटे-सीधे विचारों पर हंस पड़ती हो, जो उसके दिमाग़ में उछल-कूद मचा रहे थे। उसकी बड़ी-बड़ी निर्भीक और चमकदार आंखें बीच-बीच में सिकुड़ जाती थीं और उसकी नज़रों में एक विचित्र कोमलता और गहराई आ जाती थी।

हम क़रीब दो घंटे तक बैठे गपशप करते रहे। दिन कभी का छिप चुका था, और शाम की लाली धीरे-धीरे काली पड़ती जा रही थी। इसके बाद सारे रंग फीके होकर रात के अंधेरे में पिघल गए, लेकिन हमारी बातचीत अब भी उसी तरह जारी थी। वातावरण की तरह शांत और निश्चल गैगिन ने राईन की शराब की एक बोतल मंगवाई, जिसके बारे में हम फुर्सत से बहस करते रहे। संगीत के स्वर पहले से भी कोमल और मधुर होकर सुनाई दे रहे थे। शहर और नदी पर बत्तियां झिलमिला रही थीं। आस्या सिर झुकाए बैठी थी, उसकी घुंघराली लटों ने आंखों को ढंक लिया था। सहसा वह ख़ामोश हो गई और उसने एक आह भरकर कहा कि उसे नींद आ रही है। वह घर के भीतर चली गई। वह बिना रोशनी जलाए बहुत देर तक बंद खिड़की के आगे खड़ी रही, मैं उसे देखता रहा। आख़िर आकाश में चांद निकला और चांद की किरणें राईन नदी पर थिरकने लगीं। हर चीज़ अनोखी दीख रही थी। कुछ चीज़ें आलोकित थीं, कुछ अंधेरे में डूबी थीं, यहां तक कि हमारे कांच के गिलासों में रखी शराब में भी एक रहस्यपूर्ण चमक थी। हवा ने ज़ैसे अपने पंख बंद कर दिए थे और वह गिरकर खत्म हो गई थी, धरती में से रात्रि की सोंधी सुवास आ रही थी।

मैंने कहा, "घर लौटने का वक़्त हो गया है। अगर देर हो गई, तो मुझे दूसरे पार पहुंचाने के लिए कोई मल्लाह भी नहीं मिलेगा।"

"घर लौटने का वक़्त हो गया है।" गैगिन ने मेरे शब्दों को दोहराया।

हम पगडंडी से नीचे उतरे। सहसा हमारे पीछे कुछ पत्थर लुढ़कते हुए आए। आस्या हमारे पीछे भागी आ रही थी।

"मेरा ख़्याल था, तुम सो रही हो," उसके भाई ने कहा, लेकिन वह चुपचाप भागती हुई हमारे आगे निकल गई। होटल के बाग़ में विद्यार्थियों द्वारा जलाई गई रोशनी में बाग़ के पेड़-पौधे चमक रहे थे और उनकी आकृति विलक्षण और उत्सवमय दिखाई दे रही थी। हमने आस्या को नदी किनारे मल्लाह से बातचीत करते देखा। मैं कूदकर किश्ती में बैठ गया और मैंने अपने नए मित्रों से विदा ली। गैगिन ने वायदा किया कि वह अगले दिन मुझसे मिलने आएगा। मैंने उसका हाथ दबाया और आस्या के आगे अपना बढ़ाया, लेकिन उसने उत्तर में सिर हिला दिया और मेरी तरफ़ देखती रही। मल्लाह ने, जो एक हट्टा-कट्टा बूढ़ा आदमी था, ज़ोर लगाकर अंधेरे पानी में चप्पू डाल दिए।

"आपने जाकर चांदनी का खंभा तोड़ दिया है !" आस्या पीछे से चिल्लाई।

मैंने नीचे देखा, किश्ती के दोनों तरफ़ अंधेरे में लहरें थिरक रही थीं।

"गुड बाई !" आस्या की आवाज़ फिर गूंजी।

"कल मिलेंगे।" गैगिन ने आवाज़ दी।

किश्ती घाट पर आ लगी। मैं उतरकर किनारे पर आ गया और मैंने पीछे मुड़कर देखा। दूसरे किनारे पर कोई नज़र नहीं आ रहा था। चांदनी का खंभा नदी के बीचोबीच सुनहरा पुल बनकर फैल गया था। पुराने ढंग के 'वॉल्ज़-नृत्य' के स्वर, जो अभी तक सुनाई दे रहे थे, ज़ैसे मुझे अलविदा कह रहे हों। गैगिन ने सच ही कहा था, उन प्रेरणा देने वाले स्वरों को सुनकर मेरी आत्मा के सारे तार झंकृत हो उठे थे। मैं अंधेरे खेतों के रास्ते से सुवासित हवा में सांस लेता हुआ घर की तरफ़ चल पड़ा। कमरे में पहुंचते समय मेरा मन एक अज्ञात, मधुर आशा से क्लांत था। मेरे मन में आनंद छाया था, लेकिन यह आनंद किसलिए था ? मेरे मन में कोई आकांक्षा नहीं थी, और मैं किसी चीज़ के बारे में नहीं सोच रहा था। मैं बस सुखी था।

मैं सुखद संवेदनाओं और अतिशय आलोक से पुलकित होकर हंसता हुआ बिस्तर में घुस गया। आंखें मूंदने से पहले मुझे सहसा ध्यान आया कि सारी शाम बीत गई, लेकिन मुझे अपनी उस ज़ालिम सुंदरी का ध्यान एक बार भी नहीं आया। मैंने अपने आपसे पूरा 'आख़िर इसका क्या अर्थ हो सकता है ? क्या मुझे फिर किसी

से प्यार हो गया है ?' इसी विचार के साथ शायद फ़ौरन मुझे नींद आ गई और मैं पालने में पड़े बच्चे की तरह सो गया।

तीन

अगले दिन सुबह (मेरी नींद तो खुल गई थी, लेकिन मैं अभी तक बिस्तर में लेटा था) किसी ने छड़ी से मेरी खिड़की के शीशे को खटखटाया। बाहर कोई गा रहा था—

अगर तुम सो जाओगे, तो मैं तुम्हें,
अपने गिटार[1] के स्वरों से जगा दूंगा।

मैंने फ़ौरन गैगिन की आवाज़ पहचान ली और भागकर दरवाजा खोल दिया।

"गुड मॉर्निंग, मैंने बहुत जल्दी जगाकर तुम्हारी नींद में विघ्न डाला है, लेकिन देखो तो कितना सुंदर सवेरा है ! हवा में कितनी ताज़गी है, हर तरफ़ शोर है, पक्षी चहचहा रहे हैं।"

खुद उसके चमकदार घुंघराले बालों, नंगी गर्दन और गुलाबी गालों में सुबह की ताज़गी थी।

मैंने जल्दी से कपड़े पहने और हम दोनों बाग़ में जाकर एक बेंच पर बैठ गए। हमने कॉफी लाने का आर्डर दिया और फिर बातचीत शुरू हो गई। गैगिन ने मुझे अपने भविष्य के मंसूबे बताए। उसके पास आमदनी के पर्याप्त साधन थे और वह आर्थिक दृष्टि से स्वतंत्र था। इसलिए वह कला की साधना में अपना जीवन बिताना चाहता था, लेकिन बदक़िस्मती से उसने इसी सोच-विचार में बहुत-सा समय बर्बाद कर दिया था। मैंने भी उसे अपनी योजनाएं बताईं और बातों ही बातों में उसे अपने असफल प्रेम का क़िस्सा भी सुना दिया।

---

1 एक प्रकार का वाद्य।

वह नम्रतापूर्वक मेरी सारी बातें सुनता रहा, लेकिन जहां तक मेरा ख़्याल है, मेरे असफल प्रेम के प्रति उसके मन में ख़ास हमदर्दी नहीं पैदा हो सकी। केवल शिष्टतावश उसने कुछ ठंडी आहें ज़रूर भरी थीं। उसने मुझे अपने स्कैच दिखाने के लिए घर पर आमंत्रित किया। मैं सहर्ष तैयार हो गया।

आस्या घर में नहीं थी। मकान-मालकिन ने बताया कि वह खंडहरों की तरफ़ गई है। एल. शहर से कुछ मील दूर एक सामंती किले के खंडहर थे। गैगिन ने अपने सारे स्कैच मुझे दिखाए, उनमें सजीवता और गहराई तो थी ही, विस्तार और उन्मुक्तता भी थी, लेकिन एक भी स्कैच संपूर्ण नहीं था। उसकी रेखाओं में लापरवाही और कमज़ोरी दिखाई दी। मैंने साफ़ शब्दों में अपनी राय उसे बता दी।

उसने ठंडी सांस लेकर कहा, "तुम ठीक कहते हो। ये सारे स्कैच अधूरे और घटिया क़िस्म के हैं, लेकिन मैं क्या कर सकता हूं? मैंने कभी कला का अध्ययन नहीं किया और अन्य स्लाव लोगों की तरह मैं भी आलसी हूं। सपने देखते समय तो कल्पना बाज की ऊंचाई पर उड़ती है, लगता है हम पर्वतों तक को हिलाने में समर्थ हैं, लेकिन जब काम करने का वक़्त आता है, तो सहसा थकान और कमज़ोरी महसूस होने लगती है।"

मैं उसे तसल्ली देने के लिए कुछ कहना ही चाहता था कि उसने हाथ के इशारे से मुझे ख़ामोश कर दिया और सारे स्कैच उठाकर सोफे पर फेंक दिए।

"अगर मुझमें इतना धैर्य रहा, तो किसी दिन मैं कुछ न कुछ कर सकूंगा।" उसने दांत भींचकर कहा, "अगर कुछ न कर सका, तो इसी तरह मूर्ख बना रहूंगा। आओ, चलकर आस्या को तलाश करें।"

हम घर से चल पड़े।

चार

डहरों तक पहुंचने के लिए एक संकरी वृक्षों से ढकी घाटी की ढलान से होकर गुज़रना पड़ता था। इस घाटी की पथरीली तलहटी में एक तेज़

नाला बहता था जो पर्वतमाला के उस ओर शांत, चमकती हुई नदी की धारा में विलीन होने के लिए, शोर मचाता हुआ, उत्कंठित गति से आगे बढ़ रहा था। गैगिन ने मेरा ध्यान उन सुंदर स्थलों की ओर आकर्षित किया जहां रोशनी एक ख़ास ढंग से पड़ रही थी। उसके शब्दों से मालूम होता था कि वह चित्रकार भले ही न हो, लेकिन उसमें एक कलाकार की आत्मा है। जल्दी ही हमें पुराने किले के खंडहर दिखाई देने लगे। एक नंगी चट्टान पर काले रंग की बुर्ज़ी थी, जो अभी भी मज़बूत हालत में थी, लेकिन एक दार ने कणरिखा में बुर्ज़ी के दो टुकड़े कर दिए थे। बुर्ज़ी के दोनों तरफ़ पत्थर की दीवारें थीं जिनमें काई और सिरपेंचे की बेलें उग आई थीं। धूमिल मुंडेरों और टूटी-फूटी मेहराबों में से टेढ़े-मेढ़े पेड़ लटक रहे थे। फाटक अब भी अच्छी हालत में थे, जिन तक पहुंचने के लिए एक पथरीली पगडंडी जाती थी, ज्योंही हम फाटकों के नज़दीक पहुंचे, एक औरत तेज़ी से भागती हुई पत्थरों के एक ढेर पर चढ़कर उस नोकीली दीवार पर खड़ी हो गई, जिसके नीचे गहरा खड्ड था।

"अरे, यह तो आस्या है ! पगली लड़की।" गैगिन ने कहा।

फाटक पार करके हम एक छोटे से सहन में दाखिल हुए, जहां जंगली सेबों के पेड़ और कंटीली झाड़ियां थीं। दीवार पर सचमुच आस्या ही खड़ी थी। हमारी तरफ़ देखकर वह हंसने लगी, लेकिन अपनी जगह से हिली-डुली नहीं। गैगिन ने हाथ के इशारे से उसे डांटा, मैंने भी ऊंची आवाज़ में लापरवाही के लिए उसकी भर्त्सना की।

गैगिन ने फुसफुसाकर मुझसे कहा, "उसे कुछ मत कहो ! छेड़ो भी नहीं। तुम नहीं जानते, वह कैसी लड़की है, मीनार पर चढ़ जाना भी उसके लिए मामूली बात है। ज़रा यहां के लोगों की सहज बुद्धि को देखो और उनकी तारीफ़ करो।"

"मैंने चारों तरफ़ नज़र उठाकर देखा। एक छोटे-से लकड़ी के खोखे के नीचे एक बुढ़िया सलाइयों पर मोज़े बुन रही थी और अपने चश्मे से हमारी तरफ़ झांक रही थी। वह सैलानियों के लिए बीयर, अद्रक की रोटी और चश्मे का धातु-मिश्रित पानी बेचती थी। हम एक बेंच पर बैठ गए और कांसे के भारी मगों में ठंडी बीयर पीने लगे। आस्या पालथी मारकर अपनी जगह पर बैठी रही। उसके सिर पर जालीदार रूमाल बंधा था। निर्मल आकाश की पृष्ठभूमि में उसके शरीर की रेखाकृति बड़ी सुंदर दिखाई दे रही थी, लेकिन उसे देखकर मेरे मन में विरक्ति हुई। कल मैंने उसमें एक विचित्र, अस्वाभाविक तनाव देखा था ! मैंने सोचा, 'शायद यह

हम दोनों पर रौब डालना चाहती है ? छिः, कैसी बचकाना हरकत है। वह ऐसा क्यों कर रही है ?' उसने जैसे मेरे इस विचार को भांप लिया। मुझे तीखी नज़र से देखकर वह फिर हंसी और दो कुदानों में दीवार फांदकर बुढ़िया के पास आ गई और उसने बुढ़िया से एक गिलास पानी मांगा।

"तुम्हारा ख़्याल है कि मुझे प्यास लगी है ?" उसने अपने भाई को संबोधित किया, "नहीं, दीवार पर कुछ फूल उगे हैं, जिन्हें पानी की सख़्त ज़रूरत है।

गैगिन ने उसकी बात की तरफ़ कोई ध्यान नहीं दिया। गिलास हाथ में लेकर आस्या फिर खंडहर की दीवार पर चढ़ गई। वह बड़े हास्यास्पद ढंग से बीच में रुक-रुककर फूलों में एक या दो पानी की बूंदें टपकाती जा रही थी, ज़ैसे कोई बड़ा महत्त्वपूर्ण काम कर रही हो। पानी की बूंदें धूप में चमक रही थीं। उसकी हर अदा आकर्षक थी, लेकिन मैं उससे चिढ़ा बैठा था, हालांकि उसकी चुस्ती और चपलता की मैं भी मन-ही-मन तारीफ़ कर रहा था। एक ख़तरनाक जगह पर पहुंचकर वह झूठ-मूठ चीख़ने लगी, फिर अगले ही क्षण जोर से हंस पड़ी। मैं और भी ज्यादा चिढ़ गया।

"अरे, यह लड़की तो बकरी की तरह दीवारों पर चढ़ जाती है !" बुढ़िया ने क्षण-भर के लिए बुनना छोड़कर ऊपर देखा।

आख़िर आस्या सारा पानी ख़त्म करने के बाद उछलती-क़ूदती हमारे पास आई। उसकी भौंहें, नथुने और होंठ एक विचित्र तिरस्कारपूर्ण ढंग से फड़क रहे थे। उसकी काली आंखें सिकुड़ी हुई थीं, जिनमें उल्लास के साथ उद्धत भाव भी था।

उसका चेहरा ज़ैसे कह रहा था, "मैं जानती हूं, तुम मेरे व्यवहार को अशिष्ट और अनुचित समझते हो, लेकिन मुझे इस बात की क़तई परवाह नहीं है, क्योंकि मैं जानती हूं कि मन-ही-मन तुम मुझे चाहते भी हो।"

"शाबाश आस्या, तुमने बड़ा अच्छा काम किया !" गैगिन ने धीमी आवाज़ में कहा।

सहसा आस्या शरमा गई और उसने अपनी लंबी पलकें नीची कर लीं। हमारे पास आकर वह विनीत ढंग से इस तरह बैठ गई, ज़ैसे उसने कोई अपराध किया हो। मैंने पहली बार ग़ौर से उसके चेहरे को देखा। ज़िंदगी में उससे

अधिक चंचल चेहरा मैंने कोई नहीं देखा था। कुछ ही मिनटों में उसका रंग एकदम पीला पड़ गया था, और उसके चेहरे पर विचारशीलता और उदासी छा गई। मुझे लगा ज़ैसे उसके नक़्श तक पहले से बड़े, सादे और कठोर हो गए हैं। वह किसी गहरी एकाग्रता में डूबी नज़र आती थी। हम लोगों ने सारे खंडहर के चक्कर लगाए (आस्या भी हमारे पीछे-पीछे आ रही थी)। हमें खंडहर के दृश्य बहुत पसंद आए। दोपहर के खाने का समय हो रहा था। गैगिन ने बुढ़िया के पैसे चुकाए और बीयर के एक और मग का आर्डर दिया, फिर मेरी तरफ़ मुड़कर उसने अर्थपूर्ण दृष्टि से मुझे देखा और कहा, "तुम्हारे दिल की रानी की सेहत के नाम पर!"

"क्या इनका...आपका क्या किसी महिला के साथ ऐसा संबंध है?" आस्या ने एकदम पूछा।

"किस आदमी का ऐसा संबंध नहीं होता?" गैगिन ने यह प्रसंग टाल दिया।

आस्या क्षण-भर के लिए सोच में पड़ गई। उसके चेहरे का भाव फिर बदल गया और उसकी गुस्ताख़ी, कठोरता और तिरस्कारपूर्ण मुस्कान फिर लौट आई।

लौटते वक़्त रास्ते में वह पहले से भी ज्यादा मुक्तभाव से हंसने और कूद-फांद करने लगी। पेड़ की एक लंबी टहनी तोड़कर उसने अपने कंधे पर बंदूक की तरह रख ली और स्कार्फ़ को सिर पर बांध लिया। मुझे अच्छी तरह याद है कि रास्ते में हमें एक सुनहरे बालों और पुराने ख़्यालों वाला बड़ा अंग्रेज़-परिवार मिला था। उस परिवार का हर व्यक्ति विस्मय-भरी शुष्क नज़रों से आस्या की तरफ़ देख रहा था और आस्या ने भी ज़ैसे उन लोगों से बदला लेने के लिए ऊंची आवाज़ में गीत गाना शुरू कर दिया था। ज्यों ही हम घर पहुंचे, वह अपने कमरे में ग़ायब हो गई और जब खाना परोसा गया, तभी प्रकट हुई। इस वक़्त उसने अपना सबसे बढ़िया फ्रॉक पहन रखा था, बालों को अच्छी तरह संवारा था, कमर में पेटी बांधी थी, और हाथों में दस्ताने पहने थे। खाने की मेज़ पर वह बड़ी संजीदगी से या यह कहें कि दक़ियानूसी तरीक़े से पेश आ रही थी। उसने खाने की किसी चीज़ को छुआ तक नहीं था। वह गिलास में शराब के बदले पानी पी रही थी। ज़ाहिर था कि मेरे सामने वह एक शिष्ट, अच्छे ख़ानदान की लड़की के 'रोल' में आना चाहती थी। गैगिन ने उससे कुछ नहीं कहा मैं जान गया था,

कि वह बहन की हर मनमानी सनक को बर्दाश्त करने का आदी था। वह बीच-बीच में सद्भावना-भरी नज़रों से एक कंधे सिकोड़कर ज़ैसे मुझसे आग्रह कर रहा था, 'यह निरी बच्ची है, इसकी बातों का बुरा मत मानना !' खाना ख़त्म होते ही आस्या उठ खड़ी हुई और सिर पर हैट पहनकर उसने हम दोनों का अभिवादन किया और गैगिन से पूछा कि क्या वह श्रीमती लुई से मिलने जा सकती है ?

"अरे, तुमने कब से मेरी इजाज़त मांगना शुरू कर दिया ? क्या हमारे साथ बैठकर तुम इतनी ऊब गई हो ?" गैगिन ने सदा की तरह मुस्कराकर कहा, लेकिन इस बार उसकी मुस्कान में संकोच भी था।

"नहीं-नहीं, ऊबने की कोई बात नहीं, लेकिन मैंने कल श्रीमती लुई से वायदा किया था कि मैं उनसे मिलने आऊंगी। इसके अलावा मेरा ख़्याल था कि आप लोग मेरी ग़ैरमौजूदगी में ज्यादा खुश रहेंगे। मिस्टर एन (मेरी तरफ़ इशारा करके) तुम्हें और बातें बताएंगे।" यह कहकर वह चली गई।

गैगिन ने मेरी नज़रें बचाकर कहा, "श्रीमती लुई एक भूतपूर्व बर्गो-मास्टर की विधवा है। वैसे तो वह एक नेक बुढ़िया है, लेकिन है खोखले दिमाग़ की। उसे आस्या से बड़ा मोह हो गया है। आस्या को भी निम्न वर्ग के लोगों को जानने का बड़ा शौक़ है। मैंने देखा है कि अहंकार से ही ऐसे शौक़ पैदा होते हैं। आस्या लाड़-प्यार से थोड़ी बिगड़ भी गई है जैसा तुमने देखा ही होगा।" थोड़ी देर रुककर वह बोला, "लेकिन इसका क्या इलाज है ? मैं तो आज तक किसी से भी सख़्ती नहीं बरत सका, आस्या से तो बिल्कुल भी नहीं, उसके प्रति मेरी उदारता स्वाभाविक ही है।"

मैं ख़ामोश रहा। गैगिन ने बातचीत का प्रसंग बदल दिया। ज्यों-ज्यों उससे मेरा परिचय बढ़ता जाता था, मैं उसे पहले से भी ज्यादा पसंद करने लगा था। मैं फ़ौरन उसके व्यक्तित्व को भांप गया। वह पक्का रूसी था, सत्यवादी, ईमानदार, धुन का पक्का, लेकिन उसका आलसीपन अस्थिरता और उत्साह की कमी शोचनीय थी। उसके भीतर की जवानी बुलबुले बनकर नहीं उठती थी, बल्कि मध्यम रोशनी की तरह चमकती थी। वह प्रतिभाशाली और आकर्षक व्यक्तित्व का आदमी था, लेकिन मैं उसके पूर्ण रूप से विकसित और परिपक्व व्यक्तित्व की कल्पना करने में असमर्थ रहा था। क्या वह कभी कलाकार बन सकेगा ? कलाकार बनने के लिए अनवरत कड़ी मेहनत चाहिए, और उसकी दुविधा को देखकर और उसकी धीमी

आवाज़ को सुनकर मैंने अंदाज़ लगाया कि कड़ी मेहनत करना उसके बस की बात नहीं है। वह कभी भी अपने आपको उसके लिए बाध्य नहीं कर सकेगा, लेकिन उसे देखते ही मन में उसके प्रति हार्दिक स्नेह उमड़ आता था, उसे नापसंद करना एकदम नामुमकिन था। हमने इसी तरह बातचीत करने में तीन या चार घंटे गुज़ार दिए। कभी हम सोफ़े पर बैठ जाते और कभी घर के बाहर चहलक़दमी करने लगते। इन चार घंटों में हम एक-दूसरे के पक्के दोस्त बन गए।

सूरज छिप गया था और मेरे लौटने का वक़्त हो गया था। आस्या अभी तक वापस नहीं आई थी।

"कैसी मनमौजी लड़की है।" गैगिन बोला, "क्या मैं तुम्हें घर तक पहुंचा आऊं ? रास्ते में ही श्रीमती लुई का घर है, हम देख लेंगे आस्या वहां है या नहीं। तुम्हें बहुत दूर नहीं जाना पड़ेगा।"

हम शहर की तरफ़ चल पड़े और एक टेढ़ी-मेढ़ी तंग गली में मुड़े जहां एक चौमंज़िला मकान था। हर कमरे में सिर्फ़ दो ही खिड़कियां थीं। सारी मंज़िलें गली की तरफ़ आगे निकली हुई थीं। इस इमारत के टूटे-फूटे पत्थर, दो भारी खंभों पर टिकी ऊपर वाली मंज़िलों, टाइलों से ढकी नुकीली छत, और बरसाती के आगे चोंच की तरह उभरे हुए कोनों से ऐसा लगता था ज़ैसे कोई विशाल पक्षी पंजों के बल सिकुड़ा बैठा है।

गैगिन ने आवाज़ दी, "आस्या, तुम भीतर हो !"

तीसरी मंज़िल के एक कमरे की खिड़की खुली, जहां रोशनी हो रही थी, और आस्या का काले बालों से ढका छोटा सिर बाहर निकला। उसके पीछे धुंधली नज़र वाली एक दंतविहीन जर्मन बुढ़िया का चेहरा दिखाई दे रहा था।

"मैं यहां खड़ी हूं।" आस्या ने बड़ी अदा से खिड़की की चौखट पर अपनी कुहनियां टिकाकर नीचे गली में झांकते हुए कहा, "मैं यहा मज़े में हूं। लो इसे पकड़ो !" उसने जिरेनियम[1] की एक टहनी, गैगिन की तरफ़ फेंकी, "कल्पना करो कि मैं तुम्हारे दिल की रानी हूं।"

श्रीमती लुई हंस पड़ीं।

गैगिन ने कहा, "मिस्टर एन अपने घर वापस जा रहे हैं और जाने से पहले

---

1 फूलों का नाम।

तुमसे मिलना चाहते हैं।"

"मिलना चाहते हैं ? तब तो फूलों की टहनी उन्हीं के हाथों में दे दो। मैं जल्द ही लौट आऊंगी।"

आस्या ने ज़ोर से खिड़की बंद कर दी। फिर श्रीमती लुई का माथा चूमा। गैगिन ने चुपचाप फूलों की टहनी मेरे हाथ में पकड़ा दी, जिसे मैंने अपनी जेब में डाल दिया। नदी किनारे पहुंचकर मैं किश्ती में बैठ गया और दूसरे पार चला गया।

मुझे याद है कि पैदल घर लौटते समय मैं किसी ख़ास बात के बारे में नहीं सोच रहा था, लेकिन मेरे दिल पर एक विचित्र बोझ-सा महसूस हो रहा था। सहसा मेरी नाक में एक परिचित मादक सुगंध आई और मैं वहीं ठिठक गया।

जर्मनी में ऐसी सुगंध बहुत कम मिलती है। मैंने देखा कि सड़क के किनारे पटुआ की एक छोटी-सी क्यारी लगी है। मुझे फ़ौरन अपनी मातृभूमि की याद आ गई और रूस की ज़मीन पर क़दम रखने और रूस की वायु में सांस लेने के लिए मेरा मन व्याकुल हो उठा, 'मैं यहां किसलिए आया हूं ? इस परदेस में। परदेसियों के बीच क्यों घूम रहा हूं ?' मैंने अपने आपसे पूछा और सहसा मेरे दिल का बोझ एक कटु, जलती हुई बेचैनी में बदल गया। जब मैं घर लौटा तो मेरी मानसिक अवस्था कल की अवस्था से बहुत भिन्न थी। मेरे मन में बहुत देर तक एक क्षोभ-सा छाया रहा, जिसे मैं चाहने पर भी दूर न कर सका। मुझे इस क्षोभ का असली कारण खुद नहीं मालूम था। आख़िर मैं बैठकर उस बेवफ़ा विधवा के बारे में सोचने लगा (हर रात को मैं संजीदा ढंग से इस औरत को याद किया करता था) मैंने उसके ख़तों में से एक ख़त निकाला, लेकिन मैं ख़त को खोलने भी नहीं पाया था कि फ़ौरन मेरे विचार एक दूसरी दिशा में मुड़ गए, मैं आस्या के बारे में सोचने लगा। मुझे याद आया कि बातचीत के दौरान गैगिन ने कहा था कि उसके रूस लौटने के रास्ते में कोई रुकावट है, 'क्यों, तो क्या आस्या सचमुच उसकी बहन है ?' मैंने ऊंची आवाज़ में कहा।

कपड़े उतारकर मैं बिस्तर में लेट गया और सोने की कोशिश करने लगा, लेकिन एक घंटे बाद ही मैं फिर उठ बैठा और तकिए पर कुहनियां टिकाकर उस मनमौजी लड़की के बारे में सोचने लगा, जिसकी हंसी कृत्रिम है।...उसके शरीर

की आकृति रफ़ियल के फ़ार्नेसीना भित्ति-चित्रों में बनी गैलेशिया की तरह है। मुझे पूरा यक़ीन है कि वह गैगिन की बहन नहीं है।" मैं धीमी आवाज़ में फुसफुसाया।

विधवा का ख़त फ़र्श पर ख़ामोशी से पड़ा रहा। चांदनी में वह सफ़ेद नज़र आ रहा था।

पांच

अगले दिन सुबह मैं किश्ती में बैठकर फिर एल. शहर पहुंचा। मैंने अपने दिल से कहा कि मैं गैगिन से मिलने जा रहा हूं, लेकिन दरअसल मैं देखना चाहता था कि आज भी क्या आस्या कल की तरह ही मुझसे पेश आएगी! दोनों जने ड्राइंग रूम में बैठे थे और विचित्र बात तो यह है कि आस्या मुझे बिल्कुल रूसी लड़की जैसी नज़र आ रही थी। शायद मैं रात-भर रूस के बारे में सोचता रहा था, इसलिए वह एक साधारण रूसी लड़की मालूम हो रही थी, घरों में काम करने वाली नौकरानी की तरह उसने एक पुराना फ्रॉक पहन रखा था, और बालों में कसकर कंघी की थी। वह खिड़की के पास चुपचाप विनीत भाव से बैठी इस तरह कढ़ाई कर रही थी, ज़ैसे ज़िंदगी भर उसने सिवा कढ़ाई के और कोई काम किया ही न हो। वह मुश्किल से एकाध शब्द बोली होगी। उसकी आंखें अपनी कढ़ाई पर लगी थीं। इस वक़्त उसके नक़्श इतने साधारण और नीरस दिखाई दे रहे थे कि मुझे बरबस ही रूसी घरों की कात्या और माशा[1] का ख़्याल आ गया। यह सादृश्यता एकदम पूरी हो गई, जब आस्या ने एक गीत गुनगुनाना शुरू कर दिया, "मां, प्यारी मां!" उसके पीले आभाहीन चेहरे को देखकर मुझे अपने कल वाले सपनों की याद आई और न जाने क्यों मन-ही-मन मुझे पछतावा भी होने लगा। मौसम शानदार था। गैगिन ने बताया कि वह स्कैच बनाने के लिए बाहर जा रहा है। मैंने उससे पूछा कि अगर मैं

1. रूस में माशा और कात्या नाम उतने ही प्रचलित हैं, जितने हमारे देश में सरला, विमला।

उसके साथ चलूं तो उसके एकांत में बाधा तो नहीं पड़ेगी ?

उसने जवाब दिया, "बिल्कुल नहीं, बल्कि तुम एक अच्छे सलाहकार साबित होओगे।"

सिर पर वॉन डायक[1] शैली का एक हैट लगाकर और एक स्मौक[2] पहनकर उसने बांह के नीचे अपना बैग दबाया और बाहर चल दिया। मैं भी उसके पीछे-पीछे चल पड़ा। आस्या घर पर ही रही। बाहर जाने से पहले उसने आस्या से कहा कि वह ध्यान रखे, कहीं शोरबा बहुत पतला न हो जाए। आस्या ने वायदा किया कि वह रसोईघर में जाकर शोरबे को देख आएगी। घाटी में पहुंचकर गैगिन एक चट्टान पर बैठ गया और एक पुराने खोखले बलूत के पेड़ का स्केच बनाने लगा, जिसकी टहनियां चारों तरफ़ फैली हुई थीं। मैं भी अब इस घाटी से परिचित हो गया था। मैं घास पर लेटकर एक किताब पढ़ने लगा। मैंने जितने वक़्त में दो सफ़े पढ़ लिए, गैगिन ने एक कागज़ बर्बाद कर दिया। जहां तक मुझे याद है, हम ज्यादातर, अक़्लमंदी और सोच-विचार की बातें करते रहे थे, मसलन, काम करने का सही तरीक़ा कौन-सा है, कौन-कौन सी चीज़ों से बचना चाहिए, काम करने की प्रणाली कैसी होनी चाहिए, हमारे ज़माने में कलाकार का क्या महत्त्व है इत्यादि। गैगिन ने कहा कि वह आज 'अच्छे मूड' में नहीं है, वह भी मेरे पास आकर घास पर लेट गया। इसके बाद हम दोनों में खुलकर नौजवानों जैसी बातचीत होने लगी और एक ऐसी बहस शुरू हो गई, जो उत्साहपूर्ण विचारशील और आनंददायी होते हुए भी हमेशा अनिश्चित और निरर्थक होती है। ऐसी बहसें रूसियों को बहुत पसंद हैं। जी भर गप्पें लड़ाने के बाद हम घर लौट आए। हमारे दिलों में एक विचित्र संतोष था, जैसे हमने कोई भारी सफलता प्राप्त की हो। आस्या अब भी उसी तरह बैठी थी, और ग़ौर से देखने पर मुझे उसमें नाज़-नख़रे या अभिनय का कोई आभास तक दिखाई न दिया। कम से कम इस वक़्त तो कोई उस पर यह इल्ज़ाम नहीं लगा सकता था कि वह 'बन रही है।'

गैगिन बोला, "देखता हूं कि आज आस्या संन्यासिनी बनी है।"

---

1. विश्वविख्यात चित्रकार।
2. कपड़ों को गंदे होने से बचाने के लिए जो ढीला लबादा पहना जाता है।

शाम होते ही वह बड़ी मासूमियत से बार-बार उबासियां लेने लगी। और जल्द ही अपने कमरे में चली गई। मैं भी गैगिन से इजाज़त लेकर घर लौट आया। आज मैं सपने नहीं देख रहा था, आज मुझे कई संजीदा अनुभव हुए थे, लेकिन मुझे अच्छी तरह याद है, बिस्तर में लेटने से पहले हठात मेरे मुंह से निकल पड़ा, 'यह लड़की गिरगिट की तरह कितने रंग बदलती है !' कुछ देर की ख़ामोशी के बाद मैंने कहा, 'मुझे अभी भी यक़ीन है कि वह गैगिन की बहन नहीं है !'

छः

इसी तरह पूरे दो हफ़्ते गुज़र गए और मैं इस बीच हर रोज़ गैगिन से मिलने जाता रहा। आस्या के व्यवहार से लगता था कि वह मुझसे बचने की कोशिश कर रही है, लेकिन उसका वह झक्कीपन अब नहीं रहा था, शुरू के दिनों में जिसे देखकर मुझे बेहद ताज्जुब हुआ था। वह परेशान भी मालूम होती थी, लगता था, ज़ैसे उसके मन को कोई आघात पहुंचा है। मैं कौतूहल से उसकी हर बात को देखने लगा।

वह फ्रेंच और जर्मन दोनों भाषाएं अच्छी तरह बोल लेती थी, लेकिन उसके सारे व्यक्तित्व से ऐसा मालूम होता था कि बचपन में किसी औरत ने उसका पथ-प्रदर्शन नहीं किया। उसे जो भी तालीम मिली थी, वह अजीब और अनोखी थी। गैगिन की तालीम से एकदम अलग। वॉन डायक शैली का हैट और आर्टिस्टों जैसा स्मौक पहनकर भी वह किसी कुलीन रूसी परिवार का लाड़ला और बिगड़ा हुआ लड़का मालूम होता था, लेकिन आस्या में कुलीन महिलाओं जैसी कोई बात नहीं थी। उसकी हर अदा से चपलता टपकती थी, वह उस जंगली सेब के पौधे की तरह थी जिसमें कभी क़लम नहीं बांधी गई। उसकी हालत उफनती हुई शराब की तरह थी। वह स्वभाव से भीरु और शर्मीली थी, अपने शर्मीलेपन से चिढ़कर वह उद्धत और मनमानी बनने की कोशिश करती थी, लेकिन इसमें उसे सफलता

नहीं मिलती थी। मैंने कई बार उससे रूस में गुज़ारी उसकी ज़िंदगी, और अतीत के बारे में पूछ-ताछ करने की कोशिश की, लेकिन वह हमेशा अनिच्छापूर्वक मेरे सवालों का जवाब देती, फिर भी मुझे इतना पता चल गया कि विदेश आने से पहले उसने बहुत से बरस रूस में गुज़ारे हैं। एक दिन एकांत में मेरी उससे मुलाक़ात हो गई। वह मेज़ पर कुहनियां रखे बड़े मनोयोग से एक किताब पढ़ रही थी। उसकी उंगलियां बालों में उलझी थीं, मैंने उसके नज़दीक जाकर कहा, "शाबाश ! तुम कितनी मेहनती हो !"

उसने सिर उठाकर गंभीर और कठोर दृष्टि से मेरी तरफ़ देखा, और जवाब दिया, "आपका ख़्याल है कि मुझे हंसने के सिवा और कोई बात नहीं आती !" यह कहकर वह वहां से जाने लगी।

मैंने उसकी किताब का शीर्षक देखा, कोई फ्रेंच उपन्यास था।

"शायद मैं तुम्हारी रुचि की दाद नहीं दे सकूंगा।" मैंने टिप्पणी की।

आस्या ने किताब को ज़ोर से मेज़ पर पटककर कहा, "तो फिर मुझे कैसी किताबें पढ़नी चाहिए ? इससे बेहतर तो है कि मैं बाग़ में जाकर अपना दिल बहलाऊं।" वह बाग़ में भाग गई।

शाम के वक़्त मैं गैगिन को 'हरमन और डोरोथिया' ऊंची आवाज में पढ़कर सुनाने लगा। पहले तो आस्या हमसे दूर बुहारी से कमरा साफ़ करती रही, लेकिन कुछ देर बाद ही वह बुहारी छोड़कर हमारे पास आ बैठी और जब तक मैं पढ़ता रहा, वहीं बैठी रही। अगले दिन मैं फिर उसके व्यवहार से परेशान हो गया, लेकिन मैं जान गया था कि उसके सिर पर एक नई सनक सवार हुई है—वह डोरोथिया की तरह संजीदा और घरेलू लड़की बनना चाहती है। आस्या मेरे लिए सचमुच एक पहेली बन गई थी। वह बड़ी संवेदनशील और तुनुक-मिज़ाज लड़की थी। वह मुझे परेशान करती थी, फिर भी मुझे वह अच्छी लगती थी। दिन-प्रतिदिन मेरी यह धारणा और भी पक्की होती जा रही थी कि वह गैगिन की बहन नहीं है। गैगिन उससे भाई जैसा बर्ताव नहीं करता था। वह ज़रूरत से ज्यादा आस्या से स्नेह और लाड़ दिखाता था। आस्या की उपस्थिति में ऐसा लगता था, ज़ैसे उसके मन पर कोई बोझ और तनाव है।

एक विचित्र घटना ने आकर मेरे इस संदेह को पक्का कर दिया।

एक दिन शाम के वक़्त जब मैं अंगूरों के बाग़ में पहुंचा जिसके भीतर गैगिन

रहता था, तो मैंने दरवाज़े को बंद पाया। मैं फ़ौरन समझ गया कि कुछ गड़बड़ मामला है, और दीवार के एक बड़े-से छेद में से जिस पर पहले भी मेरा ध्यान गया था, कूदकर बाग़ में पहुंच गया। पास ही झाड़ियों से ढका एक कुंज था। उसके नज़दीक पहुंचते ही मैं आश्चर्य से ठिठक गया। मैंने सुना, आस्या अश्रुपूर्ण, आवेगपूर्ण स्वर से कह रही थी : "मैं तुम्हारे सिवा किसी को प्यार नहीं करना चाहती ...नहीं, नहीं ! मैं सिर्फ़ तुम्हें चाहती हूं ...चाहती हूं, हमेशा तुमसे ही प्यार करती रहूं।"

"बस-बस, आस्या, शांत हो जाओ ! तुम्हें अच्छी तरह मालूम है कि मुझे तुम पर पूरा भरोसा है।"

कुंज में से उनकी आवाज़ें सुनाई दे रही थीं। टहनियों के बीच में से मैं उन्हें देख भी सकता था, लेकिन उन लोगों ने मुझे नहीं देखा था।

"मैं तुम्हें चाहती हूं, सिर्फ़ तुम्हें !" आस्या गैगिन के सीने से लगकर बुरी तरह सुबक रही थी और उससे और भी कसकर लिपट गई थी और उसे चूम रही थी।

"बस ! बस !" गैगिन ने कोमल हाथों से आस्या के बाल सहलाते हुए कहा।

मैं कुछ क्षणों तक ज्यों का त्यों खड़ा रहा, फिर मैंने अपने को झकझोरा, 'क्या मुझे इन लोगों से मिलने जाना चाहिए ? हरगिज़ नहीं !' यह विचार मेरे मन में कौंध गया और मैं तेज़ी से दीवार फांद कर वापस सड़क पर आ गया और क़रीब-क़रीब भागता हुआ अपने घर पहुंचा। मुस्कराता और हाथ मलता हुआ मैं उस घटना पर चकित हो रहा था, जिसने अप्रत्याशित रूप से ही मेरे अनुमान को सही साबित कर दिया था, और मेरे संदेह की पुष्टि कर दी थी। (मैंने क्षण-भर के लिए भी नहीं सोचा कि मेरे संदेह ठीक हैं या नहीं) साथ ही मेरे दिल में एक कटुता फैल गई थी। इन लोगों को औरों की आंखों में धूल झोंकना खूब आता है, लेकिन वे मुझे किसलिए मूर्ख बनाना चाहते हैं ? मुझे गैगिन से हरगिज़ ऐसी उम्मीद नहीं थी। कैसे मार्मिक ढंग से आस्या सब कुछ क़बूल कर रही थी !

सात

रात बड़ी बेचैनी से कटी। अगले दिन मैं तड़के ही उठ बैठा और अपना थैला कंधे पर लादकर पहाड़ों पर चला गया और मकान-मालकिन से कहता गया कि मैं शाम तक लौटूंगा। इन पहाड़ों के साथ-साथ एक नदी बहती थी जिसके किनारे ज़ेड शहर बसा हुआ है। ये पहाड़ियां उस पर्वतमाला का हिस्सा हैं जिसे लोग 'कुत्ते की पीठ' के नाम से पुकारते हैं। ये पर्वतमालाएं भूगर्भशास्त्र के दृष्टिकोण से बड़ी दिलचस्प और महत्त्वपूर्ण हैं। ख़ास तौर पर यहां हरे रंग की चट्टानों की तहें, लगातार ख़ालिस रूप में मिलती हैं, लेकिन मैं इस समय भूगर्भशास्त्र के बारे में सोचने की मन:स्थिति में नहीं था। मेरे मन में कैसे-कैसे विचार उठ रहे थे इसका मुझे स्वयं भी आभास नहीं था, लेकिन दिमाग़ में इतनी बात ज़रूर साफ़ थी कि मैं भविष्य में कभी भी गैगिन या उसकी बहन से मिलने नहीं जाना चाहता था। मैंने अपने आपको यक़ीन दिलाया कि उन लोगों के छल-कपट की वजह से ही मेरा दिल उनकी तरफ से एकदम खट्टा हो गया है, और मेरे मन में उनके प्रति क्षोभ पैदा हो गया है। आख़िर उन्हें किसने कहा था कि वे दुनिया के सामने भाई-बहन का रिश्ता जोड़ें ! मैंने उनके ख़्याल को दिल से निकालने की कोशिश की। मैं अपनी इच्छानुसार पहाड़ियों और घाटियों की सैर करता रहा। गांवों के शराबघरों में बैठा रहा और आराम से एक चौकोर पत्थर पर, जो धूप में गर्म हो गया था, लेटकर आकाश में तैरते बादलों को देखने लगा, क्योंकि उस दिन मौसम बड़ा सुहावना था। इसी तरह सैर-सपाटे में मैंने तीन दिन गुज़ार दिए, हालांकि रह-रहकर मेरे दिल में टीसें उठ रही थीं। इस प्रदेश के शांत प्राकृतिक दृश्य मेरी मानसिक स्थिति के सर्वथा अनुकूल थे।

मैंने अपने आपको क्षणिक प्रभावों और संवेदनों के सहारे छोड़ दिया, जो एक के बाद एक उठकर मेरी आत्मा में एक नई अनुभूति पैदा कर रहे थे। मैंने इन तीन दिनों में जो कुछ भी देखा, सुना और महसूस किया था, वह सब इसी नई अनुभूति में विलीन हो गया था। जंगलों में से आती हुई बिरोज़े की भीनी गंध, कठफोड़े पक्षियों की आवाज़ें और पारदर्शी नालों की कलकल, जिनमें चित्तीदार ट्राउट मछलियां तैर रही थीं, पर्वतों की उर्मिल रेखाएं उल्लासरहित ऊबड़-खाबड़

साफ़-सुथरे गांव, प्राचीन गौरवशाली गिरजे और वृक्ष, चरागाहों में सारसों के झुंड, सुखद पनचक्कियां और उनके घूमते हुए व्यस्त पहिए, नीले लबादे और भूरे मोज़े पहने देहातियों के मैत्रीपूर्ण चेहरे, छकड़ों की चूं-चूं-चरमर, जिनमें तगड़े घोड़े या गाएं जुती हुई थीं, साफ़-सुथरी सड़कों पर लंबे बालों वाले तीर्थ-यात्रियों के युवा, उल्लासपूर्ण चेहरे, सड़क के दोनों तरफ़ सेब और नाशपाती के वृक्षों की लंबी क़तारें।

आज भी मुझे इन सब स्मृतियों से सुख मिलता है। नमस्कार है, जर्मन भूमि तुम्हें, तुम्हारी विनीत समृद्धि, तुम्हारे कण-कण में परिश्रमी हाथों की छाप है, धैर्यपूर्ण, आवेगरहित परिश्रम की, तुम्हें नमस्कार है, तुम फलो फूलो !

तीसरे दिन के बाद ही मैं अपने ठहरने की जगह पर लौट आया। मैं यह बताना तो भूल ही गया कि गैगिन और उसकी बहन से हुई नाराज़गी के परिणामस्वरूप मैंने अपने मन में उस कठोरहृदय विधवा की तस्वीर को फिर से ताज़ा करने की कोशिश की, लेकिन मुझे सफलता न मिली। मुझे याद है, एक बार विधवा के बारे में सोचते हुए मेरी नज़रें पांच बरस की एक देहाती बच्ची पर पड़ीं, उसका चेहरा गोल-मटोल था और वह अपनी मासूम आंखों से मेरी तरफ़ टुकुर-टुकुर ताक रही थी। उसकी बालसुलभ मासूमियत और निष्कपट आंखों को देखकर मुझे मन-ही-मन अपने ऊपर ग्लानि हुई। उस बच्ची की मौजूदगी में मैं झूठ नहीं बोल सकता था। उसी क्षण मैंने हमेशा के लिए विधवा को भूल जाने का फैसला किया।

मेरे पीछे गैगिन मेरे नाम एक पुर्ज़ा लिखकर छोड़ गया था। मेरे सहसा वहां से चले जाने पर उसने आश्चर्य प्रकट किया था और मुझे डांटा था कि मैं क्यों नहीं उसे भी अपने साथ ले गया। उसने लिखा था कि मैं लौटते ही जल्दी से जल्दी उससे मिलूं। मैंने यह पुर्ज़ा बड़ी नाराज़गी से पढ़ा, लेकिन अगले दिन फिर एल. कस्बे में जा पहुंचा।

आठ

गैगिन मुझसे बड़े तपाक से मिला और उसने मुझे स्नेहपूर्ण उलाहने भी दिए, लेकिन आस्या मुझे देखते ही अर्थहीन हंसी हंसने लगी और सदा की तरह फ़ौरन वहां से ग़ायब हो गई। गैगिन उसके व्यवहार से सकपका गया और उसने मुझसे कहा कि आस्या पगली लड़की है, मैं उसे माफ़ कर दूं। मैं मानता हूं कि मैं आस्या से सख़्त नाराज़ था। मैं पहले से ही वहां जाने में हिचकिचा रहा था। आस्या की इस बनावटी हंसी और झक्कीपन से मेरा 'मूड' और भी ख़राब हो गया, लेकिन मैंने यह जतलाने की कोशिश की ज़ैसे मैंने कुछ देखा ही न हो और मैं गैगिन को अपने सैर-सपाटे का वृत्तांत सुनाने लगा। उसने मुझे बताया कि मेरी अनुपस्थिति में वह क्या-क्या करता रहा है, लेकिन बातचीत ज्यादा देर न चल सकी, आस्या कमरे में आई और फिर बाहर भाग गई, आख़िर चिढ़कर मैंने गैगिन से कहा कि मुझे घर पर कोई ज़रूरी काम है, इसलिए मैं वापस जा रहा हूं। पहले तो गैगिन ने मुझे रोकने की कोशिश की, लेकिन गौर से मुझे देखने के बाद उसने कहा कि वह मुझे घर तक पहुंचाने चलेगा। जब मैं हॉल से बाहर निकल रहा था, तो सहसा आस्या वहां आई और उसने मेरे आगे अपना हाथ बढ़ा दिया। मैंने उसकी उंगलियों को ज़रा-सा छुआ और झुककर अभिवादन किया। गैगिन और मैं किश्ती में बैठकर इस पार आ गए और जब हम उस अखरोट के पेड़ के पास से गुजरे जिस पर कुमारी मेरी[1] की मूर्ति रखी थी, तो हम सामने के सुंदर दृश्य का आनंद लेने के लिए एक बेंच पर बैठ गए। यह पेड़ मुझे बहुत पसंद था। इसके बाद हम लोगों में अद्भुत बातचीत शुरू हुई।

इधर-उधर की निरर्थक बातें करने के बाद हम ख़ामोश हो गए और नदी की चमकती हुई धार को देखने लगे।

सहसा गैगिन ने कहा, "बताओ, आस्या के बारे में तुम्हारी क्या राय है? मेरा ख़्याल है कि वह तुम्हें ज़रूर कुछ अज़ीब-सी लड़की मालूम हुई होगी।" हमेशा की तरह वह अब भी मुस्करा रहा था।

---

1. ईसामसीह की मां।

"हुई तो है।" मैंने चकित स्वर में उत्तर दिया। मुझे उम्मीद नहीं थी कि गैगिन आस्या के बारे में मुझसे बात करेगा।

"लेकिन उसके बारे में कोई भी राय क़ायम करने से पहले उसे अच्छी तरह जान लेना ज़रूरी है। वह दिल की बड़ी अच्छी है, लेकिन है झक्की तबीयत की। उसके साथ गुज़ारा करना बड़ा मुश्किल है, लेकिन इसमें उसका कोई क़सूर नहीं, अगर तुम्हें उसके जीवन की कहानी पता होती..."

"उसके जीवन की कहानी ? मेरा ख़्याल है तुमने मुझे बताया था कि वह तुम्हारी...

गैगिन ने मेरी तरफ़ देखा, "तो तुम्हारा ख़्याल है कि वह मेरी बहन नहीं है ?" उसने मेरी उलझन की तरफ़ कोई ध्यान नहीं दिया, "वह सचमुच मेरी बहन है। मेरे पिता की लड़की। देखो, मैं जानता हूं कि तुम पर विश्वास किया जा सकता है, इसीलिए मैं तुम्हें सब कुछ बता दूंगा।"

"मेरे पिता बेहद सहृदय, बुद्धिमान, सुशिक्षित और अभागे व्यक्ति थे। दुनिया में और भी बहुत से अभागे लोग हैं, लेकिन मेरे पिता दुर्भाग्य की पहली चोट को भी बर्दाश्त नहीं कर पाए। उनकी शादी बहुत जल्द हो गई थी। उन्होंने प्रेम की ख़ातिर शादी की थी। उनकी पत्नी, मेरी मां शादी के ब्रहुत जल्द बाद ही चल बसी थीं, तब मैं सिर्फ़ छः महीने का था। मेरे पिता मुझे देहात में ले गए जहां हमने पूरे बारह बरस गुज़ारे। मुझे तालीम देने का ज़िम्मा भी उन्होंने अपने ऊपर ही ले रखा था, वह मुझसे हरगिज़ जुदा होने को तैयार न होते, अगर उनके भाई उनसे मिलने देहात में न आते। मेरे चचा पीटर्सबर्ग में आए थे, जहां वह एक ऊंचे महत्त्वपूर्ण ओहदे पर नियुक्त थे। उन्होंने मेरे पिता से कहा कि वह मुझे उनकी देख-रेख में तालीम पाने दें, क्योंकि मेरे पिता तो किसी भी सूरत में देहाती ज़िंदगी छोड़ने को तैयार न थे। मेरे चचा ने उन्हें समझाया कि मेरी उम्र के लड़के के लिए एकदम एकांत वातावरण में रहना ठीक नहीं है, क्योंकि मेरे पिता ज़ैसे उदास और गुमसुम अभिभावक के प्रभाव से संभव है कि मैं अपनी उम्र के और लड़कों से पिछड़ जाऊं। हो सकता है, मेरे स्वभावऊं पर भी इसका बुरा असर पड़े। मेरे चचा की इन दलीलों का बहुत देर तक विरोध करने के बाद आख़िर मेरे पिता मुझे पीटर्सबर्ग भेजने के लिए राज़ी हो गए।

"उनसे अलग होते समय मैं बहुत रोया था। मैंने उन्हें कभी मुस्कराते हुए

नहीं देखा था, फिर भी मैं उन्हें बहुत चाहता था। पीटर्सबर्ग पहुंचकर मैं शीघ्र ही अपने घर के उदास और निराशा-भरे वातावरण को भूल गया। मुझे अफ़सरों के ट्रेनिंग स्कूल में भर्ती कराया गया, जहां से मैं सीधा गारद की रैजिमेंट में नियुक्त हो गया। हर साल एक या दो हफ़्ते के लिए मैं देहात जाता था, मेरे पिता दिन-प्रतिदिन पहले से ज्यादा उदास, और एकांतप्रिय होते जाते थे। अत्यधिक मनन और चिंतन ने उन्हें संकोचशील और संन्यासी बना दिया था। वह हर रोज़ गिरजाघर जाते थे और उन्हें हर समय ख़ामोश रहने की आदत पड़ गई थी। एक बार मैं जब पिता से मिलने देहात गया (उस वक़्त मेरी उम्र बीस बरस की थी) तो मैंने वहां क़रीब दस साल की एक नन्ही लड़की को देखा, जिसकी आंखें काली थीं। यह लड़की आस्या थी। इससे पहले मैंने उसे कभी उस घर में नहीं देखा था। मेरे पिता ने मुझे बताया कि वह एक अनाथ लड़की थी, जिसे वे पाल-पोस रहे थे। मेरे पिता ने ठीक यही शब्द मुझसे कहे थे। मैंने उस लड़की की तरफ विशेष ध्यान नहीं दिया, वह ख़रगोश के बच्चे की तरह शर्मीली, ख़ामोश और चंचल थी। मैं जब भी अपने पिता के ख़ास कमरे में दाख़िल होता, यह वह विशाल, उदासी-भरा कमरा था जहां मेरी मां की मृत्यु हुई थी, वहां इतना अंधेरा था कि दिन के वक़्त भी मोमबत्तियां जलाई जाती थीं, तो मुझे देखकर वह लड़की फ़ौरन पिता की ऊंची आरामकुर्सी या किताबों की अलमारी के पीछे छिप जाती थी।

इसके बाद कुछ ऐसी फ़ौजी ड्यूटियां आ पड़ीं कि मैं तील-चार साल तक गांव नहीं जा सका। हर महीने मुझे पिता का संक्षिप्त पत्र आता था। इन पत्रों में अव्वल तो आस्या का ज़िक्र रहता ही बहुत कम था, अगर ज़िक्र रहता भी था, तो बहुत मामूली। मेरे पिता की उम्र पचास से ऊपर थी, लेकिन देखने में वह अभी जवान मालूम होते थे। तुम खुद ही कल्पना कर सकते हो कि उस समय मुझे कितना आश्चर्य हुआ होगा, जब अचानक गांव से मुझे कारिंदे का ख़त आया कि पिता सख़्त बीमार हैं और मरणासन्न हालत में हैं। उसने यह भी लिखा था कि अगर मैं उन्हें आख़िरी बार देखना चाहता हूं तो फ़ौरन चला आऊं।

मैं शीघ्र ही वहां पहुंच गया। मेरे पिता अभी ज़िंदा थे, लेकिन उनकी आख़िरी सांस गले में अटकी हुई थी। मुझे देखकर उन्हें बेहद खुशी हुई और उन्होंने अपनी दुबली कमज़ोर बाहों से मेरा आलिंगन किया, और बड़ी देर तक टकटकी बांधकर

मेरी तरफ़ देखते रहे। उनकी दृष्टि में आग्रह था। लगता था, वह कुछ ढूंढ़ रहे हैं और मुझसे वायदा चाहते हैं कि मैं उनकी अंतिम इच्छा पूरी करूं। उन्होंने अपने बूढ़े नौकर से आस्या को बुलाने का आदेश दिया। बूढ़ा उसे भीतर ले आया। वह मुश्किल से खड़ी हो पा रही थी और उसका सारा बदन कांप रहा था।

"मेरे पिता ने बोलने की कोशिश करते हुए कहा, 'मैं अपने पीछे अपनी बेटी छोड़े जा रहा हूं। यह तुम्हारी बहन है। याकोव तुम्हें सब कुछ बता देगा।' उन्होंने बूढ़े नौकर की तरफ़ इशारा किया। आस्या फूट-फूटकर रोने लगी और औंधे मुंह बिस्तर पर गिर पड़ी। आधा घंटा बाद मेरे पिता चल बसे।

"बाद में मुझे मालूम हुआ कि आस्या मेरे पिता की और मेरी स्वर्गीय मां की नौकरानी तात्याना की बेटी है। मुझे तात्याना की अच्छी तरह याद है। वह लंबे छरहरे बदन की, खूबसूरत लड़की थी। उसके चेहरे से कठोरता और चतुरता झलकती थी। उसकी आंखें काली और बड़ी-बड़ी थीं। लोगों का ख़्याल था कि वह एक घमंडी लड़की है और किसी को अपने नज़दीक नहीं फटकने देती। याकोव की संकोच-भरी और आदरपूर्ण बातों से, जहां तक मैंने अंदाज़ लगाया, मेरी मां की मृत्यु के कुछ साल बाद मेरे पिता का तात्याना से संबंध हो गया था। तात्याना तब हमारे घर में नहीं, बल्कि अपनी एक विवाहिता बहन की झोंपड़ी में रहती थी। उसकी बहन हमारे मवेशियों की देख-भाल करती थी।

"मेरे पिता को तात्याना से बहुत मोह हो गया था और जब मैं गांव से चला आया, तो उन्होंने उससे शादी की इच्छा भी प्रकट की थी, लेकिन उनकी तमाम मिन्नतों के बावजूद तात्याना उनकी पत्नी बनने के लिए राज़ी न हुई। याकोव ने दरवाज़े के पास खड़े होकर मुझे बताया, 'स्वर्गीया तात्याना ब्लास्योव्ना विवेक की मूर्ति थीं और नहीं चाहती थीं कि उनके कारण आपके पिता की किसी तरह की भी बदनामी हो। वह मेरे सामने आपके पिता से कहा करती थीं, मैं आपकी पत्नी किस तरह बन सकती हूं? मैं भद्र महिला नहीं हूं। उन्होंने हमारे घर आकर रहने से भी इनकार कर दिया था। वह अपनी बहन की झोंपड़ी में ही आस्या के साथ रहती थीं।' बचपन में मैं तात्याना को संतों के दिवस पर ही गिरजाघर में देखा करता था। वह हमेशा खिड़की के पास भीड़ में रहती थी, उसके सिर पर गहरे रंग का रूमाल बंधा रहता था और वह भूरे रंग का एक शॉल ओढ़े रहती थी। खिड़की के साफ़

शीशों की पृष्ठभूमि में उसके गंभीर चेहरे की रेखाकृति और भी स्पष्ट और तीखी दिखाई देती थी। वह विनम्र शालीन ढंग से प्रार्थना में हिस्सा लेती थी, और पुराने ढंग से ज़मीन तक झुक जाती थी। जब मेरे चचा मुझे अपने साथ पीटर्सबर्ग ले गए, उस वक़्त आस्या सिर्फ़ दो बरस की थी। जब वह आठ बरस की हुई, तो उसकी मां का देहांत हो गया।

"तात्याना की मृत्यु के बाद मेरे पिता आस्या को अपने घर में ले आए। वे पहले भी कई बार तात्याना से आग्रह कर चुके थे कि वह आस्या को अपने पास रखना चाहते हैं, लेकिन तात्याना ने यह बात भी नहीं स्वीकार की थी। अब कल्पना कीजिए, इतने बड़े मकान में आकर आस्या को कैसा लगा होगा। आज तक उसे वह दिन याद है, जब पहली बार उसे रेशमी पोशाक पहनाई गई थी और घर के सारे नौकर उसके हाथ चूमने के लिए आए थे। मां के यहां वह सख़्त पाबंदियों में रही थी, पिता के घर उसे पूरी आज़ादी थी। पिता ही उसके शिक्षक और एकमात्र साथी थे। पिता ने उसकी आदतें बिगाड़ी नहीं, न ही उसे लाड़-प्यार से सिर चढ़ाया, लेकिन वे आस्या को बेहद प्यार करते थे और उसे मनमानी करने की इजाज़त देते थे। उनका ख़्याल था कि उन्होंने आस्या के साथ नाइंसाफ़ी की है।

"आस्या भी शीघ्र ही समझ गई कि घर में वह सबकी लाडली है, और घर का स्वामी उसका पिता है, लेकिन उसे यह जानते भी देर न लगी कि उसकी स्थिति कितनी कृत्रिम है। उसके परिणामस्वरूप उसमें भीरुता और मिथ्याभिमान पैदा हो गया। उसका सीधापन नष्ट हो गया और उसमें बुरी आदतें आ गईं एक बार उसने मेरे सामने स्वीकार किया था कि वह चाहती है कि सारी दुनिया भूल जाए कि वह नौकरानी के पेट से जन्मी है। उसे अपनी मां की वजह से शर्म भी आती थी, और गर्व भी महसूस होता था और उसे स्वयं अपने ऊपर ग्लानि भी होती थी।

"जानते हो, उसने ज़िंदगी में बहुत-सी ऐसी बातें देखी और सुनी हैं, जो उसकी उम्र की लड़की के लिए ठीक नहीं हैं, लेकिन इसमें क्या उसका दोष है ? जवानी के जोश में वह इन विचारों में बहती चली गई, उसकी नसों में जवान लहू ज़ोर मार रहा था। उसका पथ-प्रदर्शन करने वाला कोई न था, वह हर रूप से स्वतंत्र थी। यह कोई कम बोझ नहीं है ! उसने भी भद्र वर्ग की अन्य युवतियों की तरह बनने

की कोशिश की। उसने बड़े उत्साह से पढ़ाई शुरू कर दी, लेकिन इन सब बातों से आख़िर क्या हो सकता था ? आस्या की ज़िंदगी, जिसकी शुरुआत ही ग़लत ढंग से हुई थी, ग़लत दिशा में ही विकास भी करने लगी, लेकिन उसका हृदय दूषित नहीं हो पाया था, उसका मन पहले की तरह ही पवित्र था।

"इस तरह मुझ ज़ैसे नौजवान के सिर पर, जिसकी उम्र बीस और तीस के बीच थी, तेरह बरस की एक लड़की की ज़िम्मेदारी आ पड़ी। मेरे पिता की मृत्यु के कुछ दिन बाद तक तो आस्या का यह हाल था कि मेरी आवाज़ सुनते ही उसे ज़ैसे बुख़ार-सा चढ़ जाता था, मेरी स्नेहपूर्ण थपकियां उसे परेशान करती थीं, मुझसे हिलने-मिलने में उसे काफी वक़्त लगा। यह भी सच है कि बाद में जब उसे महसूस हुआ कि मैं सचमुच उसे अपनी बहन की तरह समझता हूं और सगे भाई की तरह उससे स्नेह करता हूं, तो वह भी मुझे बेहद चाहने लगी। आस्या बड़ी भावुक लड़की है, वह बीच का रास्ता नहीं जानती।

"मैं उसे अपने साथ पीटर्सबर्ग ले गया। उससे जुदा होने में मुझे बड़ा दुःख हुआ, लेकिन उसे अपने साथ रखना मेरे लिए नामुमकिन था, इसलिए मैंने उसे एक शानदार बोर्डिंग स्कूल में भरती करवा दिया। आस्या ने भी मंजूर किया कि हमारा अलग होना बहुत ज़रूरी था। उसकी ज़िंदगी का यह दौर एक बीमारी से शुरू हुआ, जिसमें वह मरते-मरते बची, लेकिन धीरे-धीरे वह बोर्डिंग-हाउस में रहने की आदी हो गई, जहां वह चार बरस तक रही। जब वह बोर्डिंग-हाउस से आई तो मुझे देखकर बड़ा आश्चर्य हुआ कि उसके स्वभाव में रत्ती-भर फ़रक नहीं आया था। उसके स्कूल की प्रिंसिपल हमेशा उसकी शिकायत करती रहती थी, 'आस्या पर न सज़ा का असर होता है, न प्यार का'। वैसे आस्या बहुत प्रतिभाशालिनी थी और अपने स्कूल की सबसे तेज़ छात्रा थी, लेकिन वह किसी भी अनुशासन का पालन करने के लिए तैयार नहीं होती थी। वह बड़ी ज़िद्दी और कुढ़ने वाले स्वभाव की थी। मेरा दिल उसे दोषी ठहराने के लिए तैयार न था। उस स्थिति में उसके सामने भीरुता और विद्रोह के सिवा और कोई तीसरा रास्ता न था। अपने हमजोलियों में से सिर्फ़ एक ग़रीब, सीधी और पतित लड़की से उसकी दोस्ती थी। जिन भद्र और ऊंचे ख़ानदान की लड़कियों के साथ उसने शिक्षा पाई थी, वे उसे नापसंद करती थीं, और उसका अपमान करने की भरसक कोशिश करती थीं। आस्या उनके सामने रत्ती-भर भी नहीं झुकती थी। एक बार जब क्लास में बाईबल की

अध्यापिका ने पापों की चर्चा की तो आस्या ऊंची आवाज़ में बोली, 'चापलूसी और कायरता संसार में सबसे बड़े पाप हैं।' सारांश यह है कि वह जैसी पहले थी, उसी तरह उसकी ज़िंदगी अब भी चल रही थी, सिर्फ़ उसके शिष्टाचार में पहले से कुछ अंतर आया था, लेकिन वह भी मामूली-सा।

"आख़िर वह सत्रह बरस की हो गई, और स्कूल के कायदे के मुताबिक अब वह बोर्डिंग हाउस में नहीं रह सकती थी। मेरे लिए एक कठिन समस्या पैदा हो गई। सहसा मुझे ख़्याल आया कि मैं नौकरी छोड़ दू और आस्या को लेकर एकाध साल के लिए क्यों न विदेश चला जाऊं। मैंने फ़ौरन सारी तैयारी भी कर ली, और हम दोनों यहां आ पहुंचे, राईन नदी के किनारे, जहां मैं कला की साधना में लगे रहने की कोशिश कर रहा हूं, और आस्या हमेशा की तरह उच्छृंखल और झक्की है। मुझे उम्मीद है कि अब तुम सहृदयतापूर्वक उसके व्यवहार के बारे में अपनी राय क़ायम करोगे, चाहे वह कितनी बनने की कोशिश क्यों न करे, लेकिन दूसरों की राय की वह बहुत परवाह करती है, ख़ास तौर पर तुम्हारी राय की।" गैगिन फिर ख़मोशी से मुस्कराया। मैंने ज़ोर से उसका हाथ दबा दिया।

"यह सब तो ठीक है," उसने फिर उसी प्रसंग पर लौटते हुए कहा, "लेकिन मुझे वह बहुत परेशान करती है। वह बारूद की पेटी है। अभी तक उसे किसी से प्रेम नहीं हुआ, लेकिन अगर किसी से हो गया, तब क्या होगा ? कई बार उसके भविष्य की कल्पना से मुझे डर लगता है। जानते हो, अभी उस दिन उसे क्या सनक सवार हुई थी। पहले तो वह कहने लगी कि मैं उसके प्रति उदासीन हो गया हूं, फिर उसने कहा कि वह मेरे सिवा संसार में और किसी को नहीं चाहती और ज़िंदगी-भर किसी से प्यार नहीं करेगी। तुम नहीं जानते, वह किस तरह फूट-फूटकर रोई थी."

"अच्छा तो उस रोज़..." मेरे मुंह से निकला और मैंने फ़ौरन अपने ऊपर क़ाबू पा लिया।

मैंने पूछा (अब हम खुलकर आपस में बातें करने लगे थे), "यह बताओ, क्या तुम्हारे ख़्याल से आस्या को आज तक ऐसा कोई आदमी नहीं मिला जिससे वह प्यार कर सकती ? पीटर्सबर्ग में भी तो बहुत-से नौजवानों से उसकी मुलाक़ात हुई होगी।"

"लेकिन आस्या को वे बिल्कुल पसंद नहीं थे। नहीं, आस्या को तो कोई पराक्रमी, असाधारण व्यक्ति चाहिए या पहाड़ी द दर्रे में विचरण करने वाला कोई छबीला गडरिया हो, लेकिन मैंने इतनी देर तुमको बातों में उलझाए रखा, तुमको देर हो रही होगी।" कहकर वह उठ खड़ा हुआ।

मैंने कहा, "आओ वापस चलें। मैं अपने घर नहीं जाना चाहता।"

"लेकिन तुम्हारे काम का क्या होगा?"

मैंने कोई जवाब न दिया। गैगिन प्रसन्नता से मुस्कराया और हम फिर एल. क़स्बे में चले गए। परिचित अंगूरों का बाग़ और पहाड़ी के शिखर पर बने छोटे-से सफ़ेद घर को देखकर मेरे मन में एक सुखद अनुभूति हुई। हां, एक मिठास-सी... मुझे लगा ज़ैसे मेरे दिल में शहद टपक रहा है। गैगिन की कहानी सुनकर मेरे दिल का बोझ एकदम उतर गया और मेरा मूड अच्छा हो गया।

नौ

आस्या हमे दरवाज़े पर खड़ी मिली। मेरा ख़्याल था कि वह फिर खिल-खिलाकर हंस पड़ेगी। मैं इसके लिए पहले से तैयार होकर आया था, लेकिन जब वह हमारे सामने आई तो उसका चेहरा ख़ामोश ओर पीला था, आंखें नीचे झुकी हुई थीं।

गैगिन ने कहा, "लो ये फिर वापस आ गए हैं। जानती हो, इन्होंने खुद ही यहां आने का प्रस्ताव किया था!"

आस्या प्रश्नसूचक दृष्टि से मेरी ओर देखने लगी। इस बार मैंने खुद ही हाथ बढ़ाकर उसकी ठंडी उंगलियों को सच्चे दिल से दबाया। मुझे उससे हमदर्दी हो रही थी। अब मैं समझ गया कि पहले उसका व्यवहार इतना विलक्षण क्यों था, वह क्यों इतनी बेचैन रहती थी, ठीक ढंग से व्यवहार करने में क्यों अममर्थ थी और किसलिए वह दूसरों के सामने आडंबर रचती थी—अब सारी बातें मेरी समझ में

आ गईं। मैंने उसकी आत्मा को देख लिया था—एक प्रच्छन्न शक्ति उसे लगातार प्रेरित करती रहती थी। उसका अपरिपक्व अहंकार उसे हर समय बेचैन रखता था। लेकिन वह अपनी समस्त शक्ति से जीवन के सत्य को समझने का प्रयत्न कर रही थी। तभी मुझे आभास हुआ कि मैं किस कारण से उस विचित्र लड़की के प्रति आकर्षित हुआ था। उसके छरहरे बदन की अर्धसभ्य दीप्ति से नहीं, बल्कि मुझे उसकी आत्मा से प्रेम हो गया था।

गैगिन अपने चित्रों को उलटने-पलटने लगा। मैंने आस्या से कहा, "चलो बाग़ में घूम आएं।" वह फ़ौरन नम्रतापूर्वक और खुशी से तैयार हो गई। ढलवान के आधे रास्ते में पहुंचकर हम एक बड़े से पत्थर पर बैठ गए।

"तो आपको हम लोगों की बिल्कुल याद नहीं आई!" आस्या ने बात शुरू की।

"क्या तुम्हें मेरी याद आई थी?"

आस्या ने कनखियों से मेरी तरफ़ देखकर जवाब दिया, "हां!" और फिर फ़ौरन ही कहने लगी, "पहाड़ों में जाना आपको अच्छा लगा न! क्या पहाड़ बहुत ऊंचे हैं? बादलों से भी ऊंचे? मुझे बताइए, आपने वहां क्या-क्या देखा। आप मेरे भाई को बता रहे थे लेकिन मैंने कुछ नहीं सुना।"

"तुम जान-बूझकर वहां से चली जो गई थीं।" मैंने टिप्पणी की।

"मैं चली गई थी...क्योंकि...लेकिन मैं अब तो कहीं नहीं जा रही।" फिर उसने विश्वास-भरे स्वर में कहा, "आज आप नाराज़ थे न!"

"मैं–नाराज़ था?"

"हां, आप।"

"मैं भला किसलिए नाराज़ हो सकता था?"

"यह तो मैं नहीं जानती, लेकिन आप जब आए थे तब नाराज़ थे, और जाने के वक़्त भी नाराज़ थे आपके इस तरह चले जाने पर मुझे बड़ा अफ़सोस हुआ, मुझे खुशी है कि आप लौट आए।"

"मैंने वापस लौटकर अच्छा ही किया।"

जिस तरह बच्चे कंधे सिकोड़कर अपनी प्रसन्नता व्यक्त करते हैं, उसी तरह आस्या ने भी अपने कंधे सिकोड़े।

"ओह! मुझे फ़ौरन पता चल जाता है कि लोग क्या सोच रहे हैं। पापा जब

अपने कमरे में खांसते थे तो मुझे उनके खांसने के ढंग से ही पता चल जाता था कि वे मुझसे खुश हैं या नाराज़।"

इससे पहले आस्या ने मेरे सामने कभी अपने पिता का ज़िक्र नहीं किया था। इसलिए इस बात का मुझ पर गहरा असर पड़ा।

"क्या तुम अपने पिता को बहुत चाहती थीं ?" मैंने सवाल किया, और सहसा मुझे लगा कि शर्म से मेरा चेहरा लाल हो गया है। मेरा शरीर सुन्न पड़ गया।

आस्या ने कोई जवाब नहीं दिया। उसके गाल भी लाल हो गए थे। हम दोनों खामोश रहे। दूर राईन नदी में एक स्टीमर तेज़ी से धुएं के बादल उड़ाता हुआ जा रहा था। हम उसकी तरफ़ देखते रहे।

"आप मुझे पहाड़ों के बारे में क्यों नहीं कुछ बताते।" आस्या धीमे स्वर में बोली।

"आज मुझे देखते ही तुम्हें हंसी क्यों आ गई थी ?" मैंने पूछा।

"इसका कारण तो मैं खुद भी नहीं जानती। कई बार जब मेरा मन दरअसल रोने को करता है, तब मुझे हंसी आ जाती है। आप मेरे व्यवहार से मुझे मत जांचिए। ओह, मैं आपसे कहती हूं, लौरेली की प्राचीन कथा कितनी सुंदर है। वह सामने उसी की चट्टान है न ! सुना है कि पहले तो वह हर आदमी को पानी में डुबो देती थी, लेकिन जब उसका किसी से प्रेम हो गया तो उसने खुद पानी में कूदकर आत्महत्या कर ली थी। मुझे यह कथा बहुत अच्छी लगती है। श्रीमती लुई मुझे हर तरह की प्राचीन परियों की कहानियां सुनाया करती हैं। उनके पास एक बिल्ली है, जिसकी आंखें पीले रंग की है..."

आस्या ने अपना सिर ऊपर उठाया और अपनी काली घुंघराली लटों को झटका दिया।

"ओह ! मैं कितनी खुश हूं।"

इसी समय हमारे कानों में संगीत के एकरस स्वर सुनाई दिए। सैकड़ों आवाज़ें एक साथ धार्मिक गीत की कड़ी गा रही थीं—नीचे सड़क पर तीर्थ-यात्रियों की एक भीड़ हाथों में झंडे और क्रॉस लिए जा रही थी।

"काश ! मैं भी इस जलूस में होती !" आस्या ने गीत के मंद पड़ते स्वरों को सुनने की कोशिश करते हुए कहा।

"क्यों, क्या तुम्हें धर्म में इतनी आस्था है ?"

"मैं यहां से दूर—बहुत दूर जाकर प्रार्थना करना चाहती हूं, कोई अद्भुत, दुःसाध्य काम करके दिखाना चाहती हूं। ज़िंदगी के दिन उसी तरह बीतते जाते हैं। हम लोगों ने आज तक ज़िंदगी में क्या किया है ?"

"तुम महत्त्वाकांक्षिणी हो, तुम चाहती हो, तुम्हारी ज़िंदगी ऐसे ही न गुज़र जाए। तुम अपने पीछे अपने स्मृतिचिह्न छोड़ जाना चाहती हो..." मैंने टिप्पणी की।

"आप इस बात को असंभव समझते हैं ?"

मेरे होंठ कहने ही वाले थे, 'असंभव'...लेकिन उसकी चमकदार आंखों को देखकर मैंने सिर्फ़ इतना ही कहा, "कोशिश करके देखो।"

"मुझे यह बताइए—" आस्या ने कुछ देर रुककर कहा। उसका चेहरा पीला पड़ गया था और एक के बाद एक, परछाइयां उसके चेहरे पर दौड़ रही थीं। "क्या आप उस महिला को बहुत चाहते थे ? उस दिन खंडहरों में पहली मुलाक़ात के बाद जब हम मिले थे और मेरे भाई ने जिस महिला के नाम पर जाम पिया था।"

मैं हंस पड़ा।

"तुम्हारा भाई मज़ाक कर रहा था। मैंने ज़िंदगी में किसी महिला को बहुत ज्यादा नहीं पसंद किया। ख़ैर, जो भी हो, इस वक़्त तो मेरा किसी से भी लगाव नहीं है।"

आपको औरतें किसलिए अच्छी लगती हैं ?" आस्या ने निर्दोष, जिज्ञासु भाव से अपने सिर को पीछे की ओर झटककर पूछा।

"कैसा अजब सवाल है !" मैं बोल उठा।

आस्या कुछ घबरा-सी गई।

"मुझे आपसे ऐसे सवाल नहीं पूछने चाहिए न ! मैं माफ़ी चाहती हूं। मेरी आदत है, जो भी मेरे दिमाग़ में आता है झट से बक देती है। इसीलिए मुझे बातचीत करने से बहुत डर लगता है।"

"खुदा के लिए, तुम्हारे मन में जो कुछ है कह डालो, डरो मत," मैंने कहा, "मुझे खुशी है कि आख़िर तुम्हारा शर्मीलापन तो दूर हुआ।"

आस्या ने आंखें नीची कर लीं और धीमी आवाज़ में हंसने लगी, मैंने उसे पहले कभी इस तरह से हंसते हुए नहीं देखा था।

उसने अपनी टांगों पर अपनी स्कर्ट की सिलवटें ठीक कीं, ज़ैसे वह काफ़ी

देर वहां बैठने का इरादा कर चुकी हो और उसने मुझसे अपनी बात जारी रखने का आग्रह किया, "मुझसे बातें कीजिए या कोई कविता सुनाइए, उस दिन ज़ैसे आपने हमें पुश्किन की कविता पढ़कर सुनाई थी..."

वह ख़ामोश हो गई और फिर दबे स्वर में बोली—

"सघन वृक्षों की छांह में, मेरी दुखिया मां की कब्र है, जिस पर क्रॉस बना है।"

मैंने कहा, "लेकिन पुश्किन ने इस तरह नहीं लिखा।"

वह पहले की तरह अपने ख़्यालों की दुनिया में खोई हुई थी। "अगर मैं तात्याना होती तो कितना अच्छा होता !" सहसा उसके स्वर में स्फूर्ति आ गई, "आप अपनी बात जारी रखिए !"

लेकिन मैं उस समय कुछ कहने की मनःस्थिति में नहीं था। मैंने उसकी तरफ़ देखा—धूप में उसका शांत, जिज्ञासु चेहरा चमक रहा था। हमारे चारों तरफ़ दीप्ति छाई थी, हमारे नीचे, ऊपर, धरती-आकाश, नदी की धारा—सभी चमक रहे थे। यहां तक कि हवा भी प्रकाश में तर मालूम हो रही थी।

मेरी आवाज़ अपने आप भावावेश से धीमी पड़ गई। मैंने कहा, "देखो, हर चीज़ कितनी खूबसूरत दिखाई दे रही है।"

"सचमुच कितनी खूबसूरत है !" उसने भी अपनी आवाज़ धीमी करके जवाब दिया। वह मेरी तरफ नहीं देख रही थी। "अगर हम पक्षी होते तो कितनी ऊंची उड़ान भरते, कैसे उड़ते...इस नीलेपन में खो जाते...लेकिन हम पक्षी नहीं है।...

"हमारे भी पंख लग सकते हैं।" मैंने कहा।

"कैसे ?"

"ज़िंदा रहकर सीखते जाओ। कुछ ऐसी भावनाएं होती हैं जो हमें धरती से ऊपर उठाकर ले जाती हैं। चिंता न करो। एक दिन तुम्हारे भी पंख लग जाएंगे।"

"क्या आपके कभी लगे थे ?"

"ख़ैर, यह बताना मुश्किल है... नहीं मैं आज तक कभी नहीं उड़ पाया।"

आस्या फिर ख़ामोश हो गई। मैं उसके ऊपर थोड़ा-सा झुक गया।

सहसा उसने पूछा, "आपको वाल्ज़ नृत्य आता है ?"

"हां," मैंने चकित स्वर में जवाब दिया।

"तो फिर आइए, आइए न ! मैं अपने भाई से कहूंगी कि वह हमारे लिए बाल्ज़ की धुन बजाए...हम कल्पना करेंगे कि हम उड़ रहे हैं... हमारे पंख लग गए हैं !"

वह वापस घर की तरफ़ भागी। मैं भी उसके पीछे-पीछे भागा, और कुछ मिनटों के बाद हम लैनर बाल्ज़ की मीठी धन पर तंग ड्राइंग रूम में नाचते हुए चक्कर काट रहे थे। आस्या ने बड़े जोश के साथ, सुंदर नृत्य किया। उसके कुंआरे, गंभीर चेहरे पर अकस्मात् एक मधुर और नारी-सुलभ भाव दिखाई देने लगा। नृत्य के बाद भी मेरा हाथ उसकी पतली कमर के स्पर्श के संवेदन का अनुभव कर रहा था। उसकी सांसों की धड़कन, जो मेरे बहुत क़रीब थी, उसकी शांत, काली अधमुंदी आंखें जो उसके पीले चेहरे पर और घुघराले बालों के चौखटें में और भी सुंदर और सजीव दिखाई दे रही थीं, मैं बहुत देर तक, चाहने पर भी न भुला सका।

दस

वह सारा दिन बेहद खुशी से कटा। हम बच्चों की तरह खेलते-कूदते रहे। आस्या का व्यवहार बहुत सरल और मधुर था। गैगिन उसके इस रूप को देखकर बड़ा खुश हुआ। मैं जब वहां से आया तो काफ़ी देर हो गई थी। जब किश्ती धार के बीच पहुंची तो मैंने मल्लाह से कहा कि वह किश्ती को धार में छोड़ दे। बूढ़े ने चप्पू चलाना बंद कर दिया और वह शानदार नदी हमें अपने विशाल वक्ष पर बहाती हुई ले गई मैंने अपने आसपास देखा। आज की घटनाएं मेरी स्मृति में ताज़ा हो गईं, और सहसा एक अज्ञात आशंका से मेरा दिल धड़क उठ...मैंने सिर उठाकर आकाश की तरफ़ देखा, वहां भी शांति नहीं थी। तारों से जड़े हुए आकाश में लगातार हलचल मच रही थी और स्पंदन हो रहा था। मैं पानी की धार पर झुक गया...लेकिन यहां भी अंधेरी और ठंडी गहराइयों में जगमगाते हुए तारे कांप रहे थे। मुझे ऐसा महसूस हुआ कि सब और एक बेचैनी

और अशांति छाई हुई है। मेरे मन की अशांति भी बढ़ गई। मैं किश्ती के किनारे पर झुक गया...सरसराती हुई हवा के झोंके मेरे कानों में फुसफुसाकर कुछ कहने लगे। किश्ती के पीछे से आती हुई पानी की धीमी कलकल ने मुझे उत्तेजित और परेशान कर दिया, लहरों की ताज़गी भी मुझे ठंडक न पहुंचा सकी। किनारे पर गाती हुई बुलबुल के गीत का मीठा ज़हर बूंद-बूंद करके मेरी नसों में समा गया। मेरी आंखों में आंसू छलछला आए, लेकिन वे किसी अज्ञात आनंद के आंसू नहीं थे। उस समय मुझे केवल अपने में सबको समेट लेने वाली उस आकांक्षा को संवेदन नहीं हो रहा था जिससे आत्मा विस्तृत हो जाती है और इंसान चाहता है कि वह गाए, और यह महसूस करे कि उसकी आकांक्षा में सारी सृष्टि को प्यार करने, और समझने की शक्ति है;...नहीं इस वक़्त मैं सुख का प्यासा था, और यह प्यास मुझे भीतर ही भीतर जला रही थी। मैंने इस आकांक्षा को कोई संज्ञा देने की कोशिश नहीं की, लेकिन मैं चाहता था सुख, लबालब भरा हुआ सुख...किश्ती बहती जा रही थी, बूढ़ा मल्लाह स्वप्निल भाव से चप्पुओं पर झुका बैठा था।

ग्यारह

अगले दिन जब मैं गैगिन के यहां जाने के लिए घर से निकला तो मैंने अपने आपसे यह नहीं पूछा, 'क्या मुझे आस्या से प्यार हो गया है ?' लेकिन मैं उसके बारे में बहुत सोचता रहा। उसके भविष्य में मुझे बहुत दिलचस्पी हो गई थी। मुझे खुशी थी कि हम दोनों एक-दूसरे के करीब आ गए थे; मुझे लगा कि ज़ैसे आस्या से मेरा असली परिचय सिर्फ़ कल ही हुआ हो। इससे पहले वह हमेशा मुझसे दूर भागती थी। और अब जब मेरे साथ उसका संकोच दूर हो गया था तो मेरी कल्पना में बनी उसकी मूर्ति पहले से अधिक दीप्त और मनमोहक हो गई थी। मेरे लिए उस मूर्ति में कितनी नवीनता और आकर्षण था। उसकी गहराइयों में कैसा लज्जाशील सौंदर्य छिपा हुआ था !

मैं तेज़ चाल से अपने परिचित रास्ते पर चलने लगा। मेरी दृष्टि उस नन्हें से घर पर लगी थी जो दूर से सिर्फ़ सफ़ेद रंग का एक दाग़-सा मालूम हो रहा था। सुदूर भविष्य की कल्पना करना तो दूर रहा, मैंने कल की बात भी नहीं सोची थी—मैं जीवन से पूरी तरह संतुष्ट था।

जब मैं कमरे में दाख़िल हुआ तो आस्या के गाल सुर्ख़ हो गए। मैंने देखा। कि उसने फिर बढ़िया पोशाक पहन रखी थी, लेकिन उसके चेहरे का भाव उसकी पोशाक से मेल नहीं खा रहा था—उसके चेहरे पर उदासी छाई थी। और मैं इतनी खुशी से वहां आया था ! मुझे लगा कि हमेशा की तरह आज भी वह भागना चाहती थी लेकिन बड़ी मुश्किल से उसने अपने ऊपर क़ाबू पाया था-और वहीं रुक गई थी। गैगिन कला के उन्माद की उस तरीयावस्था में था जो अकस्मात् कलाप्रेमियों पर सवार हो जाती है और वे कल्पना करने लगते हैं कि वे प्रकृति को 'पूंछ से पकड़ने में सफल हो गए हैं। गैगिन अपनी कैनवस के सामने खड़ा था, उसके बाल बुरी तरह बिखरे हुए थे, कपड़ों पर रंग के दाग़ थे। उसने ब्रुश को ज़ोर से कैनवस पर फेरते हुए बड़ी वहशत से सिर हिलाकर मेरा अभिवादन किया—फिर वह पीछे हट गया, उसने अपनी आंखें सिकोड़ लीं और दुबारा तस्वीर पर टूट पड़ा। मैंने उसके काम में विघ्न डालना अनुचित समझा और जाकर आस्या के पास बैठ गया। उसकी काली आंखें आहिस्ता-आहिस्ता मेरी तरफ़ मुड़ीं।

"तुम जैसी कल थीं, वैसी आज नज़र नहीं आ रहीं," मैंने आस्या के होठों पर मुस्कराहट पैदा करने का विफल प्रयास किया।

"हां, मैं कल जैसी नहीं हूं।" आस्या ने धीमी, खोखली आवाज़ में जवाब दिया। "लेकिन इससे क्या फ़र्क पड़ता है ? कल रात मुझे नींद नहीं आई। मैं रातभर जागकर सोचती रही।"

"किस बारे में ?"

"ओह ! सब तरह की चीज़ों के बारे में। बचपन से ही यह मेरी आदत है, जब मैं अपनी मां के साथ रहती थी..."।

अंतिम वाक्य बड़ी कठिनाई से उसके गले से निकला, उसने फिर दोहराया—

"जब मैं अपनी मां के साथ रहती थी...तब मैं सोचा करती थी कि भविष्य में क्या होने वाला है, इसका पता आख़िर किसी को क्यों नहीं है ? इंसान दुर्भाग्य को आते

देखकर भी क्यों उसे नहीं रोक सकता...क्यों नहीं इंसान पूरी तरह सच बोल सकता...फिर मैं मन ही मन सोचती थी—मैं कुछ नहीं जानती, मुझे सीखना चाहिए। नए सिरे से मुझे तालीम मिलनी चाहिए ! मेरी परवरिश बहुत बुरे ढंग से हुई है। न मैं प्यानो बजा सकती हूं, न मुझे चित्रकला आती है। यहां तक कि मैं ठीक से सिलाई भी नहीं कर सकती। मुझमें कोई गुण नहीं है, मेरे साथ रहना और मुझसे दोस्ती करना किसी को पसंद नहीं आएगा।"

"तुम अपने साथ बेइंसाफ़ी कर रही हो। तुमने काफ़ी अध्ययन किया है, तुम सुशिक्षिता हो और तुम्हारे जैसी अक़्लमंद लड़की..."

"सचमुच आप मुझे होशियार समझते हैं ?" आस्या ने इतने भोलेपन और कौतूहल से पूछा कि मुझे हंसी आए बग़ैर न रही, लेकिन वह मुस्कराई तक नहीं। उसने गैगिन को संबोधित करके पूछा, "क्यों भाई, क्या मैं अक़्लमंद हूं ?"

गैगिन पूर्ववत् अपने काम में व्यस्त था। वह लगातार अपने ब्रुश बदल रहा था और हाथ ऊपर उठा रहा था।

आस्या ने फिर सोच में डूबते हुए कहा, "कई बार मैं खुद भी नहीं जानती कि आख़िर मैं क्या चाहती हूं—कई बार मुझे अपने आपसे डर लगने लगता है—सचमुच ! मैं सोचती हूं, काश...क्या यह सच है कि औरतों को ज्यादा पुस्तकें नहीं पढ़नी चाहिए ?"

"ज़रूरत से ज्यादा नहीं, लेकिन..."

"बताइए, मझे कौन-सी पुस्तकें पढ़नी चाहिए, मझे क्या-क्या करना चाहिए? आप जो कहेंगे मैं वही करूगी," उसने भोले विश्वास के साथ मेरे नज़दीक आकर कहा।

मेरी समझ में न आया कि उसे फ़ौरन क्या जवाब दूं।

"आप मेरी बातों से उकता तो नहीं जाएंगे न !"

"बिल्कुल नहीं..." मैंने बात शुरू की।

"ओह धन्यवाद, धन्यवाद ! मुझे डर था कि कहीं आप मेरी बातों से उकता न जाएं !" उसने ऊंची आवाज़ में कहा, और उसके कोमल गर्म हाथ ने मेरे हाथ को कसकर पकड़ लिया।

इसी वक़्त गैगिन ने मुझे आवाज़ दी, "एन ! ज़रा देखो ! मेरी तस्वीर की पृष्ठभूमि शायद ज्यादा अंधेरी है न !"

मैं उसके पास चला गया। आस्या उठकर कमरे से बाहर चली गई।

बारह

एक घंटे बाद वह लौटकर दरवाज़े में खड़ी हो गई और उसने हाथ के इशारे से मुझे अपने पास बुलाया और पूछने लगी :

"बताओ, अगर मैं मर गई तो आपको अफ़सोस होगा।"

"आज तुम्हारे दिमाग़ में कैसी अजीब बातें आ रही हैं ?"

"मैं सोचती रही हूं कि मैं शीघ्र ही मर जाऊंगी। कई बार मुझे लगता है ज़ैसे सब लोग मुझसे विदा ले रहे हों। इस तरह जीने से तो मरना बेहतर है...आप इस तरह से मेरी तरफ़ मत देखें।—मैं पाखंड नहीं कर रही, सच मानिए ! अगर आप फिर मेरी तरफ़ इस तरह देखेंगे तो मुझे फिर आपसे डर लगने लगेगा !"

"क्या तुम्हें सचमुच मुझसे डर लगता था ?"

"इसमें मेरा दोष नहीं। मैं हूं ही इतनी विलक्षण। देखिए तो, अब मुझे हंसी तक नहीं आ रही..."

दिन भर वह उदास और खोई-खोई-सी रही। उसके भीतर कोई हलचल मच रही थी, जिसे मैं नहीं समझ पा रहा था। उसने कई बार ग़ौर से मेरी तरफ़ देखा था, उसकी यह नज़र मेरे लिए एक पहेली थी जिसे देखकर मेरा दिल सिकुड़-सा जाता था। हालांकि वह बिल्कुल शांत दिखाई दे रही थी, लेकिन मेरे मन में लगातार इच्छा हो रही थी कि मैं उससे इतना उत्तेजित न होने की विनती करूं। ध्यान से देखने पर मुझे उसके चेहरे पर एक करुण आकर्षण दिखाई दिया, उसका चेहरा इस समय बिल्कुल पीला पड़ गया था। उसमें अस्थिरता और फीकापन आ गया था। न जाने किस कारण से वह इस नतीजे पर पहुंची थी कि मैं उदास और निरुत्साहित हो गया हूं।

मेरे वापस लौटने से कुछ देर पहले उसने कहा, "जानते हैं, मैं यह सोचकर परेशान हूं कि आप मुझे ओछी और ग़ैर-ज़िम्मेदार समझते हैं...वादा कीजिए कि आप मेरी हर बात पर यकीन करेंगे।—और आप भी मुझसे साफ़, दिल खोलकर बातचीत किया करेंगे। और मैं हमेशा सच बोला करूंगी—मैं ईमानदारी से कहती हूं।

'ईमानदारी' शब्द सुनकर मुझे फिर हंसी आ गई।

"हंसिए मत !" उसने संजीदगी से कहा, "वरना आज मैं आपसे वही सवाल करूंगी जो कल आपने मुझसे किया था। आप हंस क्यों रहे हैं ?" कुछ देर ख़ामोश रहने के बाद वह बोली, "आपको याद है, आपने कल पंखों के बारे में जो बात कही थी ? मेरे पंख तो उग आए हैं, लेकिन उड़कर जाने के। लिए कोई जगह नहीं है।"

"वाह—तुम्हारे सामने सारी दुनिया खुली पड़ी है..." मैंने कहा।

आस्या ने मेरी आंखों में आंखें डालकर देखा और कुछ चिढ़कर कहा, "आज आप मुझसे नाराज़ हैं।"

"मैं ? तुमसे नाराज़ हूं ?"

"तुम दोनों इतने उदास क्यों हो ?" गैगिन ने बीच में टोककर मुझसे कहा, "क्या कल की तरह मैं तुम दोनों के लिए वाल्ज़ की धुन बजाऊं ?"

"नहीं ! नहीं !" आस्या मुट्ठियां तानकर चिल्लाई, "आज नहीं—चाहे कुछ भी हो आज नहीं..."

"तुम्हें कोई मजबूर तो नहीं कर रहा !—इतनी उत्तेजित मत होओ..."

"चाहे कुछ भी हो..." आस्या ने अपनी बात दुहराई। उसका चेहरा पीला पड़ गया था।

राईन की तेज़ धार के नज़दीक आकर मैं सोचने लगा, 'कहीं वह मुझसे प्यार तो नहीं करती ?'

तेरह

'कहीं वह मुझसे प्यार तो नहीं करती ?' अगले दिन सुबह सोकर उठते ही मैंने यह सवाल मन ही मन दुहराया। अपने मन के भीतर झांककर देखने की मेरी कोई इच्छा नहीं थी। मुझे लगा कि उसकी तस्वीर—'बनावटी हंसी वाली लड़की' की तस्वीर मेरे दिल में अंकित हो गई थी, जिसे मिटाना बहुत मुश्किल होगा। मैं एल. कस्बे में गया और दिनभर वहीं रहा। लेकिन आस्या मुझे सिर्फ़ एक

क्षण के लिए ही दिखाई दी। उसकी तबीयत ठीक नहीं थी, उसका सिर दर्द कर रहा था। वह क्षण-भर के लिए ज़ीने के नीचे उतरी, उसके माथे पर पट्टी बंधी हुई थी, रंग पीला पड़ गया था। चेहरा दुबला नज़र आ रहा था और आंखें क़रीब-क़रीब बंद थीं। एक फीकी मुस्कान के साथ उसने कहा, "मामूली-सी बात है, मैं शीघ्र ही ठीक हो जाऊंगी। सब कुछ ठीक हो जाता है न ! क्यों ?" यह कहकर वह कमरे से बाहर चली गई। मैं निराशा के गर्त में जा गिरा, जिसमें खोखलापन और उदासी भी थी। लेकिन वहां से जाने का मेरा मन नहीं कर रहा था। जिस समय मैं वहां से चला तो काफ़ी देर हो गई थी, और मैं आस्या से मिले बग़ैर ही वहां से चला आया था।

अगले दिन जब मैं सो कर उठा तो सारी सुबह एक अजीब-सी खुमारी में बीत गई। मैंने काम में अपना मन लगाना चाहा लेकिन काम न हो सका। मैंने तय किया कि न कुछ करूंगा न सोचूंगा...लेकिन इससे भी कोई फ़ायदा न हुआ। मैं शहर में आवारागर्दी करता रहा और बार-बार घर लौटकरे फिर बाहर चला जाता था।

"क्या आप ही मिस्टर एन हैं ?" सहसा एक बचकानी-सी आवाज़ सुनाई दी। मैंने पीछे मुड़कर देखा—एक नन्हा-सा लड़का मेरे सामने खड़ा था। "कुमारी एनेट ने यह भेजा है," उसने मेरे हाथ में काग़ज़ का एक पुर्ज़ा देते हुए कहा।

काग़ज़ खोलते ही मैंने आस्या की तेज़, टेढ़ी-मेढ़ी लिखाई को फ़ौरन , पहचान लिया। उसने लिखा था, "मुझे आपसे ज़रूरी मिलना है। आज चार बजे खंडहरों के पास सड़क पर बने पत्थर के गिरजे में आइएगा। आज मैं एक बहुत बड़ी लापरवाही कर बैठी हूं...खुदा के लिए ज़रूर आइएगा, आपको सारी बातों का पता चल जाएगा...पत्रवाहक को 'हां' कह दीजिए।"

"कोई जवाब भेजेंगे ?" लड़के ने पूछा।

"कह देना—'हां' " मैंने जवाब दिया। लड़का भागता हुआ वहां से चला गया।

चौदह

कमरे में लौटकर मैं बैठ गया और सोच-विचार में डूब गया। मेरा दिल ज़ोर से धड़क रहा था। मैंने बार-बार आस्या का पुर्ज़ा पढ़ा। घड़ी की तरफ देखा, अभी बारह भी नहीं बजे थे।

दरवाज़ा खुला और गैगिन भीतर दाख़िल हुआ।

उसके चेहरे पर उदासी छाई थी। उसने मेरा हाथ पकड़कर ज़ोर से दबाया। वह बहुत ज्यादा उत्तेजित दिखाई दे रहा था।

"आख़िर माज़रा क्या है ?" मैंने पूछा।

वह एक कुर्सी खींचकर मेरे सामने बैठ गया और मुस्कराने की कोशिश करते हुए हकलाती आवाज़ में बोला, "मैंने तुम्हें एक कहानी सुनाई थी, जिसे सुनकर तुम्हें हैरानी हुई थी। आज मेरी बात सुनकर तुम्हें और भी ज्यादा हैरानी होगी। तुम्हारी जगह अगर कोई और आदमी होता तो इतना खुलकर बात करने की मेरी हिम्मत न होती। लेकिन तुम शरीफ़ आदमी हो और मेरे दोस्त भी हो। हो न ? अब मेरी बात सुनो।—मेरी बहन आस्या तुमसे प्यार करती है।"

मैं बुरी तरह चौंक उठा और अपनी कुर्सी पर से उठने लगा।

"तुम कहते हो कि तुम्हारी बहन..."

"हां-हां," उसने मुझे बीच में ही टोक दिया, "मैं कहता हूं, वह पागल है और मुझे भी पागल बना देगी। लेकिन खुशक़िस्मती से वह झूठ नहीं बोल सकती— और मुझे उस पर विश्वास है। उस लड़की का दिल कैसा है ? लेकिन वह अपने को बर्बाद कर डालेगी, मैं जानता हूं वह अपने को बर्बाद..."

"हो सकता है तुमने ग़लत समझा हो।"

"बिल्कुल नहीं, तुम्हें मालूम ही है कि कल दिन-भर वह बिस्तर में लेटी रही, और उसने कुछ खाया-पीया भी नहीं, लेकिन उसने कोई शिकायत नहीं की वह कभी शिकायत नहीं करती। मैं परेशान नहीं हुआ, हालांकि शाम के वक़्त उसे थोड़ा बुख़ार हो गया था। तड़के दो बजे हमारी मकान-मालकिन ने आकर मुझे जगाया, और कहा, 'अपनी बहन के पास जाओ। उसकी तबीयत ख़राब है।' मैं भागा हुआ आस्या के कमरे में पहुंचा और मैंने देखा कि वह उसी तरह कपड़े पहने लेटी थी, उसे बुखार

चढ़ा था और वह रो रही थी। उसका माथा जल रहा था, दांत किटकिटा रहे थे। मैंने पूछा, 'क्या बात है? क्या तुम बीमार हो ?' उसने मेरे गले में अपनी बांहें डाल दीं। और मुझसे मिन्नत करने लगी कि मैं उसे जल्दी से जल्दी यहां से ले जाऊं—अगर मैं उसकी मौत नहीं चाहता..." मेरी समझ में कुछ नहीं आया, मैंने उसे शांत करने की कोशिश की वह ...फूट-फूटकर रोने लगी, और सहसा सिसकियों के बीच... संक्षेप में मैंने उसे कहते सुना कि वह तुमसे प्यार करती है। मैं तुम्हें यक़ीन दिलाता हूं कि तुम्हारे और मेरे ज़ैसे तर्कवादी उसकी भावनाओं की गहराई और प्रबलता का अनुमान नहीं लगा सकते। वे तूफ़ान की तरह सहसा उसके मन पर छा जाती है और वह उनका मुक़ाबिला नहीं कर सकती। इसमें शक़ नहीं कि तुम्हारा व्यक्तित्व बड़ा आकर्षक है, यह तो मैं देख ही रहा हूं, लेकिन मैं तुम्हारे सामने स्वीकार करता हूं कि मेरी समझ में यह हरगिज़ नहीं आया कि इतनी जल्दी और इस तरह तुमसे प्यार कैसे हो गया। वह कहती है कि उसे पहली नज़र में ही वह तुम्हें चाहने लगी थी। इसीलिए उस दिन वह इतना रोई थी और कह रही थी कि वह मेरे सिवा किसी से प्यार नहीं करना चाहती। उसके मन में यह ख़्याल बैठ गया है कि तुम उससे नफ़रत करते हो, शायद तुम्हें उसके बारे में सबकुछ मालूम है। उसने मुझसे पूछा कि क्या मैंने तुम्हें उसकी कहानी सुनाई है ? मैंने कहा नहीं। लेकिन उसका सहज ज्ञान बड़ा भयंकर है, उसकी सहायता से वह सब कुछ जान लेती है। अब उसकी सिर्फ़ एक ही इच्छा है—वह यहां से फ़ौरन चली जाना चाहती है। मैं सुबह होते तक उसके पास बैठा रहा। उसने मुझसे वचन ले लिया है कि हम कल यहां से चले जाएंगे, तब कहीं जाकर उसे नींद आई। बहुत सोच-विचार के बाद मैंने तुमसे बात करने का फैसला किया। मेरा ख़्याल है कि आस्या की बात ठीक है। यहां से चले जाने में ही हम दोनों की भलाई है। मैं उसे आज ही यहां से ले जाता, लेकिन मेरे दिमाग़ में एक विचार आया और मैं रुक गया। शायद हो सकता है, आख़िर ...तुम्हें भी मेरी बहन पसंद है ? अगर है तो फिर मैं उसे यहां से क्यों ले जाऊं ? इसीलिए मैंने सारी शर्म छोड़कर' इसके अलावा मैंने खुद भी देखा है मैंने सोचा... तुम्हीं से पूछ लूं..." बेचारा गैगिन बुरी तरह परेशान था। उसने कहा, "माफ़ करना, आज तक मुझ पर ऐसी मुसीबत कभी नहीं आई थी।"

मैंने उसका हाथ पकड़ लिया और दृढ़ स्वर में कहा, "तुम जानना चाहते हो, मैं तुम्हारी बहन को पसंद करता हूं या नहीं ? मैं उसे पसंद करता हूं..."

गैगिन मेरी तरफ़ देखकर हकलाती ज़बान से बोला, "लेकिन तुम उससे शादी तो नहीं करना चाहते न ! क्यों ?"

"तुम मुझसे इस सवाल का जवाब पाने की उम्मीद कैसे कर सकते हो ? ज़रा अपने आपसे यह पूछकर देखो, क्या मैं अभी..."

"मैं जानता हूं ! मैं जानता हूं !" उसने मुझे बीच में ही टोक दिया, "मुझे तुमसे जवाब मांगने का कोई अधिकार नहीं है। और मेरा सवाल बेहद अशिष्ट था...लेकिन मैं क्या करूं? आस्या की बात को हंसी में नहीं उड़ाया जा सकता। तुम आस्या को नहीं जानते, वह कुछ भी कर सकती है, घर से भाग सकती है, तुम्हें मिलने के लिए बुला सकती है... और कोई लड़की होती तो सब कुछ छिपा सकती थी, और इंतज़ार करती—लेकिन आस्या और ही तरह की लड़की है। यह पहली बार है जब उसने किसी से प्यार किया है—यही तो सारी मुसीबत है। अगर तुमने आज उसे मेरे पैरों से लिपटकर सिसकते हुए देखा होता तो तुम समझ जाते कि मैं किसलिए इतना डर रहा हूं।"

'तुम्हें मिलने के लिए' गैगिन के ये शब्द मेरे कलेजे में छुरी की तरह चुभ गए थे। मैं कुछ सोचता रहा, मुझे लगा कि जिस तरह वह दिल खोलकर मुझसे बात कर रहा है, मुझे भी उसी तरह उसकी बातों का जवाब देना चाहिए। ऐसा न करना मेरी नीचता होगी।

मैंने कहा, "तुम ठीक कहते हो। एक घंटा पहले तुम्हारी बहन ने मुझे एक खत भेजा था—यह देखो।"

गैगिन ने झपटकर मेरे हाथों से पुर्ज़ा ले लिया और जल्दी-जल्दी उसको पढ़ने लगा। उसके दोनों हाथ घुटनों पर गिर गए। उसके चेहरे पर विस्मय का भाव बेहद हास्यास्पद दिखाई दे रहा था, लेकिन उस समय मैं हंसने के मूड में नहीं था।

"मैंने कहा था कि तुम एक शरीफ़ आदमी हो और मैं अब भी यही कहूंगा,. लेकिन आख़िर अब क्या किया जाए ? वह यहां से जाना चाहती है, साथ ही तुमको लिखती है कि उसे अपनी लापरवाही और जल्दबाज़ी पर अफ़सोस है... और उसे यह खत लिखने का वक़्त कब मिला ? वह तुमसे चाहती क्या है ?"

मैंने उसे समझा-बुझाकर शांत किया और हम ठंडे दिमाग से सलाह करने लगे कि क्या करना चाहिए।

आख़िर हम इस नतीजे पर पहुंचे कि मैं निश्चित स्थान पर जाकर आस्या से

मिलूंगा ताकि मुसीबत टल जाए। गैगिन अपने घर पर ही रहेगा और अपने व्यवहार से यह बिल्कुल ज़ाहिर नहीं होने देगा कि उसे ख़त के बारे में मालूम है। शाम के वक़्त हम दोनों फिर मिलेंगे।

गैगिन ने मेरा हाथ दबाकर कहा, "मैं सब कुछ तुम्हारे ही भरोसे छोड़ रहा हूं; उसपर रहम करना—मुझपर भी। ख़ैर, हर हालत में हम कल यहां से चले जाएंगे।" कहकर वह उठ खड़ा हुआ, "क्योंकि तुम आस्या से शादी न करोगे। क्यों, ठीक है न !"

"मुझे शाम तक की मोहलत दो।" मैंने कहा।

"अच्छी बात है—लेकिन मैं जानता हूं, तुम उससे शादी नहीं करोगे।"

वह चला गया और मैंने धम से सोफ़े पर लेटकर अपनी आंखें बंद कर लीं। मेरे दिमाग़ में इतने विचार एकसाथ आ गए थे कि मेरा सिर चकराने लगा था। मुझे मन ही मन गैगिन पर क्षोभ था कि उसने इतने खुले शब्दों में बात क्यों कही, मुझे आस्या पर भी नाराज़गी थी, जिसके प्यार ने मेरे मन में कृतज्ञता के साथ परेशानी भी पैदा कर दी थी। मेरी समझ में नहीं आ रहा था कि आख़िर भाई को सब कुछ बता देने की क्या ज़रूरत थी ? उसने किस लिए इतनी जल्दी, तुरंत फैसला कर लिया, यह सोचकर मेरे दिल को बड़ी ठेस पहुंची...।

मैं सोफ़े से उठकर खड़ा हो गया।...'मैं सत्रह बरस की एक लड़की से शादी कर लें जिसका ऐसा स्वभाव है ! यह मैं कैसे कर सकता हूँ ?'

पंद्रह

मैं निश्चित समय पर किश्ती में बैठकर नदी के पार पहुंच गया। किनारे पर सबसे पहले मुझे वही लड़का मिला जो सुबह ख़त लेकर आया था। मालूम होता था कि वह खड़ा मेरा इंतज़ार कर रहा था।

"कुमारी एनेट ने यह भेजा है," उसने फुसफुसाकर कहा और मुझे काग़ज़ का एक पुर्ज़ा दिया।

आस्या ने मुझे मुलाक़ात का स्थान बदलने की ख़बर दी थी। उसने लिखा था कि मैं डेढ़ घंटे बाद गिरजाघर की बजाय श्रीमती लुई के घर पहुंच जाऊं और नीचे का दरवाज़ा खटखटाकर तीसरी मंज़िल में आ जाऊं।

"मैं जाकर आपकी तरफ़ से फिर 'हां' कह दूं ?" लड़के ने मुझसे पूछा।

'हां' कहकर मैं नदी के किनारे पर चला गया। वापिस घर जाने के लिए समय नहीं था, और मैं सड़कों पर आवारागर्दी नहीं करना चाहता था। शहर की दीवारों से बाहर एक छोटा-सा पार्क था, जिसमें बीयर पीने वालों के लिए मेज़ें लगी थीं और स्किटल[1] खेलने का भी इंतज़ाम था। मैं वहीं चला गया। कुछ अधेड़ जर्मन स्किटल खेल रहे थे। लुढ़कती हुई लकड़ी की गेंदों का शोर सुनाई दे रहा था, और बीच-बीच में 'वाह ! वाह !' की आवाज़ें आ रही थीं। एक खूबसूरत वेट्रेस जिसकी आंखें रोने से लाल हो रही थीं और मेरे लिए बीयर का एक मग ले आई—मैंने उसके चेहरे की तरफ़ देखा, उसने फ़ौरन मुंह दूसरी तरफ़ फेर लिया और वहां से चली गई।

मेरे पास बैठे एक हृष्ट-पुष्ट लाल गालों वाले शहरी ने कहा, "हां-हां, आज हमारी हैशन बड़ी उदास है। उसका प्रेमी फ़ौज में भर्ती होकर चला गया है।" मैंने उसकी तरफ़ देखा, वह हाथ पर गाल रखे, एक कोने में दुबककर खड़ी थी। उसकी आंखों में से एक-एक करके आंसू बह रहे थे। इसी वक़्त किसी ने बीयर लाने का ऑर्डर दिया। वेटेस जाकर उसे मग दे आई और फिर अपनी जगह पर जाकर खड़ी हो गई। उसकी उदासी का मुझ पर भी असर पड़ा। मैं आने वाली मुलाक़ात के बारे में सोचने लगा, लेकिन मैं गंभीर और चिंतित हो रहा था। मैं भारी दिल से आने वाली मुलाक़ात की कल्पना कर रहा था। पारस्परिक प्रेम के आनंद की ख़ातिर नहीं बल्कि एक कठिन फ़र्ज़ अदा करने के लिए और अपना वादा पूरा करने के लिए मैं वहां जा रहा था। आस्या की भावनाओं के साथ खिलवाड़ नहीं किया जा सकता। गैगिन के ये शब्द तीर की नोक की तरह मेरे दिल में चुभ गए थे। और सिर्फ़ चार दिन पहले जब मैं किश्ती में बैठा था, और किश्ती नदी की धार के साथ बही जा रही थी, क्या मेरा मन सुख की आकांक्षा से नहीं तड़प रहा था ? और अब जब यह सुख मेरे जीवन में आ सकता था, तो मैं हिचकिचा रहा था। उसे अपने से दूर धकेल रहा था,

---

1. एक तरह का खेल।

धकेलने के लिए मज़बूर हो गया था...इस सुख की आकस्मिकता ने मुझे उलझन में डाल दिया और मैं मानता हूं कि आस्या आकर्षक ज़रूर थी लेकिन उसके विलक्षण और गुस्सैल स्वभाव से मुझे डर लगने लगा था, ख़ास तौर पर उसके अतीत और बचपन की परवरिश से। मेरे मन में बहुत देर तक इन विरोधी भावनाओं का संघर्ष चलता रहा। मुलाक़ात का वक़्त करीब आ गया था। आख़िरकार मैंने तय किया, 'मैं उससे शादी नहीं कर सकता, मैं उसे यह भी नहीं मालूम होने दूंगा कि मैं भी उसे चाहता हूं।'

मैं उठ खड़ा हुआ और बेचारी वेट्रेस के हाथ में एक थेलर[1] थमा कर (उसने मुझे धन्यवाद तक नहीं दिया) श्रीमती लुई के घर की ओर चल पड़ा। दिन ढल रहा था, अंधेरी गली के ऊपर का तंग आकाश का टुकड़ा सूर्यास्त के प्रकाश से लाल हो गया था। मैंने जाकर धीमे से दरवाज़ा खटखटाया, जो फ़ौरन खुल गया। दहलीज पार करके मैंने अपने आपको बिल्कुल अंधेरे कमरे में पाया।

"इस रास्ते से आइए ! आपका इंतज़ार हो रहा है।" एक बुढ़िया की आवाज़ सुनाई दी।

मैंने आवाज़ की दिशा में एक-दो क़दम बढ़ाए, एक सूखे, हड्डियों वाले हाथ ने अंधेरे में मेरा हाथ पकड़ लिया।

"अरे, श्रीमती लुई, आप हैं !" मैंने पूछा।

"हां, मैं ही हूं मेरे सजीले नौजवान !" आवाज़ ने उत्तर दिया। वृद्ध महिला मुझे एक तंग ज़ीने से तीसरी मंजिल पर ले गई और एक दरवाज़े के आगे जाकर रुक गई। छोटी-सी खिड़की में से छनकर आती हुई रोशनी में मुझे बर्गोमास्टर की विधवा का झुर्रियों से भरा चेहरा दिखाई दे रहा था। उसके धंसे हुए होंठों में एक मीठी मुसकान फैल गई और उसने अपनी धुंधली आंखें घुमाकर दरवाज़े की तरफ इशारा किया। मैंने कांपते हाथ से दरवाज़ा खोला और भीतर चला गया, मेरे पीछे दरवाज़ा धड़ाम से बंद हो गया।

---

1. तीन शिलिंग के बराबर कीमत का जर्मन सिक्का।

सोलह

मैं ने अपने आपको एक छोटे-से अंधेरे कमरे में पाया। अंधेरे की वजह से मुझे आस्या फ़ौरन दिखाई नहीं दी। वह खिड़की के पास एक कुर्सी पर बैठी थी और उसने एक बड़ा-सा शाल अपने गिर्द लपेट रखा था, जिसमें वह एक भयभीत पक्षी की तरह दिखाई दे रही थी। उसकी सांसें तेज़ थीं और सारा बदन कांप रहा था। मेरे मन में उसके प्रति अवर्णनीय करुणा उमड़ पड़ी। मैं उसके नज़दीक चला गया। उसने अपना चेहरा और भी दूर फेर लिया।

"अन्ना निकोलाईव्ना !" मैंने कहा।

वह सीधी होकर बैठ गई और मेरी तरफ़ देखने की कोशिश करने लगी—लेकिन उसकी कोशिश बेकार गई। मैंने उसका हाथ पकड़ लिया—उसका हाथ एकदम ठंडा था और निर्जीव-सा मेरी हथेली पर रखा रहा।

"मैं चाहती थी," उसने कहना शुरू किया और मुस्कराने की कोशिश की लेकिन उसके पीले ओठों ने मुस्कराने से इनकार कर दिया। "मैं कहना चाहती थी...नहीं, मैं नहीं कह सकती !" कहकर वह ख़ामोश हो गई। सचमुच हर शब्द पर उसकी आवाज़ गले में अटक जाती थी।

मैं उसके पास जाकर बैठ गया।

"अन्ना निकोलाईव्ना" मैंने फिर कहा, मेरा गला भी रुंध गया था।

इसके बाद एक खामोशी छा गई। मैं उसका हाथ पकड़े वहां बैठा उसकी तरफ़ देखता रहा। वह शॉल में सिमटी बैठी थी, और कठिनाई से सांस ले रही थी। रोना रोकने के लिए वह अपना निचला होठ काट रही थी, ताकि उसका रोना रुक जाए और आंखों में छलछलाते हुए आंसू नीचे न टपक पड़ें। मैंने उसकी तरफ़ देखा—उसकी संकोच भरी ख़ामोशी में एक करुण असहायता थी, लगता था, ज़ैसे थकान से चूर होकर वह मुश्किल से कुर्सी तक पहुंच पाई थी, और कुर्सी पर गिर गई थी। मेरा हृदय द्रवित हो उठा।

"आस्या !" मैंने अस्फुट स्वर में कहा।

उसने आहिस्ता से अपनी आंखें उठाकर मेरी तरफ़ देखा—ओह, जब कोई औरत प्यार करती है तो उसकी नज़रें कैसी हो जाती हैं ! कौन उस नज़र को बयान कर

सकता है ? वे आंखें विनती कर रही थीं, उन्हें मुझे में आस्था थी, वे सवाल कर रही थीं, उनमें समर्पण का भाव था...उन आंखों का आकर्षण मेरे लिए असह्य हो रहा था। मेरी नसों में चिनगारियां सुइयों की तरह चुभने लगीं। मैंने झुककर उसके हाथों को अपने होठों से लगा लिया। एक आंदोलित स्वर—काँपित-सी आह मेरे कानों में सुनाई दी और मुझे एक हल्का-सा स्पर्श महसूस हुआ। एक कांपता हुआ हाथ मेरे बालों को छू रहा था। मैंने सिर उठाकर उसके चेहरे को देखा। एकदम उस चेहरे में कितना अंतर आ गया था ! भय का भाव दूर हो गया था, उसकी नज़र खोई-खोई-सी थी। मैं भी उसी की तरफ़ खिंचा जा रहा था। उसके होंठ ज़रा से खुले थे, माथा संगमरमर की तरह पीला था, घुंघराली लटें पीछे की ओर बिखर गई थीं ज़ैसे हवा के झोंके ने आकर उन्हें अस्तव्यस्त कर दिया हो। मैं सब कुछ भूल गया। मैंने हाथ पकड़कर उसे अपनी तरफ़ खींचा, उसका हाथ विनम्र भाव से समर्पित हो गया, हाथ के साथ उसका सारा शरीर भी खिंचा चला आया, उसके कंधों पर से शॉल नीचे सरक गया, और उसने चुपचाप अपना सिर मेरे वक्ष पर रख दिया—मेरे जलते हुए होठों के नीचे..."

"मैं तुम्हारी हूं" वह अस्फुट स्वर में फुसफुसाई।

मेरे हाथ फिसलकर उसकी कमर पर पहुंच गए... लेकिन सहसा बिजली की तरह गैगिन की याद मेरे मन में कौंध गई। मैं ज़ोर से बोला और पीछे हट गया, "यह हम क्या कर रहे हैं ? तुम्हारा भाई... उसे सब कुछ मालूम है। उसे यह भी मालूम है कि मैं तुमसे मिलने आया हूं..."

आस्या फिर कुर्सी पर धम्म से बैठ गई। मैं उठकर दूर एक कोने में चला गया और बोला, "हां, तुम्हारे भाई को सब कुछ मालूम है।... उसे सब कुछ बताने के लिए मुझे मजबूर होना पड़ा था।"

"मजबूर ?" उसने अस्पष्ट स्वर में मेरी बात दुहराई। साफ़ ज़ाहिर था कि अभी वह अपने विचारों की दुनिया में ही डूबी हुई थी और मेरी बात का अर्थ तक नहीं समझ पाई थी।

"हाँ !" मैंने दृढ़ स्वर में कहा, अपनी इस दृढ़ता का कारण मुझे खुद भी मालूम नहीं था। "और इसमें सारा दोष तुम्हारा ही है ! आख़िर अपने मन की बात उगलने की तुम्हें क्या ज़रूरत थी ? तुम्हें किसने कहा था कि अपने भाई को सब कुछ बता दो ! आज तुम्हारा भाई खुद ही मेरे पास आया था और तुमने उसे जो

कुछ कहा था, उसने मुझे बता दिया है।" मैंने कोशिश की कि मैं आस्या के चेहरे की तरफ़ न देखूं और मैं कमरे में चहलक़दमी करने लगा, "अब तो सब कुछ चौपट हो गया है ! सब कुछ !"

आस्या ने ज़ैसे कुर्सी पर से उठने की कोशिश की।

मैं चिल्लाया, "बैठ जाओ ! मेहरबानी करके बैठ जाओ ! तुम्हारा वास्ता एक शरीफ़ आदमी से पड़ा है—हां शरीफ़ आदमी से। खुदा के लिए मुझे यह तो बताओ कि आख़िर किस बात से तुम इतनी घबरा गई थीं ? क्या तुम्हें मेरे व्यवहार में कोई फ़र्क नज़र आया था ? आज मुझसे मिलने के लिए जब तुम्हारा भाई आया तो मैं उससे सच्ची बात न छिपा सका।"

'यह मैं क्या कह रहा हूं ?' मैंने अपने आपसे पूछा और यह सोच कर कि मैं एक हृदयहीन धोखेबाज़ हैं, और गैगिन हमारी मुलाक़ात के बारे में जानता है, और सारी बातें बिगड़ गई हैं, दुनिया को मालूम हो गई हैं—मेरा सिर चकराने लगा।

आस्या भयभीत स्वर में बोली, "मैंने अपने भाई को आपके पास नहीं भेजा था, वह खुद ही गया था।"

"देखा, तुम क्या कर बैठी हो ! और अब तुम यहां से चली जाना चाहती हो।"

"हां, मुझे यहां से चले जाना चाहिए। इसीलिए मैंने आपको यहां बुलाया था। मैं आपसे विदा लेना चाहती थी।" उसने पहले की तरह धीमी आवाज़ में कहा।

"तुम सोचती हो कि तुमसे जुदा होना मेरे लिए आसान है ?" मैंने पूछा।

आस्या ने चकित स्वर में पूछा, "लेकिन आपने मेरे भाई को क्यों बताया ?"

"मैं सच कहता हूं कि इसके सिवा मेरे सामने कोई और रास्ता नहीं था। अगर तुम इस तरह भावुकता में न बह जातीं..."

उसने बड़ी मासूमियत से कहा, "मैंने तो भीतर से अपना कमरा बंद कर लिया था, मैं नहीं जानती थी कि मकान-मालकिन के पास दूसरी चाबी भी है।"

उस वक़्त उसके मुंह से ऐसी मासूम बात सुनकर मुझे गुस्सा आ गया था... अब उस घटना की याद से मेरा दिल पिघल जाता है। बेचारी बच्ची कितनी ईमानदार और सच्ची थी !

मैंने फिर कहा, "अब हमारे बीच सारे रिश्ते ख़त्म हो गए हैं। अब हमें जुदा

होना पड़ेगा।" मैंने कनखियों से आस्या की तरफ़ देखा। सहसा उसका चेहरा सुर्ख हो गया था मुझे आभास हुआ कि वह आतंकित और शर्मिंदा है। मैं भी ज़ैसे बुख़ार में कमरे के चक्कर काटता हुआ बुड़बुड़ा रहा था, "तुमने अपने भीतर पनपती भावना को पकने नहीं दिया, मेरे-तुम्हारे बीच जो रिश्ता था उसे तुमने खुद ही तोड़ दिया है। तुम मुझ पर विश्वास नहीं कर सकतीं, तुमने मुझ पर शक किया..."

मैं जब बोल रहा था, आस्या धीरे-धीरे आगे की तरफ़ झुकती जा रही थी। सहसा वह ज़मीन पर घुटनों के बल गिर पड़ी और हाथों से चेहरा ढांपकर फूट-फूटकर रोने लगी। मैं भागकर उसके पास पहुंचा और उसे उठाने की कोशिश की, लेकिन उसने मुझे रोका। मैं किसी भी औरत की आंखों में आंसू नहीं देख सकता, मेरा मानसिक संतुलन एकदम गड़बड़ हो जाता है।

मैंने कहा, "अन्ना निकोलाईव्ना, आस्या, मेरी तुमसे विनती है, खुदा के लिए रोना बंद करो..." मैंने फिर उसका हाथ अपने हाथ में ले लिया...।

लेकिन वह सहसा उछलकर खड़ी हो गई और बिजली की तरह दरवाज़े की तरफ लपकी और ग़ायब हो गई। मेरे आश्चर्य की कोई सीमा न रही।

थोड़ी देर बाद श्रीमती लुई जब कमरे में आईं तो मैं कमरे के बीचो-बीच इस तरह खड़ा था ज़ैसे मुझ पर वज्रपात हुआ हो। मेरी समझ में न आया कि आख़िर यह मुलाक़ात इतनी जल्दी कैसे ख़त्म हो गई, जबकि मैं जो कुछ कहना चाहता था, जो मुझे कहना चाहिए था, उसका शतांश भी नहीं कह पाया था, जब मुझे यह भी मालूम नहीं था कि इस मुलाक़ात का क्या नतीजा निकलेगा।

"क्या कुमारी एनेट चली गई हैं ?" श्रीमती लुई ने अपनी भुरभुरी भौंहों को ऊपर उठाते हुए पूछा। उनकी भौंहें उनके बनावटी बालों के सिरे को छू रही थीं।

मैंने शून्य दृष्टि से उन्हें देखा और वहां से चला आया।

सत्रह

मैं शहर से बाहर निकल आया, और चलता-चलता खेतों में पहुंच गया। मेरा मन क्षोभ से भरा हुआ था,... मैं अपने आपको लगातार कोस रहा था। आस्या ने किस कारण से मुलाकात का स्थान बदल दिया था, यह मैं क्यों नहीं समझ सका, बुढ़िया के घर आने में उसे कितनी तकलीफ़ उठानी पड़ी होगी, इसका आभास मुझे क्यों नहीं हुआ ? जब वह जाने लगी थी, तो मैंने उसे रोक क्यों नहीं दिया था ? उस अकेले अंधेरे कमरे में मुझमें इतनी शक्ति और साहस आ गया था कि मैं उसके प्यार को ठुकरा सकूं... उसे डांट-फटकार सकूं... और अब उसकी सूरत मेरा पीछा कर रही थी। मैंने मन ही मन उससे माफ़ी मांगी। उसका पीला चेहरा, भीगी भयभीत आंखें, उसकी झुकी गर्दन पर निर्जीव से लटके बाल, मेरे सीने पर उसके सिर का हल्का-सा स्पर्श—ये स्मृतियां मुझे जलाने लगीं। 'मैं तुम्हारी हूं' मेरे कानों में उसकी फुसफुसाहट फिर सुनाई दी... मैंने अपनी अंतरात्मा की आज्ञा का पालन किया है।' मैंने अपने आपको दिलासा दिया... लेकिन यह बात सच नहीं थी। क्या इसी नतीजे की मुझे चाह थी ? क्या उसकी जुदाई मुझसे बर्दाश्त हो सकेगी ? कैसा पागलपन है ! पागलपन !' मैं कटुतापूर्वक दोहराने लगा।...

इसी बीच रात हो गई थी। मैं टहलता हुआ उस मकान में पहुंच गया जहां आस्या रहती थी।

अठारह

गिन बाहर निकलकर आया।

"क्या तुम मेरी बहन से मिले थे ?" उसने दूर से ही आवाज़ देकर पूछा।

"क्या वह घर में नहीं है ?" मैंने पूछा।

"नहीं।"

"वह वापस नहीं आई ?"

"नहीं, माफ़ करना, मैं अपने वादे के ख़िलाफ़—क्या करूं यह मेरे बस से बाहर था, मैं गिरजाघर चला गया था। वह वहां नहीं थी। मेरा ख़्याल है, वह वहां नहीं पहुंची।"

"वह गिर्जाघर नहीं गई थी।"

"तो तुम उसे नहीं मिल सके ?"

मैं उससे मिल चुका हूं, यह मानने के लिए मुझे बाध्य होना पड़ा। "कहां मिले थे ?"

श्रीमती लुई के यहां। अभी एक घंटा पहले मैं वहां से चला आया था। मेरा ख़्याल था कि वह वहां से सीधी घर आ गई होगी।"

"हम उसका इंतज़ार करेंगे।" गैगिन ने कहा।

हम दोनों भीतर जाकर पास-पास बैठ गए। दोनों ख़ामोश थे। दोनों संकोच से जकड़े जा रहे थे। हमारी नज़रें और कान दरवाज़े की तरफ़ लगे थे। आख़िर गैगिन उठ खड़ा हुआ।

"यह नामुमकिन है ! मेरी समझ में नहीं आता कि मेरा क्या होगा ! सचमुच वह मेरी मौत साबित होगी—ज़रूर होगी...चलो चलकर उसे तलाश करें।"

हम बाहर निकल आए। अब काफ़ी अंधेरा हो गया था।

"तुम लोगों में क्या बातचीत हुई थी ?" गैगिन ने अपने हैट को भौंहों तक नीचे खींचते हुए पूछा।

"मैं उसके पास सिर्फ़ पांच मिनट रुका था। मैंने उसे वही कहा था जो हम दोनों में तय हुआ था।" मैंने जवाब दिया।

"मैं बताऊं क्या करना चाहिए। हम दोनों को अलग-अलग रास्तों पर जाना चाहिए, इससे हमें उसे ढूंढ़ने में आसानी होगी। ख़ैर, हर हालत में तुम एक घंटे बाद यहां लौट आना।"

उन्नीस

मैं अंगूरों के बाग़ से निकलकर ढलवान के नीचे भागता हुआ शहर वापस आया। जल्दी ही मैंने सब सड़कों के चक्कर काट लिए, हर जगह आस्या को तलाश किया, यहां तक कि श्रीमती लुई की खिड़कियों में भी देखा, फिर राईन नदी के किनारे लौट आया और किनारे के साथ-साथ भागने लगा।... बीच-बीच में मुझे किसी न किसी औरत की आकृति दिखाई दे जाती थी, लेकिन आस्या का कहीं पता न था। इस समय सिर्फ़ क्षोभ ही मेरे दिल को कचोट रहा था, एक अज्ञात भय भी मुझे यंत्रणा दे रहा था। भय के साथ ही—मुझे पश्चात्ताप, आत्मग्लानि और प्यार की अनुभूति भी हो रही थी—हां, कोमलतम प्यार की अनुभूति ! मैंने अपने हाथ मलते हुए पहले तो अस्फुट स्वर में, फिर ज़ोर-ज़ोर से आस्या का नाम पुकारा। मैंने सैकड़ों बार दुहराया कि मैं उसे प्यार करता हूं। मैंने मन ही मन कभी उससे अलग न होने की क़समें खाईं। उसके ठंडे हाथ का स्पर्श पाने के लिए, उसकी धीमी आवाज़ फिर से सुनने के लिए, उसे अपने आंखों के सामने देखने के लिए मैं अपना सर्वस्व त्याग कर सकता था... वह मेरे इतने क़रीब आई थी, वह दृढ़ निश्चय लेकर मेरे पास आई थी, भावुकता और मासूमियत से भरा दिल लेकर आई थी, अपना अछूता यौवन लेकर आई थी... और मैंने उसे अपने हृदय से लगाया तक नहीं था, खुशी से खिले हुए उसके प्यारे खामोश चेहरे को देखकर मुझे जो सुख मिलता, वह मैंने जान-बूझकर गंवा दिया था... इस विचार ने मुझे पागल बना दिया।

'आख़िर वह कहां गई होगी ? उसने अपने साथ क्या किया होगा ?' मैं अशक्त निराशा से चिल्लाया। सहसा नदी के किनारे पर मुझे कोई सफ़ेद चीज़ दिखाई दी। मैं इस स्थान से परिचित था। वहां एक आदमी की क़ब्र थी, जिसने सत्तर बरस पहले नदी में कूदकर प्राण दे दिए थे, यह कब्र आधी ज़मीन के भीतर धंसी हुई थी, उसके ऊपर पत्थर का एक क्रॉस बना था और एक पुराना स्मृतिलेख खुदा हुआ था। मेरे दिल की धड़कन बंद हो गई...मैं भागकर क्रॉस के पास पहुंचा... सफ़ेद आकृति अदृश्य हो गई थी। "आस्या ?" मैं ज़ोर से चिल्लाया। मुझे अपने उन्मत्त स्वर से खुद ही डर लगने लगा—लेकिन किसी ने जवाब नहीं दिया

मैंने सोचा जाकर देखूं कि गैगिन ने उसे तलाश किया है या नहीं।

बीस

जब मैं अंगूरों के बग़ीचे में से जल्दी-जल्दी ऊपर चढ़ रहा था तो मुझे आस्या के कमरे में रोशनी दिखाई दी। इससे मुझे कुछ तसल्ली हुई।

चढ़ाई चढ़कर मैं उनके घर पहुंचा। सामने का दरवाज़ा बंद था। मैंने उसे खटखटाया। किसी ने सावधानी से निचली मंज़िल के एक कमरे की एक खिड़की खोली। कमरे में अंधेरा था। गैगिन ने सिर बाहर निकाला।

"वह मिल गई ?" मैंने पूछा।

"वह लौट आई है।" गैगिन ने फुसफुसाकर कहा। "वह अपने कमरे में सोने के लिए गई है। वैसे सब ठीक है !"

"खुदा का शुक्र है !" मैं खुशी से बोला। मेरे दिल का बोझ हल्का हो गया था। "खुदा का शुक्र है ! अब सब कुछ ठीक हो जाएगा। लेकिन जानते हो मुझे तुमसे बातें करनी हैं।"

"फिर किसी वक़्त," उसने धीमे से खिड़की बंद करते हुए कहा, "फिर किसी वक़्त। अच्छा गुड बाई !"

"कल मिलेंगे। कल सारी बातें तय हो जाएंगी।" मैंने कहा।

"गुड बाई !" गैगिन ने फिर कहा और खिड़की बंद कर ली।

मेरे मन में आया कि खिड़की का शीशा खटखटाऊं। मैं गैगिन से यह कहने के लिए तैयार था कि मैं उसकी बहन से शादी करना चाहता हूं...लेकिन ब्याह-शादी की बात के लिए वह उचित मौका न था... मैंने सोचा, कल मैं एक सुखी इंसान बन जाऊंगा।'

कल मैं सुखी होने वाला था। लेकिन सुख में कोई गत या आगामी दिन नहीं होते। सुख अतीत को भूल जाता है और उसे भविष्य की कोई चिंता नहीं होती। वह केवल वर्तमान को ही जानता है—वह भी एक दिन को नहीं, बल्कि एक क्षण को।

मैं वापिस ज़ैड कस्बे में कैसे पहुंचा, यह मुझे ठीक से याद नहीं है। न मेरी टांगें मुझे वहां ले गईं, न ही किश्ती ने मुझे वहां पहुंचाया था। विशाल, शक्तिशाली पंख मुझे उस पार बहाकर ले गए थे। रास्ते में मैं एक झाड़ी के पास से गुज़रा जिस पर

एक बुलबुल बैठी गीत गा रही थी। मैं बड़ी देर तक खड़ा वह गीत सुनता रहा। मुझे ऐसा लग रहा था कि बुलबुल मेरे प्यार का और मेरे भावी सुख का गीत गा रही है।

इक्कीस

अगले दिन सुबह जब मैं उस परिचित बंगले पर पहुंचा तो कमरों की सारी खिड़कियां खुली देखकर मुझे ताज्जुब हुआ। सामने का दरवाज़ा भी खुला था, उसके आगे काग़ज़ के कुछ टुकड़े बिखरे थे। हाथ में झाड़ू लिए एक नौकरानी वहां आई।

मैं उसके पास गया।

मैं गैगिन के बारे में पूछने ही वाला था कि उसने कर्कश स्वर में कहा, "वे लोग यहां से चले गए हैं।"

"चले गए हैं ? यह तुम क्या कह रही हो ! वे कहां चले गए हैं ?"

वे तड़के छः बजे ही यहां से चले गए थे। उन्होंने यह नहीं बताया कि वे कहां जा रहे हैं। एक मिनट ठहरिए...क्या आप ही मिस्टर एन हैं ?"

"हां।"

"वे आपके नाम एक ख़त मालकिन के पास छोड़ गए हैं।"

नौकरानी ऊपर चली गई और उसने एक ख़त लाकर मुझे दिया, "यह आपके लिए है।"

"यह मुमकिन नहीं है... कैसे..." मैं बड़बड़ाया। नौकरानी ने शून्य दृष्टि से मेरी तरफ़ देखा और झाड़ू लगाने लगी।

मैंने ख़त खोला। यह गैगिन का लिखा हुआ ख़त था—आस्या ने मुझे एक शब्द भी नहीं लिखा था। गैगिन ने ख़त के शुरू में कहा था कि मैं उसके अकस्मात् चले जाने से गुस्सा न होऊं। उसे विश्वास था कि गंभीरतापूर्वक सोचने पर मैं भी उसके फैसले का समर्थन करूंगा। ऐसी स्थिति में जो किसी वक़्त भी कठिन और ख़तरनाक

हो सकती थी, उसके सामने कोई चारा नहीं था। "कल रात जब हम दोनों ख़ामोश बैठे आस्या का इंतज़ार कर रहे थे, मैंने मन में पक्का कर लिया था कि हम लोगों की जुदाई ज़रूरी है। कई पूर्वाग्रह ऐसे हैं जिनकी मैं इज़्ज़त करता हूं। मुझे मालूम हुआ है कि तुम आस्या से शादी नहीं कर सकते थे। उसने मुझे सब कुछ बता दिया था। मुझे उसके बारंबार और उत्कट आग्रहों के कारण ही उसे शांत करने पर मजबूर होना पड़ा था।" ख़त के अंत में उसने हमारी दोस्ती के इतने जल्दी टूट जाने पर अफ़सोस ज़ाहिर किया था, मेरे भविष्य के लिए शुभकामनाएं प्रकट की थीं, अपने स्नेह का विश्वास दिलाया था और मुझसे प्रार्थना की थी कि मैं उन्हें तलाश करने की कोशिश न करूं।

"कौन से पूर्वाग्रह !" मैं ज़ोर से बोला, ज़ैसे गैगिन मेरी बात सुन रहा हो। "कैसी फ़िज़ूल बात है ! तुम्हें आस्या को मुझसे दूर ले जाने का क्या अधिकार था ?" मैंने अपनी दोनों कनपटियां ज़ोर से पकड़ लीं।

नौकरानी ने ज़ोर से मकान-मालकिन को आवाज़ दी। उसकी घबराहट देखकर मैंने अपने आपको संभाला। मेरी समग्र चेतना पर एक ही विचार छाया हुआ था—उन्हें तलाश करना, किसी भी क़ीमत पर उनका पता लगाना। मैं इस आघात को नहीं सह सका था, समस्या का यह हल मुझे कतई पसंद न था। मकान-मालकिन से मुझे मालूम हुआ कि वे तड़के छः बजे नदी के बहाव की दिशा में जाने वाले स्टीमर से कहीं चले गए हैं। मैं टिकटघर पहुंचा। वहां मुझे मालूम हुआ कि उन लोगों ने कोलोन जाने के लिए टिकट ख़रीदे थे। मैं अपना सामान बांधने और अगला स्टीमर पकड़ने के इरादे से भागकर घर आया। श्रीमती लुई के घर के पास से मेरा रास्ता गुज़रता था। कल जिस कमरे में मैं आस्या से मिला था, उसी कमरे की खिड़की पर मुझे बर्गोमास्टर की विधवा दिखाई दी। उसके चेहरे पर एक विरक्तिभरी मुस्कान छा गई और उसने मुझे आवाज़ दी। मैंने मुंह फेर लिया और वहां से जाने ही वाला था कि उसने पीछे से आवाज़ दी कि वह मुझे कोई चीज देना चाहती है। ये शब्द सुनकर मैं रुक गया और मैं घर के भीतर चला गया। उस कमरे में अपने को पाकर मुझे कैसा लगा, यह कैसे बयान करूं।

वृद्धा ने मुझे कागज़ का एक पुर्ज़ा दिखाया, "मुझसे कहा गया था कि अगर तुम खुद कभी मेरे पास आओ तो मैं यह पुर्ज़ा तुम्हें दे दें। लेकिन तुम तो बड़े अच्छे नौजवान हो। लो।"

मैंने पूर्ज़ा ले लिया।

पुर्ज़ा पर पेंसिल से जल्दी में निम्नलिखित पंक्तियां लिखी थीं :

"गुड बाई ! अब हम कभी नहीं मिलेंगे। मैं अहंकार के कारण यहां से नहीं जा रही—बल्कि इसलिए कि मेरे सामने सिर्फ़ एक यही रास्ता बच रहा है। कल जब मैं तुम्हारे सामने रोई थी, अगर तुम मुझसे एक शब्द भी कह देते—सिर्फ़ एक शब्द, तो मैं रुक जाती। तुमने वह शब्द नहीं कहा। शायद जो होता है उसी में भलाई होती है—हमेशा के लिए गुड बाई !"

एक शब्द...ओह ! मैं भी कितना पागल हो गया था। वह शब्द...एक दिन पहले आंखों में आंसू भरकर मैंने यह शब्द कहा था, मैंने इस शब्द को खाली हवा में न्यौछावर कर दिया था। इस शब्द को मैंने खुले खेतों में दुहराया था ...लेकिन वह शब्द मैंने उससे नहीं कहा था मैंने उसे नहीं बताया था कि मैं उससे प्यार करता हूं और तब यह शब्द मेरे मुंह से निकलता भी नहीं। इस अभागे कमरे में जब मेरी मुलाक़ात हुई थी, तब भी मुझे अपने प्यार का अच्छी तरह आभास नहीं हुआ था। जब मैं उसके भाई के साथ ख़ामोश था, जब मेरा दिमाग़ खोखला और जड़ हो गया था और उस ख़मोशी में एक तनाव था तब भी यह भावना नहीं जागृत हुई थी, लेकिन कुछ मिनटों बाद यह भावना दुर्दमनीय रूप से जागृत हुई जब यह सोचकर कि कोई भयंकर विपत्ति आ गई है, मैं भयभीत होकर आस्या की तलाश में निकला था, उसे पुकार रहा था...लेकिन तब समय गुज़र चुका था लेकिन यह नामुमकिन है ! आप कहेंगे। मैं नहीं जानता यह मुमकिन है या नहीं ? लेकिन इतना ज़रूर जानता हूं कि यह सच है। अगर आस्या में रत्ती भर भी नाज़ो-नख़रा होता और अगर वह ऐसी स्थिति में न पड़ी होती तो वह यहां से हरगिज़ न जाती। उसकी जगह अगर कोई और लड़की होती तो वह यह सब बर्दाश्त कर लेती। लेकिन उससे यह सब बर्दाश्त क्यों न हुआ—यह मैं न समझ सका। आख़िंरी बार जब अंधेरी खिड़की के पास गैगिन से मेरी मुलाक़ात हुई थी तो होठों पर होते हुए भी मैं अपनी दुर्बुद्धि के कारण वह बात ज़बान पर न ला सका। वह आख़िरी तिनका जिसे मैं उस वक़्त भी पकड़ सकता था, मैंने अपने हाथों से गंवा दिया।

उसी दिन मैं अपना सामान लेकर एल. शहर में लौट आया और स्टीमर पर कोलोन के लिए रवाना हो गया। मुझे याद है कि स्टीमर के चलते ही जब मैं एल. शहर की उन सब गलियों और स्थानों से, जो सदा मेरी स्मृति में ताज़े रहेंगे, मन ही

मन विदाई ले रहा थ। अकस्मात् मुझे वेट्रेस हैन्शन दिखाई दी। वह नदी के किनारे एक बैंच पर बैठी थी। उसका चेहरा पीला था लेकिन उदास नहीं था। उसकी बग़ल में बैठा एक खूबसूरत नौजवान उसे कोई बात बता रहा था और हंस रहा था। नदी के उस पार मेरी नन्ही मेडोना अखरोट के वृक्ष की सघन पत्रावलि में से उत्सुक नेत्रों से ताक रही थी।

कोलोन पहुंचकर मुझे गैगिन और उसकी बहन के बारे में कुछ खबर मिली। मालूम हुआ कि वे लोग वहां से लंदन चले गए थे। मैंने वहां भी उनका पीछा किया। लेकिन लंदन पहुंचकर उन्हें तलाश करने की मेरी सब कोशिशें बेकार साबित हुईं। बहुत दिनों तक तो यह आघात मुझसे बर्दाश्त न हो सका, मैंने उनकी तलाश जारी रखी, लेकिन अंत में मुझे सब उम्मीदें छोड़ देनी पड़ी।

मैंने उन्हें फिर कभी नहीं देखा—मैंने आस्या को कभी नहीं देखा। उसके बारे में कभी-कभी अस्पष्ट अफवाहें मेरे पास पहुंचती रहीं। लेकिन वह हमेशा के लिए अदृश्य हो गई थी। वह ज़िंदा है या नहीं, मुझे यह भी नहीं मालूम। कुछ बरस पहले जब मैं विदेश में था, एक रेल के डिब्बे में क्षण भर के लिए मैंने एक औरत को देखा था जिसके चेहरे से मुझे आस्या के चेहरे की अविस्मरणीय रेखाओं की याद आ गई थी।...लेकिन यह तो संयोग मात्र था। आस्या मेरी स्मृति में अब भी उस लड़की के रूप में जीवित है, जिसे मैं अपने जीवन के सबसे सुखी दिनों में कभी जानता था, जिस लड़की को मैंने अंतिम बार एक नीची लकड़ी की कुर्सी पर सहमी-सिकुड़ी बैठी हुई देखा था।

लेकिन फिर भी मैं यह क़बूल करता हूं कि मैंने आस्या के लिए बहुत दिनों तक शोक नहीं मनाया। यहां तक कि मैंने अपने आपको यह कहकर तसल्ली दी कि भाग्य ने मेरा और आस्या का संबंध न जोड़कर अच्छा ही किया। मैंने सोचा कि शायद इस तरह की पत्नी पाकर मैं सुखी नहीं हो सकता था। तब मैं जवान था—और भविष्य, जो सचमुच बहुत संक्षिप्त होता है और जल्दी बीत जाता है, मुझे अनंत मालूम होता था। मैंने अपने आपसे पूछा, 'क्या ऐसी ही घटना मेरी ज़िंदगी में फिर नहीं आ सकती? इससे भी बेहतर और सुंदर?' मैं अनेक औरतों के संपर्क में आया हूं, लेकिन जो भावना आस्या ने मेरे हृदय में जागृत की थी, वैसी कोमल, प्रचंड और गहरी अनुभूति मुझे फिर कभी नहीं हुई। उसने जिन आंखों से मुझे देखा था, वैसी आंखें मुझे आज तक देखने को नहीं मिलीं। मेरे सीने से लगे और किसी

के हृदय के प्रति मेरे हृदय में इतनी

मधुर और सुखद टीसें नहीं उठीं। मैं एक कुंआरा, एकाकी और अभिशप्त जीवन। बिता रहा हूं, और अपनी नीरस ज़िंदगी के दिन किसी तरह काट रहा हूं। लेकिन उसके लिखे हुए पुर्ज़े और जिरेनियम की एक सूखी हुई टहनी, जो उसने एक बार खिड़की में से मेरे ऊपर फेंकी थी, आज भी पवित्र यादगारों के रूप में मेरे पास सुरक्षित है। आज भी इस टहनी की भीनी सुगंध ज्यों की त्यों बनी है और जिस हाथ ने वह टहनी मुझे दी थी, जिस हाथ को मैं केवल एक बार। अपने होठों से लगा सका था, वह हाथ शायद एक लंबे अर्से से कब्र में सड़ रहा है। और मैं—मेरा क्या बना ? मेरे इन सुखद, कोलाहलपूर्ण दिनों का, आकाश में उड़ने वाली आशाओं और आकांक्षाओं का मेरे पास क्या बचा है ? एक साधारण फूल के मंद उच्छ्वास एक इंसान के सारे सुखों और दुःखों के बाद भी अमर हैं—कौन जाने खुद उस इंसान के बाद भी अमर रहें।

●●●